WALTER BENJAMIN

O anjo da história

FILŌBENJAMIN   autêntica

WALTER BENJAMIN

O anjo da história

2ª edição
7ª reimpressão

ORGANIZAÇÃO E TRADUÇÃO João Barrento

Copyright © 2012 Autêntica Editora
Copyright da tradução © 2012 João Barrento

TÍTULOS ORIGINAIS Gesammelte Schriften. *Unter Mitwirkung von Theodor W. Adorno und Gershom Scholem hg. von Rolf Tiedemann und Hermann Schweppenhäuser. Volumes I, II, III e VI.*

Todos os direitos reservados pela Autêntica Editora Ltda. Nenhuma parte desta publicação poderá ser reproduzida, seja por meios mecânicos, eletrônicos, seja via cópia xerográfica, sem a autorização prévia da Editora.

COORDENADOR DA COLEÇÃO FILÔ
Gilson Iannini

CONSELHO EDITORIAL
Gilson Iannini (UFMG); *Barbara Cassin* (Paris); *Carla Rodrigues* (UFRJ); *Cláudio Oliveira* (UFF); *Danilo Marcondes* (PUC-Rio); *Ernani Chaves* (UFPA); *Guilherme Castelo Branco* (UFRJ); *João Carlos Salles* (UFBA); *Monique David-Ménard* (Paris); *Olímpio Pimenta* (UFOP); *Pedro Süssekind* (UFF); *Rogério Lopes* (UFMG); *Rodrigo Duarte* (UFMG); *Romero Alves Freitas* (UFOP); *Slavoj Žižek* (Liubliana); *Vladimir Safatle* (USP)

EDITORAS RESPONSÁVEIS
Rejane Dias
Cecília Martins

REVISÃO TÉCNICA E FIXAÇÃO DE TEXTO PARA O PORTUGUÊS BRASILEIRO
Mariza Guerra de Andrade

REVISÃO
Cecília Martins

PROJETO GRÁFICO DE CAPA E MIOLO
Diogo Droschi

DIAGRAMAÇÃO
Conrado Esteves

Dados Internacionais de Catalogação na Publicação (CIP)
(Câmara Brasileira do Livro, SP, Brasil)

Benjamin, Walter, 1892-1940.
    O anjo da história / Walter Benjamin ; organização e tradução de João Barrento. – 2. ed. ; 7. reimp. – Belo Horizonte : Autêntica, 2024. – (Filô/Benjamin)

    ISBN 978-85-8217-041-0

    1. História - Filosofia I. Barrento, João. II. Título. III. Série.

12-11532   CDD-901

Índices para catálogo sistemático:
1. História : Filosofia 901

Belo Horizonte
Rua Carlos Turner, 420
Silveira . 31140-520
Belo Horizonte . MG
Tel.: (55 31) 3465 4500

São Paulo
Av. Paulista, 2.073 . Conjunto Nacional
Horsa I . Sala 309 . Bela Vista
01311-940 . São Paulo . SP
Tel.: (55 11) 3034 4468

www.grupoautentica.com.br
SAC: atendimentoleitor@grupoautentica.com.br

7. **Sobre o conceito da História**
21. **Fragmento teológico-político**
25. **Fragmentos (filosofia da História e política)**
39. **Anúncio da revista *Angelus Novus***
47. **Destino e caráter**
57. **Sobre a crítica do poder como violência**
83. **Experiência e pobreza**
91. **Johann Jakob Bachofen**
109. **Teorias do fascismo alemão**
123. **Eduard Fuchs, colecionador e historiador**
165. **Comentários**
    Sobre o conceito da História p. 168
    Fragmento teológico-político p. 193
    Fragmentos (filosofia da História e política) p. 196
    Anúncio da revista *Angelus Novus* p. 201
    Destino e caráter p. 211
    Sobre a crítica do poder como violência p. 213
    Experiência e pobreza p. 216
    Johann Jakob Bachofen p. 217
    Teorias do fascismo alemão p. 224
    Eduard Fuchs, colecionador e historiador p. 224

Sobre o conceito da História

I*

É conhecida a história daquele autômato que teria sido construído de tal maneira que respondia a cada lance de um jogador de xadrez com um outro lance que lhe assegurava a vitória na partida. Diante do tabuleiro, assente sobre uma mesa espaçosa, estava sentado um boneco em traje turco, cachimbo de água na boca. Um sistema de espelhos criava a ilusão de uma mesa transparente de todos os lados. De fato, dentro da mesa estava sentado um anãozinho corcunda, mestre de xadrez, que conduzia os movimentos do boneco por meio de um sistema de arames. É possível imaginar o contraponto dessa aparelhagem na filosofia. A vitória está sempre reservada ao boneco a que se chama "materialismo histórico". Pode desafiar qualquer um se tiver ao seu serviço a teologia, que, como se sabe, hoje é pequena e feia e, assim como assim, não pode aparecer à luz do dia.

II

"Entre as mais notáveis características do espírito humano", diz Lotze,[1] "conta-se [...], no meio de tantas formas particulares de egoísmo, a ausência generalizada de inveja de cada presente em relação ao seu futuro."

---

* Para todas as notas deste volume usa-se numeração árabe contínua, identificando as do tradutor com (N.T.).

[1] Hermann Lotze, *Mikrokosmos. Ideen zur Naturgeschichte und Geschichte der Menschheit. Versuch einer Anthropologie* [Microcosmo. Ideias para uma história natural e para a história da humanidade. Ensaio de antropologia]. Leipzig, 1864, v. 3, p. 49. (N.T.)

Essa reflexão leva a que a imagem de felicidade a que aspiramos esteja totalmente repassada do tempo que nos coube para o decurso da nossa própria existência. Uma felicidade que fosse capaz de despertar em nós inveja só existe no ar que respiramos, com pessoas com quem pudéssemos ter falado, com mulheres que se nos pudessem ter entregado. Por outras palavras: na ideia que fazemos da felicidade vibra também inevitavelmente a da redenção. O mesmo se passa com a ideia de passado de que a história se apropriou. O passado traz consigo um *index* secreto que o remete para a redenção. Não passa por nós um sopro daquele ar que envolveu os que vieram antes de nós? Não é a voz a que damos ouvidos um eco de outras já silenciadas? As mulheres que cortejamos não têm irmãs que já não conheceram? A ser assim, então existe um acordo secreto entre as gerações passadas e a nossa. Então, fomos esperados sobre esta Terra. Então, foi-nos dada, como a todas as gerações que nos antecederam, uma tênue força messiânica a que o passado tem direito. Não se pode rejeitar de ânimo leve esse direito. E o materialista histórico sabe disso.

III

O cronista, que narra os acontecimentos em cadeia, sem distinguir entre grandes e pequenos, faz jus à verdade, na medida em que nada do que uma vez aconteceu pode ser dado como perdido para a história. É verdade que só à humanidade redimida será dada a plenitude do seu passado. E isso quer dizer que só para a humanidade redimida o passado se tornará citável em cada um dos seus momentos. Cada um dos instantes que ela viveu se torna uma *citation à l'ordre du jour* – e esse dia é o do Juízo Final.

IV

> *Tratai primeiro do comer e do vestir, e o reino de Deus será naturalmente vosso.*
> HEGEL, 1807[2]

A luta de classes, que um historiador formado em Marx tem sempre diante dos olhos, é uma luta pelas coisas duras e materiais,

---

[2] Carta de Hegel (datada de 30 de agosto de 1807) a Karl Ludwig von Knebel (1744-1834), escritor e tradutor de autores clássicos, amigo de Goethe e Schiller. (N.T.)

sem as quais não podem existir as requintadas e espirituais. E, apesar disso, estas últimas estão presentes na luta de classes de modo diverso da ideia dos despojos que cabem ao vencedor depois do saque. Elas estão vivas nessa luta sob a forma de confiança, coragem, humor, astúcia, constância, e atuam retroativamente sobre os tempos mais distantes. Elas porão permanentemente em causa todas as vitórias que algum dia coube às classes dominantes. Tal como as flores se voltam para o sol, assim também, por força de um heliotropismo secreto, o passado aspira a poder voltar-se para aquele sol que está a levantar-se no céu da história. O materialista histórico tem de saber lidar com essa transformação, a mais insignificante de todas.

V

A verdadeira imagem do passado passa por nós de forma fugidia. O passado só pode ser apreendido como imagem irrecuperável e subitamente iluminada no momento do seu reconhecimento. "A verdade não nos foge": essa fórmula de Gottfried Keller[3] assinala, na concepção da história própria do historicismo, precisamente o ponto em que essa concepção é destruída pelo materialismo histórico. Porque é irrecuperável toda a imagem do passado que ameaça desaparecer com todo o presente que não se reconheceu como presente intencionado nela.

VI

Articular historicamente o passado não significa reconhecê-lo "tal como ele foi". Significa apoderarmo-nos de uma recordação (*Erinnerung*) quando ela surge como um clarão num momento de perigo. Ao materialismo histórico interessa-lhe fixar uma imagem do passado tal como ela surge, inesperadamente, ao sujeito histórico no momento do perigo. O perigo ameaça tanto o corpo da tradição como aqueles que a recebem. Para ambos, esse perigo é um e apenas um: o de nos transformarmos em instrumentos das classes dominantes. Cada época

---

[3] Gottfried Keller (1819-1890): romancista e poeta suíço, geralmente incluído no chamado "realismo burguês", mas mais crítico do que os seus pares alemães e austríacos, influenciado pelo materialismo filosófico de Feuerbach e pelo ideário liberal. Não me foi possível localizar a fonte da "fórmula" citada. (N.T.)

deve tentar sempre arrancar a tradição da esfera do conformismo que se prepara para dominá-la. Pois o Messias não vem apenas como redentor, mas como aquele que superará o Anticristo. Só terá o dom de atiçar no passado a centelha da esperança aquele historiador que tiver apreendido isto: nem os mortos estarão seguros se o inimigo vencer. E esse inimigo nunca deixou de vencer.

VII

Pensem nas trevas e na grande friagem
Neste vale onde ecoam as lamentações.
BRECHT, *A Ópera de Três Vinténs*[4]

Fustel de Coulanges[5] recomenda ao historiador que pretenda reconstruir uma época que ignore tudo o que conhece do desenrolar histórico posterior. Não se poderia caracterizar melhor o método com o qual o materialismo histórico acabou de vez. Esse método é o da empatia. As suas origens encontram-se na indolência do coração, a acédia, incapaz de se apoderar da autêntica imagem histórica que subitamente se ilumina. Para os teólogos da Idade Média, ela era a causa última da tristeza. Flaubert, depois de travar conhecimento com ela, escreve: "*Peu de gens devineront combien il a fallu être triste pour ressusciter Carthage*".[6] A natureza dessa tristeza torna-se mais clara se procurarmos saber qual é, afinal, o objeto de empatia do historiador de orientação historicista. A resposta é, inegavelmente, só uma: o vencedor. Mas, em cada momento, os detentores do poder são os herdeiros de todos aqueles que antes foram vencedores. Daqui resulta que a empatia que tem por objeto o vencedor serve sempre aqueles que, em cada momento, detêm o poder. Para o materialista histórico não será preciso dizer mais nada. Aqueles que, até hoje, sempre saíram vitoriosos integram o cortejo triunfal que leva os senhores de hoje a passar por cima daqueles que hoje mordem o pó. Os despojos, como é da praxe, são também levados no cortejo. Geralmente lhes é dado o nome de patrimônio cultural. Eles poderão

---

[4] III, 9. (N.T.)

[5] Historiador francês (1830-1889), autor de uma obra que fez época: *La cité antique*, de 1864. (N.T.)

[6] Na correspondência com Louise Colet, referindo-se ao seu romance *Salammbô*. (N.T.)

contar, no materialista histórico, com um observador distanciado, pois o que ele pode abarcar desse patrimônio cultural provém, na sua globalidade, de uma tradição em que ele não pode pensar sem ficar horrorizado. Porque ela deve a sua existência não apenas ao esforço dos grandes gênios que a criaram, mas também à escravidão anônima dos seus contemporâneos. Não há documento de cultura que não seja também documento de barbárie. E, do mesmo modo que ele não pode libertar-se da barbárie, assim também não o pode o processo histórico em que ele transitou de um para outro. Por isso o materialista histórico se afasta quanto pode desse processo de transmissão da tradição, atribuindo-se a missão de escovar a história a contrapelo.

VIII

A tradição dos oprimidos ensina-nos que o "estado de exceção" em que vivemos é a regra. Temos de chegar a um conceito de história que corresponda a essa ideia. Só então se perfilará diante dos nossos olhos, como nossa tarefa, a necessidade de provocar o verdadeiro estado de exceção; e assim a nossa posição na luta contra o fascismo melhorará. A hipótese de ele se afirmar reside em grande parte no fato de os seus opositores o verem como uma norma histórica, em nome do progresso. O espanto por as coisas a que assistimos "ainda" poderem ser assim no século vinte não é um espanto filosófico. Ele não está no início de um processo de conhecimento, a não ser o de que a ideia de história de onde provém não é sustentável.

IX

A minha asa está pronta para o voo altivo:
se pudesse, voltaria;
pois ainda que ficasse tempo vivo
pouca sorte teria.
GERHARD SCHOLEM, "Gruß vom Angelus"[7]
[Saudação do Angelus]

---

[7] O texto integral deste poema de Gershom Scholem, escrito a partir do quadro de Klee que esteve durante muito tempo na sua casa de Munique, e enviado a Benjamin no dia do seu aniversário, em 15 de julho de 1921, encontra-se na edição completa das cartas (GB II, 174-175). Transcrevo a versão completa em tradução:

Há um quadro de Klee intitulado *Angelus Novus*. Representa um anjo que parece preparar-se para se afastar de qualquer coisa que olha fixamente. Tem os olhos esbugalhados, a boca escancarada e as asas abertas. O anjo da história deve ter esse aspecto. Voltou o rosto para o passado. A cadeia de fatos que aparece diante dos nossos olhos é para ele uma catástrofe sem fim, que incessantemente acumula ruínas sobre ruínas e lhas lança aos pés. Ele gostaria de parar para acordar os mortos e reconstituir, a partir dos seus fragmentos, aquilo que foi destruído. Mas do paraíso sopra um vendaval que se enrodilha nas suas asas, e que é tão forte que o anjo já não as consegue fechar. Esse vendaval arrasta-o imparavelmente para o futuro, a que ele volta as costas, enquanto o monte de ruínas à sua frente cresce até o céu. Aquilo a que chamamos o progresso é este vendaval.

X

Os objetos de meditação recomendados aos frades pela regra do convento tinham a função de afastá-los do mundo e da sua atividade. A ordem de ideias que aqui desenvolvemos resultou de uma orientação semelhante. Num momento em que os políticos, nos quais os adversários do fascismo tinham depositado as suas esperanças, estão em decadência e acentuam a derrota com a traição da sua própria causa, a intenção dessa ordem de ideias é a de libertar o cidadão político do mundo das redes em que eles o enredaram. Partimos do princípio de que a crença cega no progresso por parte desses políticos, a confiança que têm nas suas "bases de apoio" e finalmente a sua inserção servil num aparelho incontrolável constituíram três aspectos do mesmo problema. E

"Aqui da parede, nobre, / não pouso o olhar em ninguém, / venho do céu que vos cobre / sou homem-anjo do Além // No meu reino o homem é bom / mas não é nele que aposto / recebo do Alto o dom / e não preciso de rosto // A região de onde vim / tem medida e luz sem fundo: / o que me faz ser assim / é prodígio no vosso mundo // Dentro de mim está a urbe / para onde Deus me mandou / o anjo com este selo / nunca ela o deslumbrou // Minha asa está pronta para o voo altivo: / se pudesse, voltaria / pois ainda que ficasse tempo vivo / pouca sorte teria // Os meus olhos são negros e fundos / e nunca se esvazia o meu olhar / sei muita coisa deste mundo / sei o que venho anunciar // Não sou simbólico nem trágico / significo o que sou, é tudo / em vão giras o anel mágico / pois em mim não há sentido". (N.T.)

procuramos evidenciar o alto preço que o nosso modo habitual de pensar tem de pagar por uma concepção da história que evita qualquer tipo de cumplicidade com aquela em que continuam a acreditar esses políticos.

XI

O conformismo que desde sempre foi apanágio da social-democracia prende-se não apenas com a sua tática política, mas também com as suas ideias econômicas. E está na origem da sua derrocada recente. Nada corrompeu mais as classes trabalhadoras alemãs do que a ideia de que elas estavam integradas na corrente dominante. O desenvolvimento técnico foi visto por elas como o declive da corrente que julgavam acompanhar. Daqui até a ilusão de que o trabalho na fábrica, visto como fazendo parte desse progresso técnico, representava uma conquista política, foi apenas um passo. A velha moral protestante do trabalho, agora em forma secularizada, comemorava com os trabalhadores alemães a sua ressurreição. O Programa de Gotha revela já sinais dessa fundamental confusão, ao definir o trabalho como "a fonte de toda a riqueza e de toda a cultura". Antevendo coisas terríveis, Marx respondera já que o ser humano que não possua outra riqueza a não ser a força de trabalho "será necessariamente escravo dos outros seres humanos, os que se transformaram em proprietários".[8] Apesar disso, a confusão continua a grassar, e pouco depois Josef Dietzgen anuncia: "O trabalho é o nome do redentor dos tempos novos. Na melhoria do trabalho [...], é nisso que consiste a riqueza, que agora será capaz de tornar realidade o que até agora nenhum redentor foi capaz de fazer".[9] Essa concepção do trabalho própria da vulgata marxista não se preocupa muito em responder à questão de saber como é que o seu produto pode reverter a favor dos trabalhadores enquanto eles não forem detentores do produto desse trabalho. É uma concepção que apenas leva em conta os progressos na dominação da natureza, mas não os retrocessos da sociedade. Revela já aqueles traços tecnocráticos que mais tarde iremos encontrar no fascismo. Deles faz parte uma ideia de natureza que se distingue de forma

---

[8] A edição de referência de Benjamin é: Karl Marx, *Randglossen zum Programm der Deutschen Arbeiterpartei* [Notas à margem do programa do Partido dos Trabalhadores Alemães], ed. Karl Korsch. Berlim/Leipzig, 1922, p. 22. (N.T.)

[9] Josef Dietzgen, *Sämtliche Schriften* [Obras Completas], ed. Eugen Dietzgen. Wiesbaden, 1911, vol. 1, p. 175. (N.T.)

ominosa das utopias socialistas do período do *Vormärz*.[10] O trabalho, tal como agora é entendido, tem como finalidade a exploração da natureza, que é contraposta, com ingênua complacência, à exploração do proletariado. Comparadas com essas posições positivistas, as fantasmagorias de um Fourier, que tanto deram ocasião a chacotas, revelam-se surpreendentemente aceitáveis. Segundo Fourier, o trabalho social bem organizado teria como consequência que quatro luas iluminariam a noite da Terra, para que o gelo desaparecesse dos polos, a água do mar deixasse de ser salgada e os animais selvagens fossem colocados ao serviço do homem. Tudo isso ilustra uma ideia de trabalho que, longe de explorar a natureza, seria capaz de libertar dela as forças criativas que dormem em latência no seu seio. A ideia corrompida do trabalho tem como complemento a natureza cuja exploração, como dizia Dietzgen, "é grátis".[11]

XII

Precisamos da história, mas de maneira diferente
da do ocioso mimado no jardim do saber.
NIETZSCHE, *Das Vantagens e dos*
Inconvenientes da História para a Vida[12]

O sujeito do conhecimento histórico é a própria classe lutadora e oprimida. Em Marx, ela surge como a última classe subjugada, a classe vingadora que levará às últimas consequências a obra de libertação em nome de gerações de vencidos. Essa consciência, que se manifestou por pouco tempo ainda no Movimento Espartaquista,[13] foi sempre suspeita

---

[10] *Vormärz*: literalmente "antes de março". O período que antecede as revoluções burguesas de 1848, em que se assiste à consolidação das ideias liberais e ao aparecimento do socialismo. (N.T.)

[11] O contexto em que surge a afirmação é o seguinte: "Desde Adam Smith que a economia nacional reconhece que na natureza, que está aí e é grátis, apenas o trabalho produz todo o capital e os respectivos juros" (Dietzgen, *op. cit.*, p. 175). (N.T.)

[12] A citação vem da segunda das *Considerações Intempestivas*. (N.T.)

[13] A Liga Espartaquista (*Spartakusbund*), movimento da esquerda socialista fundado por Karl Liebknecht e Rosa Luxemburg em 1916, como reação à política do SPD durante a Primeira Guerra Mundial. A Liga, que se manteve independente durante as revoluções de 1918, defendendo uma República de Conselhos, seria absorvida pelo Partido Comunista da Alemanha em 1919. (N.T.)

para a social-democracia. Em três décadas, ela conseguiu praticamente apagar o nome de um Blanqui,[14] um eco maior que abalou o século passado. Empenhou-se em atribuir às classes trabalhadoras o papel de salvadoras das gerações futuras. Com isso, cortou-lhes o tendão das suas melhores forças. Nessa escola, essas classes desaprenderam logo tanto o ódio como o espírito de sacrifício. Pois ambos se alimentam da imagem dos antepassados oprimidos, mas não do ideal dos descendentes livres.

XIII

Não há dúvida de que a cada dia que passa a nossa causa se torna mais clara, e o povo mais esclarecido.
Josef Dietzgen, *Filosofia Social-Democrata*[15]

A teoria social-democrata, e ainda mais a sua prática, foi determinada por um conceito de progresso que não levou em conta a realidade, mas partiu de uma pretensão dogmática. O progresso, tal como o imaginavam as cabeças dos social-democratas, era, por um lado, um progresso da própria humanidade (e não apenas das suas capacidades e conhecimentos). Em segundo lugar, era um progresso que nunca estaria concluído (correspondendo a uma perfectibilidade infinita da humanidade). E era visto, em terceiro lugar, como essencialmente imparável (com um percurso autônomo de forma contínua ou espiralada). Qualquer desses atributos é controverso, e a nossa crítica poderia começar por qualquer um deles. Mas, quando as posições se extremam, a crítica tem de recuar até a raiz desses atributos e fixar-se num ponto que é comum a todos. A ideia de um progresso do gênero humano na história não se pode separar da ideia da sua progressão ao longo de um tempo homogêneo e vazio. A crítica da ideia dessa progressão tem de ser a base da crítica da própria ideia de progresso.

---

[14] Louis-Auguste Blanqui (1805-1881): figura revolucionária da Comuna de Paris e autor de uma obra que exerceu grande influência sobre a filosofia da História de Benjamin, *L'éternité par les astres* (1872). Sobre Blanqui e Benjamin, ver: João Barrento, "Ler o que não foi escrito. Conversa inacabada entre Walter Benjamin e Paul Celan", in: *Limiares. Sobre Walter Benjamin*. Florianópolis, Editora da UFSC, 2012. (N.T.)

[15] Dietzgen, *op. cit.*, p. 176. (N.T.)

XIV

> *As origens são o objetivo.*
> KARL KRAUS, *Worte in Versen I*[16]
> [Palavras em Verso I]

A história é objeto de uma construção cujo lugar é constituído não por um tempo vazio e homogêneo, mas por um tempo preenchido pelo Agora (*Jetztzeit*). Assim, para Robespierre, a Roma antiga era um passado carregado de Agora, que ele arrancou ao contínuo da história. E a Revolução Francesa foi entendida como uma Roma que regressa. Ele citava a velha Roma tal como a moda cita um traje antigo. A moda fareja o atual onde quer que se mova na selva do outrora. Ela é o salto de tigre para o passado. Acontece que ele se dá numa arena onde quem comanda é a classe dominante. O mesmo salto, mas sob o céu livre da história, é o salto dialético com que Marx definiu a revolução.

XV

A consciência de destruir o contínuo da história é própria das classes revolucionárias no momento da sua ação. A Grande Revolução introduziu um novo calendário. O dia com que se inicia um calendário funciona como um dispositivo de concentração do tempo histórico. E é, no fundo, sempre o mesmo dia que se repete, sob a forma dos dias feriados, que são dias de comemoração. Isso quer dizer que os calendários não contam o tempo como os relógios. São monumentos de uma consciência histórica da qual parecem ter desaparecido todos os vestígios na Europa dos últimos cem anos. Na Revolução de julho aconteceu ainda um incidente em que essa consciência ganhou expressão. Chegada a noite do primeiro dia de luta, aconteceu que, em vários locais de Paris, várias pessoas, independentemente umas das outras e ao mesmo tempo, começaram a disparar contra os relógios das torres. Uma testemunha ocular, que talvez deva o seu poder divinatório à força da rima, escreveu nessa altura:

---

[16] A obra referida de Karl Kraus foi publicada em nove volumes, entre 1916 e 1930. A citação vem da seção intitulada "O homem moribundo". (N.T.)

> *Qui le croirait! on dit qu'irrités contre l'heure*
> *De nouveaux Josués, au pied de chaque tour,*
> *Tiraient sur les cadrans pour arrêter le jour.*

[Incrível! Irritados com a hora, dir-se-ia,
Os novos Josués, aos pés de cada torre,
Alvejam os relógios, para suspender o dia.]

XVI

O materialista histórico não pode prescindir de um conceito de presente que não é passagem, mas no qual o tempo se fixou e parou. Porque esse conceito é precisamente aquele que define o presente no qual ele escreve história para si. O historicismo propõe a imagem "eterna" do passado; o materialista histórico faz desse passado uma experiência única. Deixa aos outros o papel de se entregarem, no bordel do historicismo, à prostituta chamada "Era uma vez". Ele permanece senhor das suas forças, suficientemente forte para destruir o contínuo da história.

XVII

O historicismo culmina, como tinha de ser, na história universal. A historiografia materialista demarca-se dela pelo seu método, de forma talvez mais clara do que qualquer outra. A primeira concepção não dispõe de qualquer armadura teórica. O seu método é aditivo: oferece a massa dos fatos acumulados para preencher o tempo vazio e homogêneo. A historiografia materialista, por seu lado, assenta sobre um princípio construtivo. Do pensar faz parte não apenas o movimento dos pensamentos, mas também a sua paragem. Quando o pensar se suspende subitamente, numa constelação carregada de tensões, provoca nela um choque através do qual ela cristaliza e se transforma numa monada. O materialista histórico ocupa-se de um objeto histórico apenas quando este se lhe apresenta como uma tal monada. Nessa estrutura, ele reconhece o sinal de uma paragem messiânica do acontecer ou, por outras palavras, o sinal de uma oportunidade revolucionária na luta pelo passado reprimido. E aproveita essa oportunidade para forçar uma determinada época a sair do fluxo homogêneo da história; assim, arranca uma determinada vida à sua época e uma determinada obra ao conjunto de uma *œuvre*. O resultado produtivo desse seu método consiste em mostrar como na obra se contém e se supera a *œuvre*, nesta a época e na época toda a evolução histórica. O fruto suculento do objeto historicamente compreendido tem no seu interior o tempo, como uma semente preciosa mas destituída de gosto.

XVIII

"Os insignificantes cinco milênios do *Homo sapiens*", diz um biólogo da nova geração, "correspondem, em comparação com a história da vida orgânica na Terra, a qualquer coisa como dois segundos no fim de um dia com vinte e quatro horas. E toda a história da civilização humana, se a inseríssemos nesse registro, mais não seria do que um quinto do último segundo da última hora". O Agora (*Jetztzeit*), que, como modelo do tempo messiânico, concentra em si, numa abreviatura extrema, a história de toda a humanidade, corresponde milimetricamente àquela figura da história da humanidade no contexto do universo.

\<Apêndice\>

A

O historicismo limitou-se a estabelecer um nexo causal entre vários momentos da história. Mas um fato, por ser causa de outro, não se transforma por isso em fato histórico. Tornou-se nisso postumamente, em circunstâncias que podem estar a milênios de distância dele. O historiador que partir dessa ideia desfia os acontecimentos pelos dedos como um rosário. Apreende a constelação em que a sua própria época se insere, relacionando-se com uma determinada época anterior. Com isso, ele fundamenta um conceito de presente como "Agora" (*Jetztzeit*), um tempo no qual se incrustaram estilhaços do messiânico.

B

O tempo que os áugures interrogavam para saber o que ele trazia no seu ventre não era certamente visto como tempo homogêneo ou vazio. Quem tiver isso presente, talvez possa fazer uma ideia de como o tempo passado foi experienciado na presentificação anamnésica (*Eingedenken*) – exatamente dessa maneira. Como se sabe, os Judeus estavam proibidos de investigar o futuro. Pelo contrário, a Torá e as orações ensinam a prática dessa presentificação anamnésica. Isso retirava ao futuro o seu caráter mágico, que era aquilo que procuravam os que recorriam aos áugures. Mas isso não significa que, para os Judeus, o tempo fosse homogêneo e vazio, pois nele cada segundo era a porta estreita por onde podia entrar o Messias.

Fragmento teológico-político

Só o próprio Messias consuma todo o acontecer histórico, nomeadamente no sentido de que só ele próprio redime, consuma, concretiza a relação desse acontecer com o messiânico. Por isso, nada de histórico pode, a partir de si mesmo, pretender entrar em relação com o messiânico. Por isso, o reino de Deus não é o *telos* da *dynamis* histórica – ele não pode ser instituído como um objetivo. De um ponto de vista histórico, não é objetivo (*Ziel*), mas termo (*Ende*). Por isso, a ordem do profano não pode ser construída sobre o pensamento do reino de Deus, por isso a teocracia não tem nenhum sentido político, mas apenas sentido religioso. O grande mérito de *Espírito da Utopia*, de Ernst Bloch,[17] foi o de ter negado firmemente o significado político da teocracia.

A ordem do profano tem de se orientar pela ideia da felicidade. A relação dessa ordem com o messiânico é um dos axiomas essenciais da filosofia da história. De fato, essa relação determina uma concepção mística da história cuja problemática se pode apresentar através de uma imagem. Se a orientação de uma seta indicar o objetivo em direção ao

---

[17] *Geist der Utopie*, a primeira obra do filósofo Ernst Bloch, em que este propõe, num estilo expressionista e visionário, uma "utopia do concreto". Publicada pela primeira vez em 1918, teve uma enorme repercussão e uma nova edição revista em 1923. (N.T.)

qual atua a *dynamis* do profano, e uma outra a direção da intensidade messiânica, então não há dúvida de que a busca da felicidade pela humanidade livre aspira a afastar-se da direção messiânica; mas, do mesmo modo que uma força, ativada num certo sentido, é capaz de levar outra a atuar num sentido diametralmente oposto, assim também a ordem profana do profano é capaz de suscitar a vinda do reino messiânico. O profano não é, assim, categoria de tal reino, mas é uma categoria – e das mais decisivas – da mais imperceptível forma do aproximar desse reino. Pois na felicidade tudo o que é terreno aspira à sua dissolução, mas só na felicidade ele está destinado a encontrar a sua dissolução. Já a intensidade messiânica espontânea do coração, do homem interior e individualizado, atravessa a infelicidade, no sentido do sofrimento. À *restitutio in integrum* espiritual, que leva à imortalidade, corresponde uma outra, profana, que conduz à eternidade de uma dissolução; e o ritmo dessa ordem do profano eternamente transitório, transitório na sua totalidade, na sua totalidade espacial, mas também temporal, o ritmo da natureza messiânica, é a felicidade. Pois a natureza é messiânica devido à sua eterna e total transitoriedade.

Alcançar essa transitoriedade, também para aqueles estágios do homem que são natureza, é a tarefa de uma política universal cujo método terá de chamar-se niilismo.

Fragmentos
(filosofia da História e política)

Os números históricos são nomes

Série dos números históricos
O problema do tempo histórico tem de ser apreendido em correlação com o do espaço histórico (a história no *cenário dos acontecimentos*).

(Fragm. 62)

Sobre o problema da fisionomia e do vaticínio

O tempo do destino é o tempo que, a cada momento, pode tornar-se *contemporâneo* (não atual). Está submetido à ordem da culpa que nele determina essa conexão. É um tempo não autônomo, e nele não existe nem presente, nem passado, nem futuro.

(Fragm. 64)

A ética

aplicada à História é a doutrina da revolução
aplicada ao Estado é a doutrina da anarquia
há ainda outras aplicações?

Burguesia universal
História universal (do mundo)   História divina
Juízo universal

A Ética pura   Doutrina da liberdade
    Ética aplicada   I História: doutrina da revolução
                      II Estado: doutrina da anarquia

B Filosofia do Direito pura
    Filosofia do Direito aplicada   I História: doutrina da história universal enquanto evolução
                                    II Doutrina do Poder
                                    (Monarquia – Democracia)

C Moral pura   Doutrina da ação   Doutrina da justiça
    Moral aplicada   I História: doutrina do Juízo universal
                    II Moral: doutrina da teocracia

A história do mundo distingue-se da história divina em três momentos:

1. Nela está separado o que na história divina está unido
2. Nela tem índice temporal aquilo que o não tem na história divina
   (por exemplo: Revolução – começo
   Juízo universal – fim)
3. Nela tudo acontece adentro do tempo
   (revoluções no tempo, juízos universais no tempo)

A categoria suprema da história do mundo, que garante a univocidade dos acontecimentos, é a culpa. Cada momento dessa história está marcado pela culpa e implica a culpa. Causa e efeito nunca poderão ser categorias decisivas na estrutura da história do mundo, porque não podem determinar nenhuma totalidade. A lógica terá de demonstrar o postulado segundo o qual nenhuma totalidade enquanto tal pode ser causa ou efeito. A concepção racionalista da História comete o erro de considerar causa ou efeito qualquer totalidade histórica (ou seja, um determinado estado do mundo). Um estado do mundo, no entanto, é apenas, e sempre, culpa (na sua relação com um outro, que virá depois dele). Mas a inversa pede reflexão: se ele também é um estado de culpa em relação a outro que veio antes (por analogia com qualquer estado mecânico, que é causa e efeito). [É bem possível que as coisas não se passem assim.] Repito: nenhuma totalidade é causa ou efeito, nenhuma causa ou efeito são uma totalidade. Ou seja, uma totalidade pode conter em si um sistema de causa-efeito, mas nunca pode ser definida por determinação de um tal sistema.

O revoltoso	O indivíduo histórico
O detentor do poder	A pessoa histórica

A relação entre a história do mundo e a história divina tem de ser metodicamente investigada através do estudo da série dos números históricos.

"Moral": título da segunda parte do sistema. "Filosofia moral" é uma tautologia estúpida. A moral não é mais do que a refração (*Brechung*) da ação na possibilidade de conhecer (*Erkennbarkeit*), algo que se situa no domínio do conhecimento. A ideologia (*Gesinnung*) não é moral.

(Fragm. 65)

Tipos de História

História natural	Cosmogonia
História do mundo	Escala dos fenômenos
História divina	Complexo de ações unívocas; considerada do seu ponto de vista a história natural é: história da Criação a história do mundo é: revelação

A história natural só existe como cosmogonia ou história da Criação; a concepção que Herder[18] dela tem é errada, se a considerarmos do ponto de vista terreno, mas a Terra, porque nela vivem seres humanos, é com certeza um indivíduo da história do *mundo*.

A conexão dos fenômenos não se aplica apenas ao mundo celeste, mas também à natureza terrena (a ela se aplicava também já tudo o que tem a ver com a história do mundo), e também ao *anthropos* enquanto fenômeno, por exemplo como ser sexuado, até os limites da História.

---

[18] Johann Gottfried Herder (1744-1803): filósofo e historiador, crítico e teorizador literário que exerceu grande influência sobre a geração pré-romântica na literatura alemã do século XVIII (o chamado *Sturm und Drang*). Em pleno universalismo e cosmopolitismo iluministas, Herder traz, no século XVIII, propostas nacionalistas e historicistas (a doutrina do *Volksgeist* e do *Zeitgeist*) que iriam dar plenos frutos no Romantismo. A obra que Benjamin tem em mente é certamente *Ideen zur Philosophie der Geschichte der Menschheit* [Ideias para uma filosofia da História da humanidade], publicada em quatro partes, Leipzig, 1784-1791. (N.T.)

A história natural não chega até o homem, nem tampouco a história do mundo, que só conhece o indivíduo; o homem não é nem fenômeno, nem efeito, mas criatura.

(Fragm. 66)

Tipos metódicos de História

Em geral, a História é um processo unívoco

I História pragmática: decorre no tempo, por conflitos

II História dos fenômenos: trata da série dos pressupostos fenomenológicos (não temporais) dos fenômenos; também ela é unívoca (campos de aplicação: por exemplo a história natural e a história da arte)

III Filologia: trata daquele processo que não é essencialmente temporal, nem evidencia fenômenos especialmente destacados: é o processo terminológico. A Filologia é história de transformações, a sua univocidade assenta no fato de a sua terminologia não ser pressuposto, mas substância de uma nova, etc. Na Filologia, o objeto alcança o mais alto grau de continuidade. Nela, a univocidade foi particularmente modificada, uma vez que, em última análise, ela tende para o cíclico. Esta História tem um fim, mas não tem objetivo (exemplo: história das ideias, história do Iluminismo)

Muito provavelmente, a história dos fenômenos e a história pragmática não poderão entrar em nenhuma espécie de relação frutífera, mas isso é possível entre a Filologia e a história pragmática (na investigação de fontes) e entre aquela e a história dos fenômenos (na interpretação textual); a sua ligação será tanto mais estreita quanto mais antigos forem os seus *pragmata* e *phainomena*. A história da literatura e a história da filosofia são ciências da interpretação, que não existem sem uma Filologia rigorosa e uma Fenomenologia desenvolvida (com referência à natureza, esta se designa por morfologia, para a filosofia e a arte encontra-se na Lógica). Pela mesma razão, ou desrazão, que nos levaria a considerar a história da literatura e da filosofia como ciências auxiliares da História das Ideias, poderíamos chamar à epigrafia uma ciência auxiliar da História. Apesar de metodologicamente subordinadas, elas têm um valor plenamente autônomo.

(Fragm. 67)

A bandeira

A investigar: a bandeira e o céu desfraldado. O céu como bandeira sobre o mundo. Assim, a imanência da Terra seria apagada do sistema solar e copernicano alargado. *Céu e Terra entram de novo numa relação polar.*

A bandeira no momento da ressurreição – Cristo ergue-a: a imagem faz parte das determinações do lugar da escatologia.

A bandeira sobre o mundo. O pau da bandeira – a torre. Torre até o céu (Babel). O pau da bandeira terá tido antes uma estrutura em degraus (estrutura de torre, *não* de coluna)?

(Fragm. 68)

Sobre a filosofia da História do Romantismo tardio e do historicismo

A esterilidade que em certos aspectos se manifesta nesta filosofia da História, apesar das suas ideias importantes, deriva de um dos seus traços caracteristicamente modernos: ela partilha com muitas teorias científicas da era moderna o absolutismo do método. Desde a Idade Média que se perdeu a perspectiva da riqueza de estratos que estruturam o mundo e os seus melhores conteúdos. Estratos esses que, em parte, são verdadeiramente ontológicos, isto é, desenvolvem-se ao longo de uma escala que vai do ser ao parecer.

A filosofia da História do período restaurativo perde peso na medida em que se exalta como seu único movimento o "crescimento" da História. E, na mesma medida, posições que assumem o ponto de vista da aparência substituem-se ao ponto de vista que pretende desmistificar a aparência que domina também a historiografia.

Aquilo que constituiu o problema maior desta filosofia da História pode formular-se como a questão do comportamento em relação ao seu crescimento. A sua genialidade filosófica está no fato de, no único comportamento que ela admitia, a atitude teórica e a prática serem idênticas. Esse comportamento era a observação, que para os românticos, diferentemente do que acontece hoje, não era um comportamento apenas teórico. Teremos, isso sim, de distinguir entre uma teoria da observação no primeiro Romantismo e no Romantismo tardio. No seu centro está, para o primeiro, a reflexão, para o segundo, o amor; mas a convicção da força efetiva da observação é comum aos dois momentos. Para o Romantismo tardio a contemplação era um Sol sob cujos raios o objeto amado se transformava, num crescimento sempre renovado. Mas se lhe fosse retirada essa radiação, ficava mais escuro e tornava-se impotente. A escala dessas formas de comportamento era determinada por tomadas de posição não apenas científicas, mas também práticas. Pois aquela força que nesse contexto é dada à observação é, no fundo, aquela que assume o olhar do pai na educação do filho. Não é tanto a atenção do olhar paterno que a criança em crescimento tem de interiorizar, mas, antes, a força que dele irradia ou a sua expressão turvada. E do mesmo modo que essa orientação sem violência, que não deve começar a ser exercida mais tarde do que a hora do nascimento, tem mais influência sobre a criança do que todas as outras naquilo que é essencial (mais do que os castigos corporais e, sobretudo, muito mais do que a violência do tão celebrado exemplo), assim também ela é mais significativa para o pai do que a reflexão. Pois, enquanto o olhar a segue, o olho aprende a perceber o que é mais ajustado à criança. E só aquele a quem a observação de muitas coisas ensinou muita coisa está em condições de interiorizar a força da contemplação. Os investigadores da escola historicista orientavam-se totalmente por esses pressupostos. Mas a hipótese que constituía o fundamento dos seus pontos de vista não pode deixar de falhar, tanto mais quanto mais a observação da história se reclama de uma universalidade para com a qual o amor paterno não tem quaisquer obrigações. De fato, essa hipótese tem a ver essencialmente, se não mesmo exclusivamente, com o crescimento. A sua atitude é exemplar em relação a todo o crescimento humano. O historiador está noutra situação: os seus poderes educativos têm um fundamento muito mais instável, porque o campo da sua observação não tem limites, e nem de longe se limita a ser o húmus de um crescimento pacífico, é, antes, uma esfera onde se tomam decisões sangrentas. Não é possível ignorar essa esfera específica, nela estamos perante uma daquelas regiões cuja supremacia territorial própria o pensamento moderno já não foi capaz de fixar nas suas categorias específicas, para não falar já da sua incapacidade de sustentar, na ordem das suas esferas, todo o firmamento da história. Muita coisa se desmoronou e ficou soterrada na perspectiva "orgânica". Mas acaba por denunciar as suas próprias limitações ao abandonar o âmbito de uma perspectiva verdadeiramente histórica, isto é, religiosa e pragmática, e ao adotar ostensivamente o ideal de um estado natural incólume e a medida de uma "bela" evolução dos povos; cede assim a uma atitude que oscila, desorientada, entre o ponto de vista ético e o estético, um erro a que não escapa nenhuma intuição à qual falta a capacidade de reconhecer o mundo através dos seus estratos. A teologia pode iluminar esse contexto apenas sob condição de a sua tensão natural não ser dissolvida por filosofemas mediadores.

Sobre a crônica. Para esta, o correto é o sistema de categorias a que aludimos.

Relação entre a contemplação histórica e a construção histórica.

(Fragm. 70)

A História

é o choque entre a tradição e a organização política.

(Fragm. 72)

1) *Mundo e tempo*

No processo de revelação do divino, o mundo – o cenário da história – está submetido a um grande processo de decomposição, e o tempo – a vida do ator – a um grande processo de realização. O fim do mundo – a destruição e libertação de uma representação (dramática). Libertação da história em relação ao sujeito da representação. / Mas talvez neste sentido a mais profunda oposição a "mundo" não seja "tempo", mas "o mundo por vir".

2) *Catolicismo – processo de emergência da anarquia*

O problema do catolicismo é o da teocracia (falsa, terrena). Quanto a isso, o princípio fundamental é: o verdadeiro poder divino só no mundo por vir (da plena realização) pode manifestar-se *de forma não destruidora.* Quando, pelo contrário, o poder divino interfere no mundo terreno, respira destruição. Por isso não existe neste mundo nada de permanente, e não é possível fundar sobre ele nenhuma forma acabada, para não falar já do poder como seu princípio supremo (vd. ainda as notas sobre a crítica da teologia)

3) a) A minha definição de política: a realização da essência do humano não elevada a uma potência superior.

   b) É errado dizer que a religião admite a legislação do profano; tem de se dizer que ela a exige. Os mandamentos de Moisés, sem exceção, provavelmente não fazem parte dessa legislação. Esses pertencem à legislação que regulamenta (suponho) o reino do corpo no sentido mais lato, e assumem um lugar muito particular: determinam o modo e o território da intervenção divina *sem mediação*. E exatamente no ponto onde esse território se impõe os seus próprios limites, onde ele recua, é a fronteira do político, do profano, do reino do corpo sem lei, no sentido religioso do termo.

   c) O significado da anarquia para o espaço profano deve ser determinado a partir do lugar histórico-filosófico da liberdade. (Demonstração difícil: aqui, a questão de fundo parece ser a relação entre reino do corpo e individualidade)

4) O social é, no seu estado atual, manifestação de forças espectrais e demoníacas, mas muitas vezes numa tensão extrema para com Deus, no seu impulso para sair de si próprias. O divino manifesta-se nelas apenas sob a forma da violência revolucionária. O divino só se manifesta na comunidade, nunca nas "organizações sociais", de forma não violenta ou não portentosa. (Neste mundo, o que há de mais elevado é: o poder divino como o poder não violento de Deus. No mundo por vir, o poder não violento de Deus será superior ao poder divino.) Uma tal manifestação não deve ser procurada na esfera do social, mas na da percepção epifânica, em última instância e acima de tudo na linguagem, a começar pela do divino.

5) a) Não se trata aqui de "realização" do poder divino. Esse processo é, por um lado, ele mesmo a suprema realidade, e o poder divino, por outro lado, tem em si mesmo a sua realidade (terminologia deficiente!)

b) A questão da manifestação é determinante.

c) "Religioso" é um termo absurdo. Não há diferença essencial entre religião e confissão, mas esta última corresponde a um conceito mais limitado, e não determinante na maior parte dos contextos.

(Fragm. 73)

O capitalismo como religião

O capitalismo apresenta-se como uma religião, isto é, serve essencialmente para satisfazer as preocupações, os tormentos, os desassossegos a que antes as chamadas religiões davam resposta. A demonstração dessa estrutura religiosa do capitalismo, não apenas, como Weber[19] pensa, em termos de uma configuração religiosamente determinada, mas como fenômeno essencialmente religioso, levaria hoje ainda a um desvio no sentido de uma inabarcável polêmica universal. Não podemos fechar a rede em que nos encontramos. Mas mais tarde teremos uma percepção mais clara disto.

Há, no entanto, três traços dessa estrutura religiosa do capitalismo reconhecíveis já no presente. Em primeiro lugar, o capitalismo é uma pura religião de culto, talvez a mais extrema que alguma vez existiu. Nele, tudo tem apenas significado numa relação direta com o culto, não conhece uma dogmática específica, não tem uma teologia. É desse ponto de vista que o utilitarismo adquire a sua tonalidade religiosa. A esse caráter concreto do culto liga-se outra característica do capitalismo: a duração permanente desse culto. O capitalismo é a celebração de um culto *sans rêve et sans merci*. Nele não existem "dias de semana", não há um dia que não seja festivo no sentido terrível da ostentação de toda a pompa sagrada, da mais extrema intensidade da veneração. Esse culto deve alguma coisa ao terceiro traço. O capitalismo é provavelmente o primeiro caso de um culto que não redime, mas deixa um sentimento de culpa. Nesse aspecto, esse sistema religioso acompanha a queda de um movimento colossal. Uma imensa consciência de culpa, incapaz

---

[19] Alusão ao célebre livro de Max Weber *Die protestantische Ethik und der Geist des Kapitalismus* [A ética protestante e o espírito do capitalismo], publicado na revista *Archiv für Sozialwissenschaft und Sozialpolitik*, vol. XX/XXI, em 1905. (N.T.)

de redenção, apodera-se desse culto, e, nele, a culpa, em vez de ser redimida, é universalizada, gravada na consciência, até que o próprio Deus é apanhado nessa rede de culpa, para que, finalmente, ele próprio se interesse pela sua expiação. Não se pode, assim, esperar que esta aconteça no âmbito do próprio culto, nem também de uma reforma dessa religião, que teria de se agarrar a qualquer coisa de sólido nela, nem tampouco na recusa dela. Da essência desse movimento religioso que é o capitalismo faz parte a sua capacidade de ir até o fim, até a culpabilização final do próprio Deus, alcançando o estado de desespero no mundo a que ainda se *aspira*. É este o lado historicamente inaudito do capitalismo, o fato de a religião já não ser uma reforma do ser, mas a sua aniquilação. É a expansão do desespero até o ponto em que ele se transforma em estado religioso universal do qual se espera que venha a salvação. É o fim da transcendência de Deus. Mas Ele não está morto,[20] foi absorvido pelo destino humano. Essa travessia do planeta dos seres humanos pela casa do desespero na solidão absoluta da sua órbita é o *ethos* que Nietzsche determinou. Este homem é o sobre-homem, o primeiro que a religião capitalista começa a realizar em consciência. A sua quarta característica é a de que o seu Deus tem de ser dissimulado, e só pode ser invocado no zênite da sua culpabilização. O culto é celebrado perante uma divindade não amadurecida, e cada ideia que dela se faça, cada pensamento, ofende o mistério do seu amadurecimento.

Também a teoria freudiana se insere na teocracia desse culto. Toda ela trai uma concepção capitalista. O recalcado, a ideia pecaminosa, é, numa analogia profunda e ainda por iluminar, o capital que cobra juros ao inferno do inconsciente.

O tipo de pensamento religioso capitalista encontra a sua expressão grandiosa na filosofia de Nietzsche. A ideia do sobre-homem desloca o "salto" apocalíptico, não para o arrependimento, a expiação, a purificação ou a penitência, mas para uma potenciação aparentemente estável, mas no último estágio explosiva e descontínua. Por isso, a potenciação e a evolução são inconciliáveis, em termos do *non facit saltum*.[21] O sobre-homem

---

[20] Como Nietzsche sugere, por exemplo em *A Gaia Ciência*, afor. 115, 127, 207; ou *Assim Falava Zaratustra*, Prólogo, 2, e "Dos piedosos". (N.T.)

[21] "A natureza não dá saltos": fórmula usada por Leibniz no prefácio aos *Nouveaux Éssais sur l'entendement humain*, escritos em 1704 e publicados em 1765 ("la nature ne fait jamais des sauts"), e retomada por Darwin para fundamentar a sua teoria evolucionista. (N.T.)

é aquele que chegou sem voltar atrás, sem arrependimento, o homem histórico que cresceu através do céu. Esse ato de fazer explodir o céu por meio da potenciação do que de mais humano há no humano, que do ponto de vista religioso é e será culpa, também para Nietzsche, prejudicou este pensador. E também Marx: o capitalismo sem arrependimento tornou-se socialismo com juros acumulados que, enquanto tal, são função da culpa (veja-se a ambivalência demoníaca desse conceito[22]).

O capitalismo é uma religião de mero culto, sem dogma.

O capitalismo desenvolveu-se no Ocidente de forma parasitária sobre o cristianismo – o que não se demonstra apenas com o exemplo do Calvinismo, mas também com o das outras orientações ortodoxas cristãs. De tal modo que a história do cristianismo se tornou essencialmente a do seu parasita, o capitalismo.

Comparação entre as imagens dos santos em várias religiões e as notas de banco de vários Estados.

O espírito que fala a partir dos ornamentos das notas de banco.

Capitalismo e Direito. Caráter pagão do Direito: Sorel, *Réflexions sur la violence*, p. 262.[23]

Superação do capitalismo por meio da deambulação: Unger, *Politik und Metaphysik*, p. 44.

Fuchs: Estrutura da sociedade capitalista, ou título semelhante.

Max Weber: *Gesammelte Aufsätze zur Religionssoziologie* [Ensaios sobre a sociologia da religião], 2 vols., [Tübingen],1919/20.

Ernst Troeltsch: *Die Soziallehren der christlichen Kirchen und Gruppen* [A doutrina social das Igrejas e dos grupos cristãos] (Obras Completas I, [Tübingen], 1912). Vd. sobretudo a bibliografia de Schönberg, na seção II.

Landauer: *Aufruf zum Sozialismus* [Apelo ao socialismo], p. 144.

---

[22] Benjamin alude aqui ao duplo sentido da palavra alemã *Schuld*: "culpa" e "dívida". (N.T.)

[23] As obras referidas a seguir, e não completamente identificadas, são as seguintes: Georges Sorel, *Réflexions sur la violence*, 5. ed., Paris, 1919; Erich Unger, *Politik und Metaphysik*. Berlim, 1921; Bruno Archibald Fuchs, *Der Geist der bürgerlich-kapitalistischen Gesellschaft. Eine Untersuchung über seine Grundlage und Voraussetzungen* [O espírito da sociedade burguesa-capitalista. Um estudo sobre o seu fundamento e os seus pressupostos]. Berlim-Munique, 1914; Gustav Landauer, *Aufruf zum Sozialismus* [Apelo ao socialismo]. Berlim, 1919; Adam Müller, *Zwölf Reden über die Beredsamkeit und deren Verfall in Deutschland* [Doze conferências sobre a eloquência e o seu declínio na Alemanha]. Leipzig, 1816 (proferidas em Viena na primavera de 1812). (N.T.)

As preocupações: uma doença mental própria da época capitalista. Situações sem saída (no plano mental, não material), na pobreza, vagabundos, pedintes, monges. Uma situação assim sem saída é uma situação que induz a culpa. As "preocupações" são o *index* dessa consciência de culpa devida a situações sem saída. As "preocupações" surgem devido ao medo da situação sem saída no âmbito coletivo, não individual-material.

O cristianismo na época da Reforma não favoreceu a emergência do capitalismo – transformou-se no capitalismo.

Do ponto de vista metodológico, haveria que investigar em primeiro lugar as relações do mito com o dinheiro no decorrer da história, até este conseguir atrair a si, a partir do cristianismo, tantos elementos míticos para constituir o seu próprio mito.

Preço de sangue / *Thesaurus* das boas obras / Salário devido ao *padre*. Plutão como deus da riqueza

Adam Müller: *Reden über die Beredsamkeit* [Discursos sobre a eloquência], 1816, p. 56 segs.

Relação do dogma da natureza dissolvente do saber (e nessa qualidade igualmente redentora e mortífera para nós) com o capitalismo: o balanço como saber redentor e aniquilador.

Contribui para o reconhecimento do capitalismo como religião a tomada de consciência de que o paganismo primitivo não começou com certeza por ver a religião como algo com interesse "superior" e "moral", mas imediatamente prático, ou seja, por outras palavras, que ele, tal como o capitalismo de hoje, não estava consciente da sua natureza "ideal" ou "transcendente". Pelo contrário, via no indivíduo não religioso ou de outra crença da sua comunidade um membro inconfundível dela, no mesmo sentido em que a burguesia de hoje o faz em relação aos membros da sua classe que não têm rendimentos.

Anúncio da revista
Angelus Novus

A revista cujo plano aqui se apresenta espera conseguir ganhar a confiança dos leitores em relação aos seus conteúdos, na medida em que procura legitimar a sua forma. Essa forma deriva da reflexão sobre qual deve ser a essência de uma revista, e não tornará o seu programa dispensável, embora evite apresentá-lo como estímulo para uma produtividade enganadora. Os programas só são válidos para uma atuação consciente dos seus objetivos, por parte de indivíduos ou grupos; uma revista que, enquanto expressão vital de uma determinada orientação intelectual, é sempre mais imprevisível e inconsciente, mas também muito mais promissora e rica de perspectivas do que qualquer manifestação de vontade, compreender-se-ia mal a si mesma, fossem quais fossem os postulados em que se revisse. Na medida em que se lhe pode pedir um ideário – e para isso não há limites nela, se observar o verdadeiro sentido da palavra –, ela tem de se preocupar menos com ideias e ideários do que com fundamentos e princípios. Também dos homens não se espera que tenham consciência das suas tendências mais fundas, mas sim, e sempre, da sua destinação.

A verdadeira destinação de uma revista é a de anunciar o espírito da sua época. A sua atualidade é para ela mais importante do que a sua própria unidade ou clareza, e com isso esta estaria – tal como o jornal – condenada à superficialidade, se nela não ganhasse forma uma vida com força suficiente para salvar também o que é questionável e precário, pelo fato de ela o afirmar. De fato, uma revista cuja atualidade renuncia à dimensão histórica não tem direito de existir. O que fez da revista romântica *Athenäum*[24] um caso exemplar foi o fato de ela se reclamar, de forma incomparável e insistentemente, dessa dimensão. E ao mesmo tempo, se necessário fosse, isso seria um exemplo de que a medida da verdadeira atualidade não se encontra no público. Toda revista deveria, como esta, ser implacável no pensamento, imperturbável no que tem para dizer e, ignorando totalmente o público, se assim tiver de ser, orientar-se por aquilo que emerge, como verdadeiramente atual, sob a superfície estéril do novo ou da novidade cuja exploração deve deixar aos jornais.

Em toda revista que assim se conceba, a crítica continuará também a ser o guardião da soleira. Se nos começos ela foi sobretudo um ato vil, hoje, quando o que predomina não são já os produtos obsoletos e insípidos nem os produtores remendões e simplistas, ela vê-se por toda parte confrontada com as falsificações talentosas. E como, para além disso, há quase cem anos que qualquer suplementozinho se acha autorizado a fazer crítica, se a palavra crítica quiser recuperar a sua força tem duas coisas a fazer. Há que renovar o dito e o veredito. Só o terror se poderá impor àquela imitação da grande criação artística na pintura que se oferece como Expressionismo literário. Se a essa crítica aniquiladora se exige a exposição dos grandes contextos – de outro modo, como poderia ela levar a cabo a sua tarefa? –, o papel da crítica positiva será, mais do que até agora, mais também do que os românticos conseguiram, o exercício da concentração na obra de arte isolada. Porque, contrariamente ao que se pensa geralmente, a função da grande crítica não é ensinar através da exposição histórica ou formar o espírito através de comparações, mas conhecer por meio da concentração profunda. Tem de dar conta daquela verdade das obras que estimula, tanto a arte como a filosofia. É incompatível com a importância de essa crítica remetê-la para algumas colunas no fim de cada número, como para preencher o esquema habitual. A revista não terá uma "seção de crítica", nem imporá o sinal de Caim a nenhuma

---

[24] A *Athenäum* é o órgão do primeiro Romantismo alemão, em Iena. A revista publicou-se, sob orientação de August Wilhelm Schlegel e Friedrich Schlegel e com colaboração de Novalis, entre 1798 e 1800, e nela se definiram as bases teóricas, estéticas e filosóficas do primeiro Romantismo. (N.T.)

das suas contribuições críticas por meio de distinções tipográficas. Precisamente por pretender dedicar-se tanto à literatura como à filosofia e à crítica, esta última não poderá silenciar nada do que, por obrigação, tem a dizer sobre a primeira. Se as coisas não nos enganam, a virada do século trouxe uma época perigosa, em todos os sentidos decisiva, à literatura alemã. Não se poderá falar, a propósito da literatura e também de outras coisas na Alemanha de hoje, de uma época e do prazer de vivê-la, para usar a fórmula de Hutten,[25] que era de uso obrigatório nos programas das revistas. Desde que a ação de [Stefan] George e do seu último contributo para enriquecer o patrimônio linguístico alemão começa a tornar-se histórica, parece que a primeira obra de qualquer autor jovem constitui um novo *thesaurus* do alemão literário. E tal como não se pode esperar de uma escola, cujos efeitos mais duradouros em breve se revelarão ser esses, que insistentemente coloque barreiras ao aparecimento de um grande mestre, assim também a evidente natureza mecanicista das produções mais recentes não nos permite ter confiança na linguagem dos seus autores. De maneira mais decisiva do que no tempo de Klopstock – de quem alguns poemas soam como se fossem os que hoje se procuram –, mais radicalmente do que nos últimos séculos, a crise da literatura alemã coincide com as decisões sobre a própria língua alemã, nas quais não pesam nem conhecimento, nem cultura, nem gosto, e cujo aprofundamento, em certo sentido, só se torna possível depois de um dito ousado. Alcançada assim a fronteira para além da qual não é possível assumir uma responsabilidade provisória nessa matéria, é dispensável a afirmação de que tudo o que a revista publicará de poesia e prosa aí surge tendo em consideração o que se disse, e que em especial as colaborações literárias do primeiro número devem ser entendidas como decisões, no sentido acima referido. Ao lado destas, outras se seguirão, de outros autores, que, buscando o seu lugar à sombra e sob a proteção dos primeiros, mas libertos da violência esquemática dos nossos festejados poetas ditirâmbicos, tentarão guardar um fogo que eles próprios não atearam.

---

[25] Ulrich von Hutten (1488-1523): humanista, cavaleiro e reformador alemão, contemporâneo e apoiante de Lutero. É a seguinte a "fórmula" a que Benjamin se refere, e que se encontra numa carta a Willibald Pirckheymer, de 25 de dezembro de 1518: "Ó século, ó ciências! É um prazer viver. O saber floresce, os espíritos agitam-se. Barbárie, pega na tua corda e prepara-te para o exílio!". (N.T.)

A situação da literatura alemã volta a suscitar a presença de uma forma que desde sempre foi uma companhia benéfica das suas grandes crises: a tradução. É claro que as traduções desta revista não pretendem ser vistas como mediadoras de casos exemplares, como era habitual antes, mas sim como exercício insubstituível e rigoroso do próprio devir da língua. Nos casos em que esta não tomou ainda consciência da sua própria substância, matéria da sua construção, a outra língua, aparentada e digna dela, oferece-se para cumprir a tarefa de rejeitar o patrimônio linguístico morto e fazer florescer o novo. Para tornar mais evidente esse trabalho formal, todos os textos terão a seu lado o original, para poderem ser avaliados de acordo com esses princípios. Também quanto a esse aspecto o primeiro número será suficientemente esclarecedor.

O espírito de universalidade objetiva que é inerente ao programa desta revista não será confundido com o de universalidade nas matérias. E como, por um lado, temos presente que o tratamento filosófico confere a todo objeto científico ou prático, à reflexão matemática como à política, um significado universal, não esqueceremos, por outro lado, que também os objetos literários ou filosóficos do âmbito mais específico desta revista só devido a esse modo de tratamento e nas suas condições serão aceitáveis. A universalidade filosófica é a forma através de cuja observância a revista mais rigorosamente poderá demonstrar o seu sentido da verdadeira atualidade. O valor universal das manifestações de vida intelectual será nela articulado com a questão de saber até que ponto essas manifestações se podem reclamar de um lugar próprio no contexto de zonas do religioso em devir. Não é que essas zonas sejam de algum modo previsíveis. Previsível é, isso sim, que sem elas não virá à luz o que nos nossos dias, os primeiros de uma nova época, luta por ganhar vida. Por isso mesmo, é tempo de dar ouvidos não tanto àqueles que acham que encontraram o *arcanum* da época, mas sobretudo àqueles que de forma mais objetiva, mais independente e mais incisiva quiserem dar voz às nossas maiores preocupações, ainda que apenas pela razão de que uma revista não é lugar para os maiores. E muito menos para os menores, à exceção daqueles que, não apenas na sua busca da alma, mas também no seu pensamento, olham para as coisas e percebem que elas só se renovarão por meio de uma entrega. Sem recorrer a manhas: nestas páginas serão objeto de crítica implacável o ocultismo espiritualista, o obscurantismo político, o expressionismo católico. Recusando assim o obscurantismo fácil do esoterismo, a revista não poderá, por outro lado, prometer contributos leves e acessíveis. Estes têm, pelo contrário, o dever de ser cristalinos e sóbrios. Que não se esperem frutos dourados em taças de prata.[26] Em vez disso: racionalidade até o fim. E como aqui só os espíritos livres falarão de religião, a revista poderá alargar o seu âmbito para lá da sua língua, e mesmo do Ocidente, e discutir outras religiões. Só para a literatura a língua alemã será vinculativa.

Naturalmente que nada nos garante a expressão da desejada universalidade. De fato, a forma exterior da revista excluirá todas as manifestações diretas das artes plásticas, do mesmo modo que – de forma menos evidente – a sua essência a obriga a manter distância em relação às ciências, porque nesta esfera, muito mais do que na arte e na filosofia, o atual e o essencial costumam andar muito mais separados. Por isso a ciência constitui, nas prioridades das matérias tratadas por uma revista, a transição para a vida prática, na qual o verdadeiramente atual, por detrás da sua aparência, raramente se oferece à concentração filosófica.

Essas limitações pouco significam, se comparadas com aquela outra, inevitável, que se relaciona com o responsável por uma tal revista. Permitam-nos ainda algumas palavras sobre este ponto, cuja intenção é a de deixar claro de que modo ele tem consciência dos limites do seu campo de ação e os aceita. De fato, o diretor desta revista não tem a pretensão de dominar da sua atalaia o horizonte espiritual do nosso tempo. E, para continuar com estas metáforas, seja dito que ele prefere o lugar do homem que ao fim do dia, depois do trabalho e antes de a ele voltar na manhã seguinte, ao chegar à soleira da casa abarca com o olhar, mais do que procura, o costumado horizonte para fixar o que de novo, nessa paisagem, se mostrou para saudá-lo. O responsável por esta revista considera que o seu trabalho é filosófico, e aquela metáfora pretende dizer que o leitor não encontrará nestas páginas nada de absolutamente estranho, estímulos inadequados, que o responsável se sentirá sempre em consonância com aquilo que nelas for publicado. Mas a imagem servirá também para afirmar, ainda com mais ênfase,

---

[26] A citação vem de uma conversa de Goethe com Eckermann (de 25 de dezembro de 1825), a propósito de Shakespeare: "Shakespeare [...] oferece-nos maçãs douradas em taças de prata". (N.T.)

que a forma e a medida dessa consonância não poderão ser avaliadas tomando como referência o público, e que não existe no modo de senti-la nada que possa ligar os colaboradores para lá da sua própria vontade e consciência. Na verdade, a revista evitará tanto qualquer espécie de namoro aos favores do público como aproximações menos íntegras dos colaboradores com vista a um entendimento, favorecimento ou comunhão de pontos de vista. Nada será mais importante para o responsável do que a expressão, por esta via, da total rejeição da mera aparência, a afirmação de que a mais pura vontade, o mais paciente esforço entre os que assim pensam não resultará numa unidade, muito menos numa comunidade de ideias, que, enfim, a revista mostre, na grande diversidade dos seus contributos, como uma tal comunidade é impensável hoje em dia – e para aí aponta, afinal, o lugar de sentido onde nos situamos –, como essa aproximação está sempre a ser posta à prova e como compete ao diretor da revista demonstrá-lo.

Com isso tocamos no lado efêmero desta revista, de que ela tem consciência desde a primeira hora. É esse o preço justo exigido pela sua busca da verdadeira atualidade. Há mesmo uma lenda talmúdica segundo a qual os anjos – a cada momento sempre novos, em legiões infinitas – são criados para, depois de terem entoado os seus hinos na presença de Deus, deixarem de existir e se dissolverem no nada.[27] Que o nome desta revista sirva para mostrar que o sentido de atualidade que ela pretende representar é o único verdadeiro.

---

[27] A referência a esta lenda talmúdica aparece também no final do ensaio de Benjamin sobre Karl Kraus. (N.T.)

Destino e caráter

Destino e caráter são muitas vezes vistos em ligação causal, sendo o caráter referido como causa do destino.[28] O que está subjacente a essa ideia é o seguinte: se, por um lado, o caráter de uma pessoa, ou seja, também o seu modo de reagir, fosse conhecido em todos os seus pormenores, e se, por outro lado, o acontecer universal fosse conhecido nos domínios em que se aproxima daquele caráter, seria possível prever exatamente tanto o que aconteceria a esse caráter como o que ele seria capaz de realizar. Por outras palavras, poderíamos conhecer o seu destino. As concepções dominantes hoje não possibilitam um acesso mental direto ao conceito de destino. Por isso o homem moderno aceita a ideia de o caráter poder ser lido a partir dos traços físicos de uma pessoa, porque encontra de algum modo em si mesmo esse saber do caráter, enquanto a ideia análoga de ler o destino a partir das linhas da mão lhe parece inaceitável. Isso parece tão impossível como "prever o futuro": nessa categoria inclui-se, sem mais, a previsão do destino, enquanto o caráter surge como algo que se situa no presente e no passado, como algo de reconhecível, portanto. Acontece, porém, que precisamente aqueles que se empenham em predizer o destino a partir

---

[28] A ideia que parece estar subjacente a essa afirmação, e que surge já num fragmento de Heráclito ("*Caráter é destino*"), poderá também derivar da célebre tese de A. C. Bradley para a tragédia shakespeariana ("Character is destiny"), no seu livro *Shakespearian Tragedy*, publicado já em 1904. (N.T.)

dos mais diversos sinais, afirmam que isso é imediatamente reconhecível ou, numa expressão mais prudente, está disponível para aqueles que sabem ler esses sinais (que encontram em si um saber absoluto e imediato do destino). A suposição de que o "estar disponível" de um qualquer destino futuro não contradiz nem o conceito de destino, nem as capacidades cognitivas do homem para a sua predição, não é, como se verá, de todo absurda. De fato, tal como o caráter, também o destino só é perceptível por meio de sinais, e não em si mesmo, pois – apesar de este ou aquele traço de caráter, esta ou aquela trama do destino poderem estar diretamente debaixo dos nossos olhos –, o contexto em que aqueles conceitos são usados nunca pode "estar disponível" a não ser por meio de sinais, porque se situa acima do imediatamente visível. O sistema de sinais caracteriológicos é em geral limitado ao corpo, se excetuarmos o significado caracteriológico daqueles sinais que o horóscopo explora; de acordo com a tradição, os sinais do destino podem encontrar-se, para além do corpo, também em todos os fenômenos da vida exterior. Mas a relação entre o sinal e aquilo que é sinalizado constitui em ambas as esferas um problema igualmente fechado e complexo, mas diferente nos dois casos, porque, apesar de toda a observação superficial e de todas as falsas interpretações dos sinais, eles não podem, em nenhum dos sistemas, caráter ou destino, gerar significação com base em relações causais. Uma relação de sentido nunca pode ter um fundamento causal, ainda que no caso presente aqueles sinais, na sua existência, possam ter sido suscitados de forma causal pelo destino e pelo caráter. No que se segue não vamos investigar de que modo se manifesta um tal sistema de sinais para o caráter e para o destino; a reflexão centrar-se-á exclusivamente no objeto sinalizado.

Torna-se evidente que o ponto de vista tradicional sobre a essência e a condição desses objetos não só continua a ser problemático, na medida em que não consegue tornar racionalmente compreensível a possibilidade de uma previsão do destino, como também é falso, porque a separação sobre a qual assenta é teoricamente inconcebível. De fato, é impossível reconstruir um conceito contraditório a partir do aspecto exterior de um indivíduo ativo, quando se visa alcançar, como seu cerne, o caráter na concepção atrás referida. Nenhum conceito do mundo exterior pode ser definido contra o limite do conceito do indivíduo ativo. Entre esse indivíduo e o mundo exterior tudo é, pelo contrário, ação recíproca, os seus campos de ação interpenetram-se; por mais que as suas ideias sejam diferentes, os seus conceitos não são separáveis. Não só é impossível, em qualquer caso, dizer o que, afinal, deve ser visto como função do caráter ou como função do destino na vida de uma pessoa (isso não teria aqui qualquer significado se ambos, por exemplo, se interpenetrassem apenas na experiência), como também o exterior que o homem ativo encontra pode remeter, numa escala quase sem limite, para o seu interior, e este para o seu exterior, na mesma escala e por princípio, ou mesmo ser tomado essencialmente por esse exterior. Desse ponto de vista, o caráter e o destino, longe de se separarem teoricamente, acabam por coincidir. É o que Nietzsche tem em mente ao escrever: "Quando alguém tem caráter, há sempre alguma sua vivência que se torna recorrente".[29] Ou seja: quando alguém tem caráter, o seu destino é, no essencial, constante. O que, por outro lado, pode também significar: não tem destino (esta foi a conclusão a que chegaram os estoicos).

Se quisermos então delimitar o conceito de destino, temos de separá-lo claramente do de caráter, o que, por sua vez, não pode acontecer antes de este último ter sido mais rigorosamente caracterizado. Com base nessa caracterização, os dois conceitos tornar-se-ão absolutamente divergentes: onde houver caráter não haverá com certeza destino, e no contexto do destino não encontraremos o caráter. Para isso teremos de dar atenção a que esses dois conceitos sejam referidos a esferas nas quais, contrariamente ao que acontece no uso linguístico comum, eles não usurpem a grandeza das esferas e dos conceitos superiores. O caráter é geralmente colocado num contexto ético, e o destino num contexto religioso. Mas devem ser expulsos desses domínios, pondo a claro o erro que permitiu que para aí fossem remetidos. Tal erro deve-se à relação estabelecida, no caso do conceito de destino, entre este e o de culpa. Assim, para referir o caso mais típico, a desgraça interpretada como fatalidade é entendida como resposta de Deus ou dos deuses a uma culpa na esfera religiosa. E no entanto não podemos esquecer que nunca se estabelece uma tal relação do conceito de destino com o conceito de culpa que toda a moral implica, nomeadamente com o conceito de inocência. A ideia clássica grega do destino encara a sorte

---

[29] A citação de Nietzsche encontra-se em *Para Além do Bem e do Mal,* quarta seção ("Sentenças e interlúdios"), aforismo 70. (N.T.)

que cabe ao indivíduo não como confirmação de uma vida inocente, mas sempre como tentação de cair numa culpa grave, na *hybris*. Não existe, portanto, no destino, uma relação com a inocência. E será que no destino – a questão vai ainda mais fundo – existe uma relação com a sorte? Será a sorte, como sem dúvida o é a desgraça, uma categoria constitutiva do destino? A sorte parece ser, antes, aquilo que liberta quem a tem da cadeia dos destinos e da rede do seu próprio destino. Não é por acaso que Hölderlin diz que os deuses bem-aventurados "escapam ao destino".[30] Também a sorte e a bem-aventurança, portanto, fogem à esfera do destino, tal como a inocência. Mas uma ordem cujos únicos conceitos constitutivos sejam a desgraça e a culpa, e da qual se exclua a possibilidade de um caminho de salvação (pois a partir do momento em que algo se transforma em destino é desgraça e culpa) –, uma tal ordem não pode ser religiosa, por mais que o conceito de culpa, falsamente compreendido, para aí pareça remeter. Temos, então, de procurar outro domínio no qual o que conta é apenas a desgraça e a culpa, uma balança na qual a bem-aventurança e a inocência revelam ser demasiado leves e se elevam num dos pratos. Essa balança é a do Direito. O Direito eleva as leis do destino, a desgraça e a culpa, à categoria de medidas da pessoa humana. Seria falso supor que no contexto do Direito encontramos apenas a culpa; pelo contrário, podemos mostrar como toda culpabilização jurídica mais não é do que uma desgraça. Foi devido à sua confusão com o reino da justiça, de forma equívoca, portanto, que a ordem do Direito – que é apenas um resíduo da fase demoníaca da existência da humanidade e na qual os códigos determinaram não apenas as regras das suas relações, mas também a sua ligação aos deuses – conseguiu manter-se para além da época que inaugurou a vitória sobre os demônios. Não foi no campo do Direito, mas na tragédia, que pela primeira vez a cabeça do gênio emergiu das névoas da culpa, porque é na tragédia que se rompe o destino demoníaco. Mas isso não acontece por meio da superação da cadeia pagã, imprevisível, de culpa e redenção pela pureza do homem redimido e reconciliado com o deus puro. O que acontece na tragédia é que o homem pagão se apercebe de que é melhor do que os

---

[30] A referência é ao poema "Hyperions Schicksalslied" [Canção do destino de Hipérion]: "Sem destino, como criança / que dorme, respiram os deuses [...]". (N.T.)

seus deuses, mas essa tomada de consciência deixa-o sem linguagem, permanece indistinta. Sem se manifestar abertamente, tenta avolumar secretamente a sua força. Não coloca a culpa e a redenção, como medidas diferentes, nos pratos da balança, mas mistura-as e confunde-as. Não se fala de um restabelecimento da "ordem moral do mundo", é o homem moral que, ainda mudo, ainda na sua menoridade – e o nome que lhe é dado é o de "herói" –, tenta erguer-se no meio do grande abalo daquele mundo de dor. O paradoxo do nascimento do gênio a partir da mudez moral, da infantilidade moral, marca a presença do sublime na tragédia. E será provavelmente o fundamento do sublime em absoluto, no qual o que se manifesta é mais o gênio do que o deus.

O destino revela-se, portanto, na observação de uma vida como algo de condenado, no fundo como algo que começou por ser condenado para depois ser culpado. Goethe resumiu essas duas fases nas palavras: "Vós fazeis dos pobres culpados".[31] O Direito não condena à punição, mas à culpa. O destino é o contexto de culpa em que se inserem os vivos, e que corresponde à sua condição natural, aquela aparência ainda não completamente apagada de que o ser humano está tão afastado que nunca conseguiria mergulhar nela, limitando-se a permanecer invisível sob o seu domínio e apenas na sua melhor parte. Não é, portanto, afinal o ser humano que tem um destino: o sujeito do destino é indeterminável. O juiz pode descortinar destino onde quiser, e ditará às cegas um destino com cada condenação. O ser humano nunca será atingido por esse destino, mas apenas a vida nua nele, que participa da culpa natural e da desgraça devido àquela aparência. Esse vivo pode, assim, ser relacionado com cartas e astros, e a vidente serve-se da técnica simples de inserir isso no contexto da culpa recorrendo às coisas mais previsíveis e mais certas – coisas que, de forma não inocente, estão prenhes de certeza. Com isso, ela fica a

---

[31] Fonte da citação: um dos poemas ("O harpista I") do romance *Os Anos de Aprendizagem de Wilhelm Meister*. Tradução completa em: J. W. Goethe, *Obras Escolhidas*, vol. 8: *Poesia,* seleção, tradução, prefácio e notas de João Barrento. Lisboa, Círculo de Leitores, 1993, p. 109, v. 6: "Quem com lágrimas nunca comeu seu pão, / Quem em angústia nunca as noites passou, / Sentado na cama, em pranto o coração, / Não vos conhece a vós, poderes do céu. // Por vós somos nesta vida lançados, / E ao pobre aqui a culpa o espera; / Depois, à dor somos abandonados, / Pois toda a culpa se vinga nesta terra". (N.T.)

conhecer pelos sinais algo sobre uma vida natural no ser humano, que procura colocar no lugar da figura nomeada; e por outro lado quem a vai consultar abdica em favor da vida carregada de culpa que traz em si. O contexto da culpa insere-se de forma muito imprópria no fluxo do tempo, na sua natureza e na sua medida totalmente diferente do tempo da redenção ou da música ou da verdade. A plena iluminação dessas coisas depende da fixação da forma particular de tempo que é a do destino. A cartomante e a quiromante ensinam-nos, de qualquer modo, que esse tempo pode a qualquer momento tornar-se contemporâneo de um outro (não presente). É um tempo não autônomo, parasita de outro tempo, o de uma vida superior e menos natural. Não tem presente, porque esses momentos em que o destino se abate sobre as vidas humanas só existem nos maus romances, e esse tempo também só em variantes muito particulares conhece o passado e o futuro.

Existe então um conceito de presente – e é o autêntico, o único, que se aplica da mesma maneira ao destino na tragédia e às intenções da cartomante – totalmente independente do caráter, e que busca o seu fundamento numa esfera completamente diferente. Também o conceito do caráter tem de ser inserido numa perspectiva semelhante. Não é por acaso que ambas as ordens se relacionam com práticas de interpretação de sinais, e que na quiromancia o caráter e o destino se encontram com sentido. Ambos dizem respeito ao homem natural, ou melhor, à natureza no homem, e esta se anuncia nos sinais da natureza, em si mesmos ou induzidos experimentalmente. A fundamentação do conceito de caráter terá, portanto, de remeter igualmente para a esfera da natureza, tendo tão pouco a ver com a ética ou com a moral como o destino com a religião. Por outro lado, também o conceito de caráter terá de se libertar daqueles traços que suportam a sua relação errônea com o conceito de destino. Essa relação é suscitada pela ideia de uma rede cujas malhas o conhecimento apertará de alguma maneira, até resultar num tecido espesso; e o caráter surge então como a observação de superfície dessa rede. Para além dos grandes traços fundamentais, pressupõe-se que o olhar treinado do conhecedor dos homens descobrirá outros, mais finos e mais densos, até que aquilo que parecia uma rede se transforme num tecido de malha apertada. Por fim, um juízo fraco julgou possuir, nos fios desse tecido, a essência moral do respectivo caráter, e pôs-se a distinguir nele as boas e as más qualidades. No entanto, é preciso mostrar à moral que nunca são as qualidades que são moralmente importantes, mas sim as ações. Sabemos que as aparências pretendem dizer o contrário. Não são apenas palavras como "ladrão", "esbanjador", "corajoso" que parecem conter valores morais (neste plano podemos ainda esquecer a aparente coloração moral dos conceitos); são sobretudo palavras como "abnegado", "traiçoeiro", "vingativo", "invejoso" que parecem indicar traços de caráter que já não é possível separar de valorações morais. E no entanto esse processo de abstração não só é exequível em cada caso particular, como também é necessário para se poder apreender o sentido dos conceitos. E deve ser concebido de tal modo que a valoração se mantém em si mesma e só a sua ênfase moral lhe é retirada, para dar lugar a eventuais apreciações, determinadas em sentido positivo ou negativo, para as quais apelem as designações de atributos do intelecto (como "inteligente" ou "estúpido"), sem dúvida moralmente neutras.

É a comédia que ensina de que maneira essas designações de qualidades pseudomorais têm de ser remetidas para a sua verdadeira esfera. No seu centro temos, como protagonista da comédia de caráter, muitas vezes um indivíduo a quem, se fôssemos confrontados com as suas ações na vida real, e não no palco, chamaríamos um canalha. Mas no palco da comédia as suas ações só ganham o interesse que sobre elas faz recair a luz do caráter, e este, nos casos clássicos, é objeto não de condenação moral, mas de grande chacota. As ações do herói cômico nunca atingem o seu público enquanto tais, nem enquanto ações morais; os seus atos só interessam na medida em que refletem a luz do caráter. É fácil constatar que os grandes autores de comédia, como Molière, não buscam determinar as suas personagens pela variedade de traços de caráter. Pelo contrário, a análise psicológica nunca chegará a ter acesso à sua obra. Os seus interesses não se veem satisfeitos em peças como *O Avarento* ou *O Doente Imaginário*, nas quais a avareza ou a hipocondria estão na base de toda a ação. Essas peças não nos ensinam nada sobre a hipocondria ou a avareza, não contribuem para torná-las compreensíveis, mas apresentam-nas de forma crescentemente flagrante. Se o objeto da psicologia é a vida interior de um pretenso indivíduo empírico, as personagens de Molière de nada lhe servem, nem mesmo como meios de demonstração. O caráter revela-se nelas de forma solar, no brilho do seu único traço, que não permite que mais nenhum se veja nas suas proximidades, mas, pelo contrário, o ofusca. O lado sublime da comédia de caráter assenta nesse anonimato do ser humano e da sua moralidade no meio da mais completa revelação do indivíduo na singularidade do seu traço de caráter. Enquanto o destino desdobra a imensa complicação da personagem culpada, a complicação e as relações dessa culpa, o caráter responde com o gênio àquela sujeição mítica da personagem à trama da culpa. A complicação torna-se simplicidade, o fado, liberdade. Pois o caráter da personagem cômica não é o espantalho dos deterministas, é o farol a cuja luz se torna visível a liberdade dos seus atos.

Ao dogma da culpa natural da vida humana, da culpa original, cuja insolubilidade de princípio constitui a doutrina do paganismo, e cuja eventual solução é a base do seu culto, contrapõe o gênio a visão da inocência natural do homem. Essa visão agarra-se também ao domínio da natureza, mas, pela sua essência, está tão próxima de pontos de vista morais como a ideia contrária apenas na forma da tragédia que não é a única que assume. Já a visão do caráter é libertadora sob todas as formas: está ligada à liberdade (de uma forma que não pode ser aqui demonstrada) pela via da sua afinidade com a lógica.

O traço de caráter não é, portanto, o nó na rede. É o sol do indivíduo no céu descorado (anônimo) do ser humano, que projeta a sombra da ação cômica. É isso que reconduz ao seu verdadeiro contexto a profunda consideração de Cohen[32] segundo a qual toda ação trágica, por mais sublime que seja nos seus coturnos, projeta uma sombra cômica.

Os sinais fisionômicos, tal como os outros, mânticos, devem ter servido aos Antigos sobretudo para questionar o destino, de acordo com o poder da crença pagã na culpa. A doutrina fisionômica, tal como a comédia, é fenômeno da nova época do gênio na história humana. Os modernos estudos fisionômicos mostram ainda a sua ligação à arte antiga dos áugures na ênfase de valoração moral estéril dos seus conceitos, e na sua tendência para a complicação analítica. Precisamente nesse âmbito, os fisionomistas antigos e medievais viram as coisas de forma mais correta ao reconhecerem que o caráter só pode ser apreendido com referência a alguns, poucos, conceitos fundamentais moralmente neutros, como os que a doutrina dos temperamentos procurou fixar.

---

[32] Hermann Cohen (1842-1918): filósofo judeu-alemão, fundador da escola neokantiana de Marburgo. Benjamin cita a sua *Lógica do Conhecimento Puro* em *Origem do Drama Trágico Alemão* (vol. I da edição de obras de W. Benjamin na Autêntica, p. 34). (N.T.)

Sobre a crítica do poder como violência[33]

---

[33] O termo alemão usado por Benjamin neste título (*Gewalt*) designa tanto o "poder" como a "violência". Na leitura deste ensaio deve, por isso, ter-se sempre presente essa polissemia do termo, cujas valências semânticas muitas vezes são intercambiáveis. Subjacente à palavra portuguesa "poder" estará, por isso, quase sempre também a implicação da violência, e nas passagens em que se usa "violência" ela é também implicitamente a violência do poder. (N.T.)

A tarefa de uma crítica do poder pode ser circunscrita como a apresentação das suas relações com o Direito e a Justiça. De fato, qualquer que seja a forma como uma causa atua, ela só se transforma em violência no sentido mais forte da palavra quando interfere com relações de ordem ética. São os conceitos de Direito e Justiça que delimitam a esfera dessas relações. No que se refere ao primeiro desses conceitos, é evidente que a condição elementar de toda ordem jurídica é a dos meios e dos fins. A isso haveria a acrescentar que, em princípio, a violência só pode ser procurada no âmbito dos meios, e não dos fins. Essas constatações dizem mais, e certamente também coisas diferentes, sobre a crítica do poder do que pode parecer à primeira vista. Na verdade, se a violência for um meio, poderá parecer que dispomos de um critério para a sua crítica, que se manifesta na pergunta sobre se, em determinados casos, a violência é um meio para fins justos ou injustos. A ser assim, a sua crítica estaria implícita num sistema de fins justos. Mas na realidade não é isso o que acontece. Porque, partindo do princípio de que ele está acima de qualquer dúvida, o que um tal sistema incluiria não seria um critério da própria violência enquanto princípio, mas um critério ajustado aos casos em que ela se aplicasse. E permaneceria em aberto a questão de saber se a violência em absoluto, como princípio, mesmo sendo um meio para fins justos, tem um fundamento moral. Para decidir sobre essa questão precisamos recorrer a outro critério, mais exato, a uma distinção na esfera dos próprios meios, sem considerar os fins que servem.

A eliminação desse tipo de pergunta crítica mais exata caracteriza uma das grandes correntes da filosofia do Direito, e é mesmo o seu traço mais marcante: falamos do Direito natural. Essa orientação do Direito não vê qualquer problema na aplicação de meios violentos para fins justos, tal como o ser humano não o vê no "direito" que lhe assiste de mover o corpo até chegar a um determinado ponto. De acordo com essa concepção (que serviu de base ideológica ao terrorismo na Revolução Francesa), a violência é um produto da natureza, qualquer coisa como uma matéria-prima para cujo uso não há entraves, a não ser que se abuse da violência para fins injustos. Se, como diz a teoria política do Direito natural, os indivíduos prescindem de todo o seu poder em favor do Estado, isso acontece na condição (expressamente constatada, entre outros, por Espinosa no *Tratado Teológico-Político*[34]) de o indivíduo, no fundo, e antes de firmar esse contrato ditado pela razão, exercer *de jure* todo e qualquer poder que *de facto* possua. Talvez essas ideias tenham sido reanimadas mais tarde pela biologia de Darwin, que, de forma absolutamente dogmática, e a par da seleção natural, aceita apenas a violência como meio original e adequado a todos os fins vitais da natureza. A filosofia popular darwinista mostrou muitas vezes como é pequeno o passo que leva desse dogma da história natural àquele outro, ainda mais grosseiro, da filosofia do Direito, que pretende que toda violência adequada quase exclusivamente a fins naturais seria, só por isso, também legitimável.

Contra essa tese do Direito natural do poder apresenta-se, numa posição diametralmente oposta, a do Direito positivo, que vê o poder como dado historicamente adquirido. Se o Direito natural é capaz de ajuizar de qualquer Direito existente apenas através da crítica dos seus fins, já o Direito positivo o faz em relação ao Direito em devir apenas através da crítica dos seus meios. Se a justiça é o critério dos fins, a legitimidade é o critério dos meios. Não obstante essa oposição, as duas escolas encontram-se num dogma fundamental comum: os fins justos podem ser alcançados por meios legítimos, e os meios

---

[34] Cap. 16: "Sobre os fundamentos do Estado, sobre o Direito natural e civil do indivíduo e sobre o Direito dos poderes superiores". (N.T.)

legítimos, aplicados para alcançar fins justos. O Direito natural aspira a "legitimar" os meios pela natureza justa dos fins; o Direito positivo busca "garantir" a natureza justa dos fins pela legitimidade dos meios. A antinomia revelar-se-ia insolúvel no caso de o pressuposto dogmático comum ser falso, ou seja, se os meios legítimos, por um lado, e os fins justos, por outro, se encontrassem numa contradição inconciliável. Mas a percepção desse estado de coisas não seria possível antes de sair do círculo e de estabelecer critérios independentes, tanto para os fins justos como para os meios legítimos.

O domínio dos fins, e com isso também a busca de um critério de justiça, exclui-se, para já, dos objetivos desta investigação. Em contrapartida, torna-se central a questão da legitimidade de certos meios que constituem o poder. Os princípios do Direito natural não podem decidir sobre esse ponto, levam apenas a uma casuística sem fundo. De fato, se o Direito positivo não tem olhos para a natureza incondicional dos fins, no Direito natural acontece o mesmo com o condicionalismo dos meios. Já a teoria do Direito positivo é aceitável como fundamento hipotético no ponto de partida da investigação, porque estabelece uma distinção básica, atendendo aos tipos de violência, independentemente dos casos em que são aplicados. Essa aplicação ocorre entre a violência historicamente reconhecida, ou sancionada, e a não sancionada. O fato de as considerações que se seguem partirem dessa distinção não significa que uma determinada forma de violência seja classificada à luz do critério do sancionado ou não sancionado, já que numa crítica da violência o critério do Direito positivo não pode ser aplicado, mas tão somente avaliado. A questão aqui presente é a de saber que consequências se podem extrair para a essência do poder pelo fato de um tal critério ou de uma tal distinção lhe poderem ser aplicados; ou, por outras palavras, trata-se de saber qual é o sentido daquela distinção. Mais adiante ficará claro que aquela distinção proposta pelo Direito positivo faz sentido, é perfeitamente fundamentada e nenhuma outra a pode substituir; mas ao mesmo tempo far-se-á luz sobre a única esfera em que essa distinção pode ter lugar. Numa palavra: se o critério proposto pelo Direito positivo para a legitimidade da violência só pode ser analisado em função do seu sentido, a esfera da sua aplicação só pode ser criticada em função do seu valor. É preciso, então, encontrar um ponto de vista fora do Direito positivo, mas também fora do Direito natural. O que vamos tentar esclarecer é em que medida apenas o estudo do Direito no âmbito de uma filosofia da História permite chegar a esse ponto de vista.

Em si mesmo, não é óbvio o sentido da distinção do poder entre legítimo e ilegítimo. Deve ser recusado de forma clara o mal-entendido do Direito natural que afirma que tal sentido se encontra na distinção da violência para fins justos ou injustos. Pelo contrário, sugerimos já que o Direito positivo exige a toda forma de poder uma explicação sobre a sua origem histórica, da qual depende, em determinadas condições, a sua legitimidade, o ser ou não sancionado. Uma vez que o reconhecimento da legitimidade do poder se manifesta de forma mais palpável na obediência aos seus fins, por princípio sem resistência, pode considerar-se como base hipotética para a classificação dos poderes a existência ou a falta de um reconhecimento histórico universal dos seus fins. Os fins que prescindem desse reconhecimento podem ser designados de fins naturais, enquanto os outros serão fins de Direito. E as diversas funções do poder, consoante servem fins naturais ou de Direito, poderão ser demonstradas de forma mais clara tomando como base determinadas relações jurídicas. Para simplificar o problema, as considerações que se seguem tomam como referência a situação na Europa atual.

Nessas relações jurídicas, e no que concerne ao indivíduo enquanto sujeito de Direito, a tendência dominante é a de não admitir fins naturais em todos os casos nos quais a realização desses fins pudesse eventualmente ser alcançada adequadamente pelo uso da violência. Ou seja: essa ordem jurídica empenha-se em instituir, em todos os domínios nos quais os fins de pessoas individuais possam ser alcançados adequadamente pelo uso da violência, fins de Direito que apenas o poder judicial pode concretizar desse modo. Empenha-se mesmo em cercear, com recurso a fins de Direito, domínios nos quais, por princípio, os fins naturais são livres adentro de amplos limites, como acontece com a educação; isto, sempre que esses fins naturais possam ser alcançados com um excesso de violência – veja-se o caso das leis sobre os limites das competências quanto às punições escolares. A atual legislação europeia rege-se por uma máxima geral que pode ser formulada nos seguintes termos: todos os fins naturais de pessoas individuais colidem com os fins de Direito, desde que sejam perseguidos com maior ou menor violência (a contradição em que o direito de legítima defesa cai em relação a essa máxima esclarecer-se-á por si no decurso desta reflexão). Dessa máxima deduz-se que o Direito vê o poder nas mãos de pessoas individuais como um perigo de subversão da ordem estabelecida. Como um perigo que implica o fracasso dos fins de Direito e do poder executivo judicial? Não é esse o caso, porque, a ser assim, não se condenaria a violência em si mesma, mas apenas a violência orientada para fins ilegítimos. Poderá dizer-se que um sistema de fins de Direito é insustentável se abrir a possibilidade de se chegar a fins naturais por meio da violência. Mas isso, por agora, não passa de um dogma. Talvez tenhamos antes de dar atenção à surpreendente possibilidade de o interesse do Direito pela monopolização do poder em face da pessoa individual não se explicar pela intenção de garantir os fins de Direito, mas antes o próprio Direito. Trata-se da possibilidade de o poder, quando não cai sob a alçada do respectivo Direito, o ameaçar, não pelos fins que possa ter em vista, mas pela sua simples existência fora do âmbito do Direito. A mesma suposição pode ser sugerida, de modo mais drástico ainda, se nos lembrarmos de como a figura do "grande" criminoso, por mais repugnantes que tenham sido os seus fins, suscitou tantas vezes a secreta admiração do povo. Isso só pode acontecer devido aos seus atos, e não à violência de que dão testemunho. Nesse caso, o poder – que o Direito atual procura retirar ao indivíduo em todos os domínios de atuação – constitui-se realmente como ameaça e, mesmo em situação de desvantagem, desperta ainda a simpatia da multidão, em oposição ao Direito. Através de que função o poder da violência parece, e com razão, tão ameaçador para o Direito e é tão temido por ele? Isso só se manifesta nos casos em que, mesmo à luz da ordem jurídica atual, o recurso à violência é admitido.

O primeiro exemplo poderá ser o da luta de classes, sob a forma do direito à greve garantido aos trabalhadores. O operariado organizado é, hoje em dia, o único sujeito jurídico, além do Estado, ao qual se concede o direito à violência. Contra esse ponto de vista, é certo, pode objetar-se que a recusa de agir, a não ação – coisa que, em última instância, a greve é –, de modo algum pode ser referida como violência. Foi provavelmente esse fato que facilitou ao poder do Estado a aceitação do direito à greve, quando esta já não podia ser evitada. Mas a sua validade não é ilimitada, porque não se trata de uma aceitação incondicional. É certo que a recusa de uma ação ou de um serviço, nos casos em que equivale simplesmente a uma "quebra de relações", pode ser um meio limpo e não violento. E como, do ponto de vista do Estado (ou do Direito), o direito à greve não concede aos trabalhadores um direito à violência, mas antes o de se subtrair a ela (quando esta possa ser exercida de maneira indireta pelo patrão), pode ocorrer de vez em quando um caso de greve que corresponda a esses pressupostos e pretenda apenas manifestar um "voltar costas" ou um "alheamento" em relação ao patrão. O momento de violência pode, no entanto, acontecer no âmbito dessa recusa, sob a forma de chantagem, nomeadamente quando naquela se encontre uma disposição de princípio para voltar a praticar a ação recusada em determinadas condições que ou não têm nada a ver com ela ou atuam apenas sobre o seu aspecto exterior. É nesse sentido que, do ponto de vista do operariado, que se opõe ao do Estado, o direito à greve corresponde ao direito de exercer a violência para alcançar determinados objetivos. O antagonismo dessas duas posições manifesta-se na sua máxima acuidade na situação da greve geral revolucionária. Nessa situação, a classe trabalhadora reclamará sempre o seu direito à greve, enquanto o Estado verá nessa reivindicação um abuso, uma vez que o direito à greve não deve ser entendido "assim", e promulgará decretos especiais. De fato, o Estado se sentirá no seu direito de declarar que o exercício de uma greve simultânea em todas as empresas é ilegítimo, uma vez que não pode ter em cada empresa o motivo específico previsto pelo legislador. Nessas diferentes interpretações espelha-se a contradição objetiva da situação jurídica segundo a qual o Estado reconhece um poder a cujos fins, enquanto fins naturais, é indiferente, mas que trata de forma hostil quando a situação se agrava (com a greve geral revolucionária). Em determinadas circunstâncias, e por mais paradoxal que isto possa parecer à primeira vista, pode ser visto como violência também um comportamento assumido no exercício de um direito. Um tal comportamento será designado de violento quando for assumido de forma ativa, sempre que exercer um direito que lhe assiste com vista a derrubar a ordem jurídica pela qual tal direito lhe foi outorgado; se for um comportamento passivo, poderá igualmente ser designado assim sempre que se trate de chantagem, no sentido da reflexão proposta antes. Por isso, estamos apenas perante uma contradição objetiva na situação jurídica, mas não perante uma contradição lógica do Direito, quando este, em determinadas circunstâncias, se opõe com violência aos grevistas enquanto agentes da violência. Na verdade, o que o Estado mais teme na greve é aquela função da violência que esta análise pretende investigar como único fundamento seguro da sua crítica. Se a violência fosse, como parece ser, apenas o meio de se apoderar imediatamente do que quer que seja que se pretende num dado momento, só poderia alcançar os seus fins sob a forma da violência de um assalto. O poder da violência seria, nesse caso, completamente inapto para instaurar ou modificar relações de forma relativamente estável. O exemplo da greve, porém, mostra que ela é capaz disso, que tem condições de instaurar e modificar relações jurídicas, por mais que o sentimento de justiça possa sair ofendido. É fácil objetar-se que uma tal função do poder da violência é ocasional e esporádica. A análise da violência da guerra refutará essa objeção.

A possibilidade de um direito à guerra assenta exatamente nas mesmas contradições objetivas que a do direito à greve, concretamente no fato de os sujeitos jurídicos sancionarem formas de violência cujos fins permanecem, para os que sancionam, fins naturais, e que, por isso, em situações extremas podem entrar em conflito com os seus próprios fins de Direito ou naturais. A violência da guerra, no entanto, procura desde logo alcançar os seus fins de forma imediata e com a violência do assalto. Apesar disso, é mais do que evidente que até em contextos primitivos – ou precisamente aí –, que mal conhecem os rudimentos das relações baseadas no Direito político, e mesmo nos casos em que o vencedor entrou na posse de algo agora inalienável, se exige sempre que o cessar das hostilidades seja assinalado com um cerimonial de paz. A palavra "paz" designa mesmo, na correlação que estabelece com "guerra" (porque existe ainda um outro sentido, igualmente não metafórico e político, que é aquele em que Kant fala da "paz perpétua"), *a priori* um tal sancionamento de toda e qualquer vitória, necessário e independente de todas as outras relações jurídicas, e que consiste em reconhecer a nova situação como uma nova forma de "Direito", antes mesmo de se saber se essa situação necessita ou não, *de facto,* de alguma garantia para ter continuidade. Assim sendo, se a violência da guerra, enquanto forma primordial e arquetípica, pode ser tomada como modelo de toda violência para fins naturais, é inerente a todas essas formas de violência e poder um caráter legislador. Voltaremos mais adiante a essa dedução e às suas implicações, pelas quais se explica a tendência do Direito moderno, atrás referida, de retirar, pelo menos às pessoas individuais enquanto sujeitos jurídicos, todo o poder que vise fins naturais. Na figura do grande criminoso, o Direito vê-se confrontado com esse poder e a sua ameaça de instituir um novo Direito, uma ameaça que, apesar da sua impotência, nos casos mais significativos faz estremecer o povo, hoje em dia como nas épocas arcaicas. O Estado, porém, teme esse poder essencialmente pela sua possibilidade de instituir um Direito, do mesmo modo que tem de reconhecê-lo como tal quando potências estrangeiras ou classes sociais o obrigam a conceder-lhes, respectivamente, o direito de fazer a guerra ou a greve.

Quando, na última guerra, a crítica do poder militar se tornou o ponto de partida de uma acesa crítica da violência em geral – crítica que, pelo menos, ensina que ela não pode já ser exercida de forma ingênua nem tolerada –, aquele poder transformou-se em objeto de crítica, não apenas por querer instituir um Direito; ele foi julgado de forma talvez ainda mais arrasadora no que respeita a uma outra função. O que, de fato, caracteriza o militarismo – que só chegou a ser o que é devido ao serviço militar obrigatório – é uma duplicidade na função da violência. O militarismo é a compulsão ao uso generalizado da violência como meio para atingir os fins do Estado. Essa compulsão ao uso da violência foi recentemente condenada com igual ou maior ênfase do que o próprio uso da violência. Nela, a violência mostra-se numa função totalmente diferente da do seu uso simples para fins naturais. Consiste no uso da violência como meio para fins jurídicos, pois a submissão dos cidadãos às leis – no caso vertente, a lei do serviço militar obrigatório – é um fim jurídico. Se àquela primeira função da violência chamamos a função instituidora do Direito, a segunda pode ser vista como a função que o mantém. Uma vez que o serviço militar obrigatório constitui um caso de aplicação do poder que mantém o Direito – em princípio idêntico a outros –, a sua crítica realmente eficaz não é tão simples como querem os pacifistas e os ativistas com as suas proclamações. Coincide antes com a crítica de todo o poder judicial, ou seja, com a crítica do poder legal ou executivo, e não pode ser levada a cabo num quadro mais restrito. Nem pode também – se não quisermos proclamar um anarquismo sem dúvida infantil – ser levada a cabo pela recusa da aceitação de toda e qualquer coação exercida sobre o indivíduo, e pela proclamação do princípio: "Farás o que te agradar".[35] Máximas como essa se limitam a excluir a reflexão sobre a esfera ético-histórica e, com isso, sobre qualquer sentido da ação e mesmo da realidade em geral, sentido esse não instaurável quando a "ação" for arrancada ao seu contexto. Mais importante será a constatação de que também não é suficiente, para sustentar essa crítica, a referência ao imperativo categórico com o seu inquestionável programa mínimo[36]: Age de tal modo que a cada momento possas usar a humanidade sempre como fim, e nunca apenas como meio, tanto no que se refere à tua própria pessoa como à de um outro.[37] De fato, o Direito positivo, se estiver consciente das suas raízes, reivindicará que o interesse da humanidade deverá ser reconhecido e fomentado na pessoa de cada indivíduo. Esse Direito descobre o referido interesse na apresentação e manutenção de uma ordem dependente do destino. Do mesmo modo que não devemos poupar a críticas essa ordem, que o Direito, com razão, pretende conservar, assim também qualquer contestação dessa ordem se revela impotente em face da crítica, se for feita apenas em nome de uma "liberdade" sem forma, sem possibilidades de referência àquela ordem superior de liberdade. E será impotente em absoluto se não contestar o próprio corpo da ordem jurídica, mas apenas leis ou costumes jurídicos isolados, que o Direito protegerá então com o seu poder, um poder que se reclama de que só existe um destino e que precisamente o estado de coisas vigente e o elemento ameaçador pertencem irrevogavelmente à sua ordem. Porque o poder que tende a preservar o Direito é um poder ameaçador. Essa ameaça, porém, não deve ler-se no sentido de intimidação, como acontece com certos teóricos liberais desinformados. A intimidação no sentido exato do termo exigiria uma determinidade que contraria a essência da ameaça, que não é abrangida por nenhuma lei, uma vez que existe a esperança de

---

[35] A citação é da peça de Goethe *Torquato Tasso*, v. 994 (trad. de João Barreto. Lisboa, Relógio d'Água, 1999, p. 26). (N.T.)

[36] O "programa" vem da obra de Kant *Fundamentação da Metafísica dos Costumes*, 2ª seção. (N.T.)

[37] Poderia questionar-se este célebre postulado indagando se ele, afinal, não peca por defeito, concretamente: se é lícito deixar-se servir ou servir-se de si próprio ou de outra pessoa como um meio, em qualquer situação. Há muitas e boas razões para essa dúvida.

escapar ao seu braço. Essa é mais uma razão para a lei se revelar ameaçadora como o destino, no qual está escrito se o criminoso irá ou não cair sob a sua alçada. O sentido mais profundo da indeterminidade da ordem jurídica só será apreendido pelas considerações posteriores sobre a esfera do destino, que é a origem dessa ordem. Um indício precioso dela encontra-se no domínio penal. Desde que a validade do Direito positivo foi posta em causa, o que nesse domínio mais suscitou a crítica foi a pena de morte. Se os seus argumentos, na maior parte dos casos, têm sido pouco fundamentados, já os seus motivos foram e são apresentados como questões de princípio. Os seus críticos sentiam, talvez sem serem capazes de fundamentá-lo, provavelmente até sem desejarem senti-lo, que a contestação da pena de morte não atinge uma medida punitiva nem determinadas leis, mas o próprio Direito nas suas raízes. Se a violência, uma violência coroada pelo destino, constitui a sua origem, por outro lado não é difícil supor que no poder supremo – o poder sobre a vida e a morte que se manifesta na ordem jurídica – as origens do "poder-como-violência" interferem de forma significativa na ordem vigente, manifestando-se nela de forma terrível. Em consonância com isso, vemos que em contextos jurídicos primitivos a pena de morte se aplica também a delitos como o atentado contra a propriedade, em relação aos quais parece ser absolutamente "desproporcionada". O seu sentido não é então o de punir a infração da lei, mas o de afirmar o novo Direito. Na aplicação do poder sobre a vida e a morte, mais do que em qualquer outra aplicação da lei, é o próprio Direito que se fortalece. Mas é aí que, ao mesmo tempo, se anuncia algo de podre no reino do Direito, especialmente para sensibilidades mais refinadas, que se sabem muito distantes de situações nas quais o destino tenderia a mostrar-se em toda a sua majestade para fazer cumprir a lei. Mas o entendimento precisa se aproximar o mais possível dessas situações, se quiser pôr termo à crítica do poder que institui e daquele que mantém o Direito.

Essas duas formas de poder encontram-se presentes, numa relação muito mais antinatural do que na pena de morte, num hibridismo por assim dizer fantasmático, numa outra instituição do Estado moderno: a da polícia. Trata-se, é certo, de um poder para fins jurídicos (com direito de execução), mas ao mesmo tempo com autorização para instituir tais fins adentro de amplos limites (através do direito de decretar medidas). O lado infame de uma tal instituição – que só por poucos é sentido, já que as competências da polícia raramente são suficientes para intervir de forma mais brutal, podendo, no entanto, exercer-se mais cegamente sobre áreas vulneráveis e pessoas sensatas, contra as quais o Estado não estaria protegido pelas leis – reside no fato de nela não se verificar a separação entre o poder que institui e o que mantém o Direito. Ao primeiro pede-se a legitimação pela vitória, o segundo está sujeito à limitação de não poder postular novos fins para si próprio. O poder policial está isento dessas duas condições. É um poder instituinte do Direito – porque, não sendo sua função promulgar leis, pode decretar medidas com validade jurídica – e que mantém o Direito, porque se coloca à disposição daqueles fins. A afirmação segundo a qual os fins do poder policial seriam sempre idênticos aos do restante Direito, ou pelo menos ligados a eles, é absolutamente falsa. Pelo contrário, o "Direito" da polícia designa aquele ponto em que o Estado – seja por impotência, seja devido às ligações imanentes de toda a ordem jurídica – não está já em condições de garantir, através dessa ordem jurídica, os seus fins empíricos, que pretende atingir a qualquer preço. Por isso a polícia intervém em numerosos casos "por razões de segurança", quando a situação legal não é clara, para não falar dos casos em que, sem qualquer consideração de fins jurídicos, constitui um incômodo brutal que acompanha os cidadãos ao longo de toda uma vida regulamentada, ou pura e simplesmente o vigia. Em contraste com o Direito que reconhece na "decisão" fixada no espaço e no tempo uma categoria metafísica graças à qual reclama o seu direito à crítica, a ocupação com a instituição policial não depara com nada de essencial. O seu poder é amorfo, tal como a sua imagem fantasmagórica, intangível e onipresente na vida dos Estados civilizados. E, apesar de não ser muito diferente de uns lugares para outros, não se pode negar que o espírito da polícia é menos detestável na monarquia absoluta, em que representa a figura do soberano que concentra em si todo o poder legislativo e executivo, do que nas democracias, em que a sua existência, não sustentada por nenhuma relação desse tipo, é testemunho da maior degeneração do poder que se pode imaginar.

    Todo poder, enquanto meio, tem por função instituir o Direito ou mantê-lo. Se não se reclamar de nenhum desses predicados, renuncia com isso a qualquer validade. Daqui resulta, porém, que todo poder enquanto meio, mesmo nos casos mais favoráveis, participa da problemática geral do Direito. E apesar de não podermos ainda, no ponto a que chegamos nestas considerações, discernir bem o alcance dessa problemática, depois do que já se disse, o Direito apresenta-se a uma luz tão ambígua do ponto de vista ético que se impõe a pergunta: não haverá, para a resolução de conflitos de interesses entre humanos, outros meios que não os violentos? A pergunta leva-nos sobretudo a constatar que uma solução totalmente não violenta de conflitos nunca poderá desembocar num contrato jurídico. Por mais pacífico que tenha sido o clima que levou as partes a firmá-lo, um contrato desse tipo pode acabar sempre por conduzir à violência, porque concede a cada uma delas o direito de reclamar o recurso a alguma forma de violência contra a outra, no caso de esta violar o contrato. E não é só isso: a própria origem de todo contrato aponta para a violência, tal como o seu desfecho. Enquanto poder que institui o Direito, esta não precisa estar diretamente presente nele, mas está nele representada desde que o poder que garante o contrato jurídico tenha, por seu lado, origem violenta, ainda que não tenha sido aplicada legalmente no contrato com recurso à violência. Quando desaparece a consciência da presença latente da violência numa instituição de Direito, esta entra em decadência. Exemplo disso no momento atual são os parlamentos. Oferecem o triste espetáculo que conhecemos porque perderam a consciência das forças revolucionárias a que devem a sua existência. Particularmente na Alemanha, a última manifestação de tais poderes não teve consequências nos parlamentos. Falta-lhes o sentido do poder instituinte do Direito, que neles está representado. Não admira que não cheguem a tomar resoluções dignas desse poder, entregando-se, pelo contrário, a práticas de compromisso que espelham uma forma pretensamente não violenta de tratar assuntos políticos. O resultado é um "produto que, apesar de desprezar toda violência aberta, se insere na mentalidade da violência, porque os esforços que levam ao compromisso são motivados não por si mesmos, mas a partir de fora, pelas tendências opostas; porque o caráter compulsivo é inerente a todo compromisso, por mais voluntária que tenha sido a sua aceitação. 'Uma solução diferente teria sido melhor' – eis a sensação subjacente a todo compromisso".[38]

---

[38] Erich Unger, *Politik und Metaphysik* (Die Theorie. Versuche zu philosophischer Politik, 1. Veröffentlichung) [Política e Metafísica (A teoria. Ensaio de política filosófica, 1ª publicação)]. Berlim, 1921, p. 8.

É significativo que a decadência dos parlamentos tenha desiludido tanto as pessoas do ideal de uma resolução pacífica dos conflitos políticos quanto a guerra o havia fomentado. Aos pacifistas opõem-se os bolchevistas e os sindicalistas. Fizeram uma crítica radical e globalmente correta aos parlamentos atuais. Por mais desejável e satisfatório que, apesar de tudo, seja um parlamento que funcione bem, por comparação com outros regimes, a discussão dos meios, por princípio pacíficos, do entendimento político não poderá passar pelo parlamentarismo. Na verdade, o que este consegue alcançar no que se refere a questões vitais são apenas aquelas ordens jurídicas reféns da violência à entrada e à saída.

Mas será a resolução não violenta de conflitos em princípio possível? Sem dúvida. As relações entre pessoas singulares estão cheias de exemplos disso. O entendimento sem violência encontra-se por toda a parte onde a cultura do coração ofereceu às pessoas meios puros para se entenderem. Aos meios legais e ilegais de toda a espécie, todos eles expressão da violência, podem contrapor-se, como meios puros, os que renunciam à violência. Os seus pressupostos subjetivos são a delicadeza, a simpatia, o amor da paz, a confiança e outras qualidades que poderíamos acrescentar. Mas é a lei – cujas imensas implicações não podemos comentar aqui – que determina a sua manifestação objetiva, dizendo que meios puros nunca poderão servir para soluções diretas, mas apenas mediatizadas. Por isso eles nunca se relacionam diretamente com a resolução dos conflitos entre uma pessoa e outra, mas têm sempre de passar pelas coisas. É nos casos em que os conflitos humanos se relacionam de modo mais objetivo com bens materiais que se abre o domínio dos meios puros. Por isso a técnica, no sentido mais amplo do termo, é a sua área de eleição. O seu exemplo com mais fundas consequências é talvez o diálogo, visto como uma técnica de entendimento civilizado. Nele não só se torna possível um acordo não violento como se prova explicitamente a renúncia de princípio à violência, com base numa relação importante: a da impunidade da mentira. Talvez não exista no mundo nenhuma legislação que originalmente puna a mentira. O que quer dizer que existe uma esfera da não violência na convivência humana que é totalmente inacessível à violência: a esfera propriamente dita do "entendimento", a linguagem. Só mais tarde, e num estranho processo de decadência, o poder judicial a invadiu, ao punir a fraude. De fato, enquanto a ordem jurídica, nas suas origens e confiando no seu poder vitorioso, se limita a castigar a ilegalidade onde esta se manifeste, e a fraude, uma vez que não é em si mesma de natureza violenta, não era punível no Direito romano e no germânico antigo (segundo os princípios *ius civile vigilantibus scriptum est* ou "A vigilância vale dinheiro"), o Direito de épocas mais tardias, a quem faltava a confiança no seu próprio poder, deixou de se sentir à altura de qualquer poder alheio. Pelo contrário: o medo desse poder e a falta de autoconfiança mostravam como esse Direito estava abalado. Começou a postular fins com a intenção de poupar a mais fortes provações o poder que mantinha o Direito. E volta-se contra a fraude não por razões morais, mas por receio dos atos violentos que ela pode despoletar naquele que foi enganado. Como esse receio entra em contradição com a própria natureza do poder do Direito, que lhe vem das origens, tais fins revelam-se inadequados aos meios legítimos do Direito. Neles manifesta-se não apenas a decadência da sua própria esfera, mas também uma redução dos meios puros: com a proibição da fraude, o Direito limita o uso de meios totalmente não violentos, porque estes poderiam provocar uma reação violenta. Essa tendência do Direito também contribuiu para a concessão do direito à greve, que contradiz os interesses do Estado. O Direito concede-o porque ele pode prevenir ações violentas que receia enfrentar. Antes, os operários recorriam imediatamente à sabotagem e pegavam fogo às fábricas.

Para convencer as pessoas a resolver pacificamente os seus conflitos de interesses aquém da ordem jurídica existe, para lá de todas as virtudes, um motivo eficaz que, frequentemente, oferece até a mais renitente das vontades aqueles meios puros, em vez dos violentos: o receio de desvantagens comuns que podem resultar de um confronto violento, qualquer que seja a sua natureza. Tais desvantagens tornam-se evidentes em muitos casos de conflitos de interesses entre pessoas singulares. Outra é a situação no caso de disputas entre classes e nações, em que aquelas ordens superiores que ameaçam esmagar tanto os vencedores como os vencidos permanecem inacessíveis à sensibilidade da maioria e à inteligência de quase todos. Nesses casos, a busca dessas ordens superiores e dos interesses que lhes são comuns, que constituiriam o motivo mais forte para uma política dos meios puros, levaria longe demais.[39] Por

---

[39] Mas veja-se Unger, *op. cit.*, p. 18 segs.

isso aludiremos apenas aos meios puros da política enquanto análogos daqueles que dominam a convivência pacífica entre pessoas singulares.

No que se refere às lutas de classes, nelas a greve terá de ser vista, em determinadas condições, como um meio puro. É preciso caracterizar pormenorizadamente duas modalidades de greve essencialmente diferentes, a que já nos referimos antes. Cabe a Sorel o mérito de tê-las distinguido pela primeira vez – mais por razões políticas do que teóricas. Opõe à greve geral política a greve geral proletária, reconhecendo que existe entre as duas uma oposição também no que se refere à violência. Os partidários da primeira afirmam: "O fundamento das suas concepções é o fortalecimento do poder do Estado; nas suas atuais organizações, os políticos (*i.e.*, os socialistas moderados) preparam já a instituição de um poder fortemente centralizado e disciplinado, que não se deixará impressionar pelas críticas da oposição, que saberá impor o silêncio e promulgar os seus decretos hipócritas".[40] "A greve geral política [...] demonstra como o Estado nada perderá da sua força, como o poder dos privilegiados passará para os privilegiados, como a massa dos produtores mudará de donos."[41] Contra essa greve geral política (cuja fórmula parece ser a da passada revolução alemã[42]), a proletária tem como única tarefa a destruição do poder do Estado. "Elimina todas as consequências ideológicas de qualquer política social, seja ela qual for; os seus partidários veem todas as reformas, mesmo as mais populares, como burguesas."[43] "Esta greve geral anuncia claramente a sua indiferença em relação ao ganho material da conquista, ao declarar que quer acabar com o Estado; o Estado era realmente [...] a razão de ser dos grupos dominantes que tiram proveito de todos os empreendimentos cujo ônus recai sobre a generalidade da população."[44] Enquanto a primeira forma da suspensão do trabalho é violenta, visto que só provoca uma modificação exterior das condições de trabalho, a segunda,

---

[40] Georges Sorel, *Réflexions sur la violence*. 5. ed. Paris, 1919, p. 250.

[41] Sorel, *op. cit.*, p. 265.

[42] A fase revolucionária e das "Repúblicas dos Conselhos" que se seguiu ao fim da Primeira Guerra Mundial (1918-1919), antes do estabelecimento da República de Weimar. (N.T.)

[43] Sorel, *op. cit.*, p. 195.

[44] Sorel, *op. cit.*, p. 249.

enquanto meio puro, é não violenta, pois não acontece com a disposição de retomar o trabalho depois de algumas concessões secundárias ou mudanças nas condições de trabalho, mas sim com a decisão de apenas retomar o trabalho se ele for radicalmente transformado, se deixar de ser imposto pelo Estado, ou seja, uma rebelião, não só desencadeada mas também levada a cabo por esse tipo de greve. Por isso a primeira forma de greve é instituinte do Direito, ao passo que a segunda é anarquista. Apoiando-se em afirmações ocasionais de Marx, Sorel rejeita, para o movimento revolucionário, toda espécie de programas, utopias; numa palavra, a instituição de qualquer forma de Direito: "Com a greve geral, todas essas belas coisas desaparecem; a revolução surge como uma revolta clara e simples, e nela não há lugar nem para sociólogos nem para os elegantes defensores de reformas sociais, nem tampouco para os intelectuais que assumiram a profissão de pensar pelo proletariado".[45] A essa concepção profunda, ética e autenticamente revolucionária não se pode contrapor nenhuma consideração que pretenda estigmatizar como violência uma tal greve geral, tendo em conta as suas possíveis consequências catastróficas. Ainda que se possa dizer, com razão, que toda a economia atual é comparável não tanto a uma máquina que para quando o fogueiro a abandona, mas mais a uma fera que se enraivece quando o domador lhe volta costas, do mesmo modo a violência de uma ação deve ser julgada não pelos seus efeitos ou pelos seus fins, mas apenas segundo a lei dos seus meios. O poder do Estado, porém, ao considerar apenas os efeitos, opõe-se precisamente a essa greve como suposta violência, ao contrário das greves parciais que, na maior parte dos casos, são meras formas de chantagem. Sorel explicou com muita perspicácia em que medida uma tão rigorosa concepção da greve geral é, enquanto tal, um bom instrumento para diminuir as possibilidades de eclosão da violência propriamente dita nas revoluções.

Por outro lado, temos um caso exemplar de suspensão violenta, mais imoral e brutal do que a greve geral política, comparável ao bloqueio: a greve dos médicos, tal como a conhecemos de várias cidades alemãs. Ela revela da maneira mais repugnante o uso da violência sem escrúpulos, que chega a ser perversa numa classe profissional que, durante anos e sem a menor tentativa de resistência, "assegurou à

---

[45] Sorel, *op. cit.*, p. 200.

morte a sua parte", para depois abandonar deliberadamente a vida na primeira ocasião. De maneira mais evidente do que nas recentes lutas de classes, foram-se consolidando ao longo dos milênios de história dos Estados os meios não violentos de entendimento. Só esporadicamente a missão dos diplomatas nas relações bilaterais consiste na alteração das ordens jurídicas. No essencial, o seu papel é o de, por analogia com os acordos entre pessoas singulares, em nome dos respectivos Estados, resolver caso a caso os seus conflitos de forma pacífica e sem contratos. Uma tarefa delicada, solucionada de maneira mais resoluta pelos tribunais arbitrais; mas trata-se de um método superior ao da arbitragem, uma vez que se situa para além de toda a ordem jurídica e, portanto, da violência. Desse modo, a convivência entre diplomatas, tal como as relações entre pessoas singulares, fez nascer formas e virtudes que, ainda que se tenham tornado secundárias, nem sempre foram assim.

Em toda esfera dos poderes que pressupõem um Direito natural ou positivo não se encontra um único que não seja afetado pelos graves problemas atrás referidos, inerentes a qualquer poder judicial. No entanto, como toda ideia de uma solução imaginável para as tarefas humanas — sem falar da libertação do círculo onde caíram todas as situações existenciais da história universal até hoje — continua a não ser possível com total exclusão, por princípio, de qualquer violência, impõe-se a pergunta sobre a existência de outros tipos de violência que não aqueles sempre considerados pela teoria do Direito. E ao mesmo tempo a pergunta sobre a verdade do dogma fundamental comum àquelas teorias: fins justos podem ser alcançados com meios legítimos, meios legítimos podem ser usados para fins justos. O que aconteceria então se esse tipo de poder dependente do destino e que usa meios legítimos se encontrasse num conflito inconciliável com fins justos em si? E se ao mesmo tempo fosse previsível um poder de outro tipo, que então não pudesse ser o meio legítimo nem ilegítimo para alcançar aqueles fins, por se relacionar com eles não como um meio, mas de outro modo qualquer? Lançaria assim luz sobre a estranha e desde logo desencorajante experiência da indecidibilidade de princípio de todos os problemas jurídicos (provavelmente só comparável, no seu caráter aporético, à impossibilidade de uma decisão vinculativa sobre o que é "certo" ou "errado" nas línguas em devir histórico). Na verdade, quem decide sobre a legitimidade dos meios e da justeza dos fins nunca é a razão, mas um poder do destino acima dela, acima do qual, por sua vez, está Deus. Um ponto de vista que só é raro porque domina o hábito tenaz de pensar aqueles fins justos como fins de um Direito possível, ou seja, não apenas como tendo validade universal (o que é uma consequência analítica do traço distintivo da justiça), mas também como sendo suscetíveis de generalização – o que, como se poderia provar, contradiz aquele traço distintivo. Os fins que se afiguram justos, universalmente reconhecidos e universalmente válidos numa situação não o são para outra, por mais parecida que ela seja sob outros aspectos. Uma função mediata da violência, tal como a vamos propondo à discussão aqui, está presente na nossa experiência da vida quotidiana. No que aos seres humanos se refere, a cólera, por exemplo, leva-os às mais evidentes explosões de violência, uma vez que não se relaciona, enquanto meio, com um fim proposto. Não é meio, mas manifestação. E essa forma de violência conhece manifestações objetivas nas quais pode ser sujeita a crítica. Tais manifestações encontram-se, em primeiro lugar e de forma muito significativa, no mito.

O poder mítico, na sua forma arquetípica, é mera manifestação dos deuses. Não meio para os seus fins, dificilmente manifestação da sua vontade, em primeiro lugar manifestação da sua existência. A lenda de Níobe[46] contém um exemplo excelente desse poder. Poderia pensar-se que a ação de Apolo e Artemisa é apenas um castigo. Mas o seu poder representa muito mais a institucionalização de um Direito novo do que a punição pela transgressão de um existente. A *hybris* de Níobe faz recair sobre si a fatalidade, não por transgredir a lei, mas por desafiar o destino – para uma luta em que ele vencerá, fazendo eventualmente nascer da vitória um novo Direito. Esse poder divino no sentido antigo não se confunde com o poder da punição, que tende a manter o Direito vigente: isso está bem patente nas lendas dos heróis em que estes, por exemplo Prometeu,[47] desafiam o destino com dignidade e coragem, lutam contra ele com melhor ou pior sorte, e a narrativa não deixa de lhes dar a esperança de um dia virem a conseguir um novo Direito para os humanos. É esse tipo de herói e o poder jurídico que assiste ao mito, de que ele é parte integrante, que ainda hoje o povo procura

---

[46] Vd. *Ilíada*, Canto 24, v. 605-617; e Ovídio, *Metamorfoses* 6, v. 146-315. (N.T.)

[47] Vd. Hesíodo, *Teogonia*, v. 507-616; e *Erga*, v. 47-105. (N.T.)

presentificar quando admira os grandes criminosos. A violência cai então sobre Níobe a partir da esfera insegura e ambígua do destino. Não é propriamente destruidora. Apesar de provocar a morte sangrenta dos filhos de Níobe, suspende-se perante a vida da mãe, que deixa para trás mais culpada do que antes, carregando eterna e mudamente essa culpa, um marco que assinala a fronteira entre homens e deuses. Se esse poder exercido diretamente nas manifestações míticas pretende mostrar a sua afinidade, ou mesmo identidade, com um poder instituinte do Direito, uma outra problemática se projeta dele para o poder instituinte do Direito, na medida em que – na exposição da violência da guerra que fizemos antes – o caracterizamos como um poder apenas dos meios. Ao mesmo tempo, essa articulação promete esclarecer melhor o destino, sempre subjacente ao poder jurídico, e levar até o fim as grandes linhas da sua crítica. É que a função do poder como violência na instituição do Direito é dupla, na medida em que essa instituição se propõe ser *aquilo* que se institui como Direito, como seu fim, usando a violência como meio; mas, por outro lado, no momento da aplicação dos fins em vista como Direito, a violência não abdica, mas transforma-se, num sentido rigoroso e imediato, em poder instituinte do Direito, na medida em que estabelece como Direito, em nome do poder político, não um fim livre e independente da violência, mas um fim necessária e intimamente a ela ligado. A instituição de um Direito é instituição de um poder político e, nesse sentido, um ato de manifestação direta da violência. A justiça é o princípio de toda instituição divina de fins, o poder político, o princípio de toda instituição mítica de um Direito.

Este último princípio tem no Direito político uma aplicação de consequências imensas. De fato, na sua esfera, o estabelecimento de limites – presente na "paz" de todas as guerras da era mítica – é arquifenômeno por excelência do poder instituinte do Direito. Aí se mostra à evidência que o poder político tem de ser garantido por todo poder instituinte do Direito, muito para além da mera posse mais ou menos excessiva. Quando se fixam limites, o adversário não é pura e simplesmente eliminado; são-lhe concedidos direitos, ainda que o poder de dominação esteja do lado do vencedor. Direitos "iguais", num sentido demoníaco e ambíguo: é uma e a mesma a linha de fronteira que não pode ser transgredida. Estamos perante aquela mesma ambiguidade mítica, terrivelmente arcaizante, das leis que não podem ser infringidas, de que fala satiricamente Anatole France quando diz que elas proíbem igualmente a pobres e ricos pernoitarem debaixo das pontes.[48] Também Sorel parece tocar numa verdade metafísica, e não apenas histórico-cultural, ao sugerir que nas origens todo o Direito (*Recht*) assentava no direito de prerrogativa (*Vor-Recht*) dos reis e dos grandes, em suma, dos poderosos. E assim continuará a ser, *mutatis mutandis*, enquanto existir o Direito, porque do ponto de vista do poder-violência (o único que pode garantir o Direito) não existe igualdade, mas, na melhor das hipóteses, poderes da mesma escala. Mas o ato da instituição de limites é importante para o reconhecimento do Direito ainda sob outro aspecto. As leis e os limites traçados permanecem, pelo menos em eras primitivas, leis não escritas. O indivíduo pode infringi-los sem ter consciência disso, e sujeitar-se assim a uma expiação. Toda intervenção do Direito motivada pela infração da lei não escrita e desconhecida recebe o nome de "expiação", e com isso se distingue da punição. Mas, por maiores que sejam as desgraças que ela inflige ao transgressor inconsciente, a sua intervenção, no sentido do Direito, não se deve ao acaso, mas ao destino, que uma vez mais se mostra aqui na sua ambiguidade deliberada. Já Hermann Cohen, numa breve análise da ideia antiga do destino, se referiu a isso como "um determinismo inexorável", dizendo que "é a sua própria ordem que parece provocar essa transgressão ou infração".[49] Um testemunho moderno desse espírito do Direito é o postulado de que a ignorância da lei não exime ninguém de punição, tal como a luta pelo Direito escrito na fase arcaica das comunidades antigas deve ser entendida como rebelião contra o espírito da lei mítica.

Longe de abrir uma perspectiva mais pura, a manifestação mítica imediata do poder revela-se, no seu âmago, idêntica a todo poder jurídico, e transforma a suspeita do seu lado problemático em certeza quanto ao caráter nefasto da sua função histórica, postulando assim a sua

---

[48] Anatole France, *Le lys rouge*, Paris, 1894, cap. VII (a tradução alemã utilizada por Benjamin, *Die rote Lylie*, saiu em Munique em 1919). A passagem do romance é a seguinte: "É obrigação dos pobres sustentar o poder e o ócio dos ricos. Para isso, permite-se-lhes que trabalhem sob a igualdade majestosa de uma lei que proíbe, a ricos como a pobres, dormir debaixo das pontes, mendigar nas ruas e roubar pão". (N.T.)

[49] Hermann Cohen, *Ethik des reinen Willens* [Ética da Pura Vontade], 2. ed. revista. Berlim, 1907, p. 362.

aniquilação. É precisamente essa tarefa que, uma vez mais, coloca em última instância a questão de um poder puro e imediato capaz de travar a força do poder mítico. Do mesmo modo que, em todos os domínios, ao mito se opõe Deus, assim também ao poder mítico se opõe o divino. Este é, de fato, o oposto do primeiro em todos os aspectos. Se o poder mítico é instituinte de um Direito, o divino tende a destruir esse Direito; se aquele impõe limites, este destrói todos os limites; se o poder mítico arrasta consigo, a um tempo, culpa e expiação, o divino absolve; se aquele é ameaçador, este é aniquilador; se um é sangrento, o outro é letal sem ser sangrento. Podemos confrontar com a lenda de Níobe, enquanto exemplo desse outro poder, o juízo divino sobre o bando de Corah.[50] Esse juízo abate-se sobre privilegiados, Levitas, atinge-os sem aviso prévio, sem ameaça, castigando e não hesitando em aniquilá-los. Mas, ao mesmo tempo, ao aniquilar absolve da culpa, e não se pode negar uma profunda relação entre o caráter não sangrento e a absolvição patentes nesse poder. O sangue, de fato, é símbolo da vida nua. O desencadeamento do poder judicial remete – de um modo que não podemos desenvolver aqui – para a culpa inerente à vida nua e natural que entrega o ser humano inocente e infeliz à expiação, que o liberta da sua culpa – absolvendo também o culpado, não de uma culpa, mas do Direito. No âmbito da vida nua cessa a dominação do Direito sobre os vivos. O poder mítico é, em si e para si, poder sangrento sobre a vida nua, enquanto o poder divino, tomando como referência o vivo, é puro poder sobre a vida. O primeiro exige sacrifícios, o segundo acolhe-os.

Esse poder divino não é testemunhado apenas pela tradição religiosa; pelo contrário, encontra-se também na vida atual, pelo menos numa da suas manifestações sagradas. Uma dessas formas de manifestação é o poder da educação na sua forma mais acabada, fora da esfera do Direito. Elas não se definem, portanto, pelo fato de Deus em pessoa exercer esse poder de modo não mediatizado, através de milagres, mas sim por meio daqueles momentos de uma atualização não sangrenta, de choque, absolvendo da culpa. Em última análise, pela ausência de qualquer forma de instituição de Direito. Nessa medida, será também legítimo designar esse poder como aniquilador; mas ele o é apenas de forma relativa, em relação a bens, ao Direito ou à vida, mas nunca

---

[50] Cf. 4 Moisés (Números), 16. (N.T.)

absoluta, em relação à alma do ser vivo. Uma tal extensão do poder puro ou divino suscitará, precisamente hoje em dia, as mais violentas críticas, que a refutarão com o argumento de que, segundo a sua lógica, ela permitiria também, em determinadas condições, a violência letal dos homens uns contra os outros. O argumento não colhe, pois à pergunta "Posso matar?" segue-se, como mandamento, a resposta irrefutável: "Não matarás!".[51] Esse mandamento está antes do ato, tal como o Deus está "ante ele"[52] para evitá-lo. E, no entanto, apesar de não poder tratar-se do medo da punição que exorta ao respeito do mandamento, ele permanece inaplicável, incomensurável perante o ato consumado. Do mandamento não pode deduzir-se qualquer julgamento do ato. Por essa razão não se pode prever nem o juízo divino do ato nem a razão desse juízo. E por isso não têm razão aqueles que pretendem fundamentar com o mandamento a condenação de toda e qualquer morte violenta de um ser humano por outro. Ele não constitui medida do julgamento, é, antes, guia para a ação das pessoas ou comunidades que a ele recorrem na sua solidão e em casos inauditos assumem a responsabilidade da transgressão. Era esse o entendimento do judaísmo, que rejeitava expressamente a condenação do homicídio em caso de legítima defesa. Mas os pensadores a que nos referimos reportam-se a um outro teorema, a partir do qual julgam poder fundamentar o próprio mandamento. É o princípio do caráter sagrado da vida, que ou se estende a toda vida animal e mesmo vegetal ou se limita à humana. A sua argumentação, que num caso extremo se pode exemplificar com o homicídio dos opressores em contexto revolucionário, é a seguinte: "se não matar, nunca conseguirei estabelecer neste mundo o reino universal da justiça [...] Assim pensa o terrorista intelectual. Mas o que nós proclamamos é que acima da felicidade e da justiça de uma existência isolada está a existência em si".[53] Essa frase não é apenas falsa e mesmo ignóbil, ela liberta-nos da obrigação de procurar o fundamento do mandamento naquilo que o ato faz ao morto, mas leva-nos a procurá-lo naquilo que ele faz a Deus e ao próprio autor do ato. É falso e vil o postulado de que

---

[51] Cf. 2 Moisés (Êxodo), 20, 13. (N.T.)

[52] Cf. 5 Moisés (Deuteronômio), 5, 17. (N.T.)

[53] Kurt Hiller, "Anti-Kain. Ein Nachwort" [Anti-Caim. Um posfácio], in: *Das Ziel. Jahrbücher für geistige Politik*. Ed. Kurt Hiller. Vol. 3, Munique, 1919, p. 25.

a existência em si está acima de uma existência justa, se por existência não se entender mais do que a vida nua – como acontece na reflexão citada. Mas esta contém uma verdade de peso se por existência (ou melhor, vida) – palavras cuja ambiguidade, perfeitamente análoga à da palavra "paz", tem de ser resolvida a partir da sua relação com duas esferas – se entender "o ser humano" como um agregado imutável. Ou se se quiser dizer que o não-ser do ser humano é algo de mais terrível do que o (necessariamente e mero) ainda-não-ser do ser humano justo. A essa ambiguidade deve a frase citada o seu caráter de ilusão. De modo nenhum o ser humano se pode identificar com a mera vida do ser humano: nem com a mera vida que existe nele, nem com qualquer outro dos seus estados ou das suas qualidades, nem, finalmente, com a singularidade da sua pessoa física. Por mais sagrada que seja a pessoa humana (ou também aquela vida nela que existe de maneira idêntica na vida terrena, na morte e na vida após a morte), não são sagrados os seus estados-de-vida nem a sua vida corpórea, vulnerável à ação de outros. O que é que distingue essencialmente a vida humana da dos animais e das plantas? Mesmo que também estas fossem sagradas, não o poderiam ser em função da sua vida nua e só nela. Talvez valesse a pena investigar as origens do dogma do caráter sagrado da vida. Talvez esse dogma seja recente, é mesmo muito provável que assim seja. Talvez ele seja o último erro da enfraquecida tradição ocidental, o de procurar o sagrado, que perdeu, no plano insondável do cosmológico (e a antiguidade de todos os mandamentos religiosos que proíbem o homicídio não constitui objeção a essa tese, porque na sua base estão presentes outros pensamentos que não os do teorema moderno). Por fim, dá que pensar o fato de aquilo que aí se proclama como sagrado ser, de acordo com o antigo pensamento mítico, o suporte estigmatizado da culpa: a vida nua.

    A crítica do poder-como-violência é a filosofia da sua história. E é a "filosofia" dessa história porque só a ideia do seu desfecho possibilita o enquadramento crítico, diferenciado e decisivo das suas balizas temporais. Um olhar que se concentre apenas no que está mais próximo aperceber-se-á, quando muito, de uma oscilação dialética nas formas assumidas pelo poder, enquanto instituinte de Direito ou tendente a manter esse Direito. A lei dessa oscilação assenta no fato de todo poder tendente a manter o Direito, no decorrer do tempo, acabar por enfraquecer indiretamente o Direito instituinte do poder nele representado, através da opressão dos poderes contrários e inimigos (ao longo deste trabalho chamamos a atenção para alguns sintomas disso). Essa situação mantém-se até que novos poderes, ou os anteriormente oprimidos, vençam o poder até aí instituinte do Direito, fundando com isso um novo Direito predestinado à decadência. As novas épocas históricas fundamentam-se na ruptura desse ciclo dominado por formas míticas do Direito, na destituição do Direito e dos poderes de que depende (tal como eles dependem dele), enfim, no desmembramento do poder do Estado. Se o domínio do mito foi já minado aqui e ali na atualidade, o Novo não se situa num ponto de fuga tão inconcebivelmente longínquo que uma palavra contra o Direito acabe por se tornar inócua. Mas se a permanência do poder, enquanto poder puro e imediato, estiver garantida também para além do Direito, isso prova a possibilidade de um poder revolucionário, expressão pela qual deve ser designada a suprema manifestação do poder puro exercido pelo homem. Mas já não é igualmente possível, nem urgente, para os seres humanos se o poder puro o foi realmente num determinado momento. De fato, só o poder mítico, e não o divino, poderá ser reconhecido, com alguma margem de certeza, como violência do poder; a não ser no caso de efeitos incomparáveis, uma vez que a força do poder que absolve da culpa não é acessível ao homem. O puro poder divino volta a dispor de todas as formas eternas que o mito abastardou através do Direito. Esse poder pode manifestar-se tanto na guerra verdadeira como no juízo divino da multidão sobre o criminoso. Desprezível é, porém, todo poder mítico, o poder instituinte do Direito, a que se poderia chamar o poder que permite ao homem determinar (*schaltende Gewalt*). Desprezível é também o poder que mantém o Direito, o poder administrado (*verwaltete Gewalt*) que serve o primeiro. Ao poder divino, que é insígnia e selo, mas nunca meio para a execução sagrada de uma pena, chamaremos o poder que dispõe (*waltende Gewalt*).

Experiência e pobreza

Nos nossos livros de leitura havia aquela fábula[54] do homem velho que, no leito de morte, revela aos filhos que há um tesouro escondido na sua vinha. Tudo o que tinham a fazer era cavar. Os filhos puseram-se a cavar, mas, do tesouro, nem sombra. Quando o outono chegou, porém, a vinha deu uma colheita como nunca se vira em toda a região. E foi então que os filhos perceberam que o pai lhes legara uma experiência: a bênção não está no ouro, mas no trabalho. Também a nós, enquanto crescíamos, nos foram transmitidas experiências como essa, de modo benevolente ou ameaçador: "Já a formiga tem catarro!"; "Espera, que ainda tens muito caminho para andar!". Sabia-se muito bem o que era a experiência: as pessoas mais velhas passavam-na sempre aos mais novos. De forma concisa, com a autoridade da idade, nos provérbios; em termos mais prolixos e com maior loquacidade, nos contos; por vezes através de histórias de países distantes, à lareira, para filhos e netos. Para onde foi tudo isso? Onde é que se encontram ainda pessoas capazes de contar uma história como deve ser? Haverá ainda moribundos que digam palavras tão perduráveis, que passam como um anel de geração em geração? Um provérbio serve hoje para alguma coisa? Quem é que ainda acha que pode lidar com a juventude invocando a sua experiência?

---

[54] A fábula é de Esopo ("O velho vinhateiro", 3º Livro, n. 48), e surge nos livros escolares alemães desde 1882, data da publicação da antologia de fábulas em verso deste autor, por Burchard Waldis. (N.T.)

Uma coisa é clara: a cotação da experiência baixou, e isso aconteceu com uma geração que fez, em 1914-1918, uma das experiências mais monstruosas da história universal. Talvez isso não seja tão estranho como parece. Não se tinha, naquela época, a experiência de que os homens voltavam mudos do campo de batalha? Não voltavam mais ricos, mas mais pobres de experiências partilháveis. Aquilo que, dez anos mais tarde, fomos encontrar na grande vaga dos livros de guerra, era tudo menos experiência contada e ouvida. Não, o fenômeno não é assim tão estranho, porque nunca a experiência foi mais desmentida: a da estratégia pela guerra de trincheiras, as econômicas pela inflação, as do corpo pela fome, as morais pelos detentores do poder. Uma geração que ainda foi à escola nos carros puxados a cavalos, viu-se de repente num descampado, numa paisagem em que nada se manteve inalterado a não ser as nuvens, e no meio dela, num campo de forças de correntes e explosões destruidoras, o corpo humano, minúsculo e frágil.

Esse gigantesco desenvolvimento da técnica levou a que se abatesse sobre as pessoas uma forma de pobreza totalmente nova. E o reverso dessa pobreza é a angustiante riqueza de ideias que se difundiu – melhor, se abateu – sobre as pessoas, com o regresso da astrologia e do ioga, da *Christian Science* e da quiromancia, do vegetarianismo e da gnose, da escolástica e do espiritismo. O que nisso se mostra não é, de fato, um autêntico renascimento, mas uma galvanização. Somos levados a pensar nos grandes quadros de Ensor, nos quais um espectro enche as ruas das grandes cidades: pequenos-burgueses em trajes carnavalescos, máscaras enfarinhadas e grotescas, coroas de *paillette* na cabeça, derramam-se num cortejo sem fim pelas ruas. Esses quadros são talvez, acima de tudo, um reflexo do terrível e caótico renascimento em que tantos depositaram as suas esperanças. Aqui se mostra, da forma mais evidente, como a nossa pobreza de experiência é apenas uma parte da grande pobreza que ganhou um novo rosto – com a nitidez e o recorte exato do mendigo medieval. Na verdade, de que nos serve toda a cultura se não houver uma experiência que nos ligue a ela? A detestável mistura de estilos e de visões do mundo do século passado mostrou-nos tão claramente aonde leva o uso hipócrita e simulado da experiência, que é uma questão de honra confessar hoje a nossa pobreza. Temos de admiti-lo: essa pobreza de experiência não se manifesta apenas no plano privado, mas no de toda a humanidade. Transforma-se, assim, numa espécie de nova barbárie.

Barbárie? De fato, assim é. Dizemo-lo para introduzir um novo conceito, positivo, de barbárie. Senão vejamos aonde essa nova pobreza leva o bárbaro. Leva-o a começar tudo de novo, a voltar ao princípio, a saber viver com pouco, a construir algo com esse pouco, sem olhar nem à esquerda nem à direita. Entre os grandes criadores sempre existiram os implacáveis, que começaram por fazer tábua rasa. Queriam uma prancheta limpa, foram construtores. Um desses construtores foi Descartes, que começou por reduzir toda a sua filosofia a uma única certeza: "Penso, logo existo". E foi dela que partiu. Também Einstein foi um desses construtores, a quem, em dado momento, nada mais interessou em todo o grande mundo da Física a não ser uma discrepância mínima entre as equações de Newton e as experiências da Astronomia. Essa mesma necessidade de recomeço radical esteve também presente nos artistas, quando se apoiaram nos matemáticos para, como os cubistas, construírem o mundo com base em formas estereométricas; ou quando, como Klee, se inspiraram nos engenheiros. As figuras de Klee parecem ter sido desenhadas no estirador: tal como num bom automóvel as formas da carroceria obedecem sobretudo às necessidades do motor, assim também a expressão das figuras de Klee obedece acima de tudo ao que existe no seu interior. Mais no seu interior do que na sua interioridade – e é isso que as torna bárbaras.

Aqui e ali, as melhores cabeças começaram também a fazer versos sobre essas coisas. A sua marca própria é a de uma absoluta ausência de ilusões sobre a época, aliada a uma total identificação com ela. Quando o poeta Bertolt Brecht constata que o comunismo não é a justa distribuição da riqueza, mas da pobreza, está a dizer a mesma coisa que o precursor da arquitetura moderna, Adolf Loos, ao escrever: "Escrevo apenas para pessoas de sensibilidade moderna [...] Não tenho nada a dizer às pessoas que se entregam à nostalgia do Renascimento ou do Rococó".[55] Um artista tão complexo como o pintor Paul Klee e outro tão programático como Loos – ambos rejeitam a imagem do homem tradicional, solene, nobre, adornada com todas as oferendas do passado,

---

[55] Cf. Adolf Loos, "Keramika", in: *Trotzdem. 1900-1930* [Apesar de tudo. 1900-1930]. Innsbruck, 2. ed., 1931, p. 54. Deste arquiteto austríaco saiu em português uma coletânea de escritos com o título programático *Ornamento e Crime* (trad. de Lino Marques, Lisboa, Livros Cotovia, 2004). (N.T.)

para se voltarem para o homem contemporâneo, despojado e gritando como um recém-nascido nas fraldas sujas deste tempo. Ninguém o saudou de forma mais alegre e risonha do que Paul Scheerbart. Os seus romances, vistos de longe, lembram Jules Verne, mas, diferentemente deste autor, em cujos livros há apenas reformados ingleses e franceses a viajar pelo espaço nos mais fantásticos veículos, Scheerbart interessa-se pela questão de saber como é que os nossos telescópios, os nossos aviões e foguetes fizeram dos antigos homens novas criaturas, dignas de atenção e admiração. E essas criaturas já falam uma língua totalmente nova. O traço que mais as distingue é a tendência para um construtivismo arbitrário, por contraste com o orgânico. É este o lado inconfundível da língua das personagens de Scheerbart, melhor, das pessoas nos seus livros: de fato, elas rejeitam a semelhança com os homens, esse princípio de todo o humanismo. Isso se estende até os seus nomes próprios: Peka, Labu, Sofanti, são esses e outros, semelhantes, os nomes da gente que povoa o livro que deriva o título do nome do seu herói: *Lesabéndio*.[56] Também os russos dão aos seus filhos nomes "desumanizados": chamam-lhes outubro, em honra do mês da revolução, ou "Pjatiletka", em atenção ao plano quinquenal, ou "Awiachim", por paralelo com uma companhia de aviação. Não se trata de uma renovação técnica da língua, mas da sua mobilização ao serviço da luta ou do trabalho – em todos os casos, ao serviço da transformação da realidade, não da sua mera descrição.

Mas Scheerbart – para voltar a este exemplo – faz questão de alojar a sua gente (e, seguindo o seu modelo, também os seus concidadãos) em casas ajustadas à sua nova condição: em casas de vidro, deslocáveis e amovíveis, como as que, entretanto, já Loos e Le Corbusier construíram. Não é por acaso que o vidro é um material tão duro e tão liso, a que nada se fixa. É também frio e sóbrio. Os objetos de vidro não têm "aura". O vidro é o inimigo por excelência dos segredos. E também o inimigo da propriedade. O grande escritor André Gide disse uma vez: todas as coisas que quero possuir se me tornam opacas. Será que pessoas como Scheerbart sonham com edifícios de vidro porque professam uma nova forma de pobreza? Talvez uma comparação nos ajude, mais

---

[56] O romance de Paul Scheerbart, publicado em Munique em 1913, tem como título completo: *Lesabéndio. Um romance-asteroide*. (N.T.)

do que a teoria, a dar uma resposta. Quando entramos na sala de uma casa burguesa dos anos oitenta, apesar de todo o "conforto" que nela se possa sentir, a impressão mais forte é: "Este não é lugar para ti!". E não é lugar para ti porque nele não existe um único cantinho em que o seu habitante não tenha já deixado a sua marca: os *bibelots* nas prateleiras, os *naperons* de croché nos sofás, os papéis transparentes nas janelas, o quebra-fogo diante da lareira. Há uma bela linha de Brecht que nos ajuda, e muito: "Apaga os vestígios!", diz o refrão do primeiro poema do *Manual para os Habitantes das Cidades*. Aqui, nas salas da burguesia, foi o comportamento oposto que se tornou hábito. Por seu lado, o *intérieur* obriga o seu habitante a adquirir o máximo possível de rotinas, mais ajustadas ao *intérieur* em que vive do que a ele próprio. Disso se apercebe qualquer um que ainda conheça o estado de nervosismo absurdo em que caíam os habitantes desses aposentos de pelúcia quando se partia algum objeto. Até a maneira de se irritarem – uma emoção em vias de extinção, e que eles sabiam representar com grande virtuosismo – era acima de tudo a reação de alguém a quem tivessem apagado "o rastro dos trabalhos e dos dias".[57] Foi o que fizeram Scheerbart com o seu vidro e a Bauhaus com o seu aço: criaram espaços nos quais é difícil deixar rastro. "Depois do que se disse", esclarece Scheerbart há já vinte anos, "bem podemos falar de uma 'cultura do vidro'. Os novos ambientes de vidro transformarão totalmente as pessoas. Seria desejável que essa nova cultura do vidro não encontrasse demasiados opositores."

Pobreza de experiência: a expressão não significa que as pessoas sintam a nostalgia de uma nova experiência. Não, o que elas anseiam é libertar-se das experiências, anseiam por um mundo em que possam afirmar de forma tão pura e clara a sua pobreza, a exterior e também a interior, que daí nasça alguma coisa que se veja. E também não são sempre ignorantes ou inexperientes. Muitas vezes é o contrário que se verifica: tiveram de "engolir" tudo isso, a "cultura" e "o Homem", e ficaram saturadas e cansadas. Ninguém se sentirá mais atingido pelas palavras de Scheerbart: "Vocês estão todos tão cansados – e afinal por

---

[57] Citação de um verso da última fala de Fausto, imediatamente antes da morte (Goethe, *Fausto II*, v. 11583): "Visse eu esse bulício efervescente, / P'ra solo livre pisar com livre gente! / A um momento tal então diria: / Suspende-te, tu, que és tão belo! / O rastro dos trabalhos e dos dias, / Nem eternidades podem apagá-lo". Trad. de João Barrento. Lisboa, Relógio d'Água, 1999, p. 544. (N.T.)

quê? Porque não foram capazes de concentrar todas as vossas ideias num plano muito simples e muito grandioso". Ao cansaço segue-se o sono, e por isso não é raro vermos como o sonho compensa da tristeza e do desânimo dos dias, para mostrar essa existência muito simples e muito grandiosa para a qual no estado de vigília nos faltaram as forças. Uma existência de Mickey Mouse é um desses sonhos do homem de hoje. Uma existência cheia de milagres, que não se limitam a superar os prodígios da técnica, mas ainda se riem deles. Porque o que de mais estranho há nisso é o eles se produzirem todos sem maquinaria, improvisados, saindo do corpo do Mickey, dos seus companheiros e dos seus perseguidores, das mais banais peças de mobiliário como das árvores, das nuvens ou dos lagos. A natureza e a técnica, o primitivismo e o conforto, fundiram-se aqui completamente. E diante dos olhos das pessoas cansadas das infinitas complicações da vida quotidiana, e para as quais a finalidade da vida se descortina apenas como ponto de fuga longínquo numa infindável perspectiva de meios, apresenta-se como redentora uma existência a cada momento autossuficiente da forma mais simples e mais confortável, um modo de vida em que um automóvel não pesa mais que um chapéu de palha e o fruto na árvore arredonda tão depressa quanto um balão inflável. E agora é hora de recuar um passo e fazer o balanço.

Ficamos pobres. Fomos desbaratando o patrimônio da humanidade, muitas vezes tivemos de empenhá-lo por um centésimo do seu valor, para receber em troca a insignificante moeda do "atual". À porta temos a crise econômica, atrás dela uma sombra, a próxima guerra. "Preservar" é um verbo que se aplica hoje a um pequeno grupo de poderosos que, Deus sabe, não são mais humanos do que a maioria; geralmente, são mais bárbaros, mas não da espécie boa. Os outros, porém, têm de se arranjar, de maneira diferente e com muito pouco. Estão do lado daqueles que desde sempre fizeram do radicalmente novo a sua causa, com lucidez e capacidade de renúncia. Nas suas construções, nos seus quadros, nas suas narrativas, a humanidade prepara-se para, se necessário for, sobreviver à cultura. E o que é mais importante: faz isso rindo. Talvez esse riso soe aqui e ali como bárbaro. Seja. Desde que cada indivíduo de vez em quando ceda um pouco de humanidade àquelas massas que um dia lha devolverão com juros acrescidos.

Johann Jakob Bachofen[58]

---

[58] O ensaio, que se destinava originalmente à *Nouvelle Revue Française* (onde nunca chegou a sair), foi escrito em francês. Johann Jakob Bachofen (1815-1887): jurista e antropólogo suíço, contemporâneo de Nietzsche e autor de uma obra praticamente desconhecida no seu tempo, mas reconhecidamente importante para uma releitura dos mitos e símbolos do mundo antigo arcaico, nomeadamente na sua obra mais conhecida, *Das Mutterrecht. Eine Untersuchung über die Gynaikokratie der alten Welt nach ihrer religiösen und rechtlichen Natur* [O Matriarcado. Investigação sobre a ginecocracia do mundo antigo à luz da sua natureza religiosa e jurídica], de 1861. (N.T.)

I

Há profecias científicas. Poderiam facilmente distinguir-se das hipóteses científicas, que são previsões exatas, por exemplo na ordem natural ou na ordem econômica. As profecias científicas mereceriam esse nome pelo fato de um sentimento mais ou menos acentuado das coisas por vir inspirar investigações que, em si mesmas, em nada excedem os quadros gerais da ciência. Tais profecias encontram-se em estado latente em estudos especializados fora do alcance do grande público, e a maior parte dos seus autores nem sequer são vistos como precursores – nem em si mesmos nem para a posteridade. Raramente (e quase sempre tarde demais) alcançam a glória, como acaba de acontecer com Bachofen.

Nunca faltaram, porém, em nenhum movimento intelectual, incluindo os mais recentes, que preferem reclamar-se das suas afinidades literárias e artísticas a reconhecer precursores científicos. Lembremos o aparecimento do Expressionismo. Não perdeu tempo a juntar os seus testemunhos artísticos – Grünewald e El Greco – e os seus padrinhos literários – Marlowe e Lenz. Mas ninguém se lembrou de que no início do século dois cientistas tinham iniciado em Viena uma obra que chegaria, através de um trabalho metódico que nunca sairia do quadro da sua ciência específica, à mesma plataforma de valores visuais que, uma dezena de anos mais tarde, iria inspirar os mais aguerridos artistas dos primórdios do movimento expressionista. Um desses cientistas foi

Aloïs Riegl, que – no seu livro sobre *As Artes e Ofícios da Decadência Romana*[59] – refutava a pretensa barbárie artística da época de Constantino, o Grande; o outro foi Franz Wickhoff, que – com a sua edição do *Gênesis de Viena*[60] – chamava a atenção para os primeiros miniaturistas medievais, que os expressionistas iriam divulgar intensamente.

Exemplos como esses nos ajudam a compreender o recente regresso a Bachofen. Muito antes de os símbolos arcaicos, o culto e a magia mortuários, os ritos da terra, terem despertado a atenção, não apenas dos investigadores da mentalidade primitiva, mas também dos psicólogos freudianos e dos letrados em geral, um cientista suíço traçara um quadro da pré-história que punha de lado tudo o que o senso comum do século XIX imaginava sobre as origens da sociedade e da religião. Esse quadro, trazendo para primeiro plano as forças irracionais no seu significado metafísico e cívico, haveria de suscitar um dia grande interesse nos teorizadores do fascismo; mas também do lado dos pensadores marxistas se manifestaria o mesmo interesse, devido à sugestão de uma sociedade comunista nos primórdios da história. E assim Bachofen, que durante toda a sua vida e muito depois dela foi visto como um cientista de méritos mais ou menos bem fundamentados, assistiu nestes últimos anos à revelação do lado profético da sua obra. Qual vulcão cuja poderosa montanha foi levantada por forças subterrâneas destinadas a dormitar por muito tempo, essa obra apresentou-se durante meio século como uma massa imponente mas morna, até que uma nova manifestação das forças que o engendraram lhe veio transformar o aspecto e despertar a atenção dos curiosos para o seu maciço.

II

Quando, em 1859, foi publicado em Basileia o *Ensaio Sobre o Simbolismo Tumular dos Antigos*, Bachofen não era já um principiante. Acontece, porém, que na dezena de obras que precederam esta, não haveria mais que umas trinta páginas para demonstrar os interesses que agora se manifestavam de forma tão imperiosa. O autor desse ensaio arqueológico só se pronunciara até aí sobre questões do Direito e da história romanos, e nem sequer era arqueólogo de formação. Não foram

---

[59] Publicado em Viena em 1901. (N.T.)
[60] Publicado em Berlim em 1922. (N.T.)

os estudos nem o convívio, mas sim uma virada na sua vida de viajante solitário o que o levou para o caminho que nunca mais iria abandonar. É a essa virada que ele alude desde as primeiras linhas deste seu livro. Lembrando a descoberta de um columbário antigo em 1838, relata a visita que fez ao local, quatro anos mais tarde: "A impressão que me causou o aspecto daquele lugar do eterno repouso foi particularmente profunda, porque eu não conhecia, com exceção de dois outros próximos, lugares semelhantes a esse. É a essas visitas que devo o primeiro impulso para o estudo dos túmulos antigos, que mais tarde me levaria ainda duas vezes a Itália e a encontrar novos materiais na Grécia [...] A temática dos túmulos e do seu culto pouca atenção mereceu ao longo dos séculos, apesar de tanta novidade trazida [...] Ao significado extraordinário que o velho mundo dos túmulos adquire devido ao seu carácter de estabilidade imutável acrescenta-se ainda o que ele nos revela dos mais belos aspectos do espírito da Antiguidade. Enquanto outros domínios da história da cultura antiga podem ocupar o nosso pensamento, o estudo das necrópoles insinua-se no mais fundo do nosso coração, e não se limita a aumentar o nosso saber, dirige-se a aspirações mais profundas. Sempre que tive ocasião, retive esse aspecto das coisas lembrando os pensamentos nos quais a plenitude e majestade desses lugares da morte é acessível apenas ao símbolo, mas não à palavra".[61]

O que desde logo se estabelece aqui é um método para as suas investigações, que consiste em colocar o símbolo na base do pensamento e da vida dos Antigos. Mais tarde, no ensaio sobre "O urso nas religiões da Antiguidade", Bachofen dirá: "O importante é considerar cada símbolo separadamente. Ainda que um dia ele acabe por degenerar num atributo, as suas origens mostram-no com um fundamento em si mesmo, e portanto com um significado preciso. Convém, por isso, examiná-lo enquanto tal; a sua entrada no culto e a sua atribuição a diferentes divindades só secundariamente devem ser consideradas". Isso, quanto à religião. Por maioria de razões, tudo o que Bachofen deu como contributo para o conhecimento da arte antiga assenta na noção de símbolo. Já houve quem o aproximasse de Winckelmann,

---

[61] Do prefácio a *Versuch über die Gräbersymbolik der Alten* [Ensaio sobre o Simbolismo Tumular dos Antigos]. Obras Escolhidas, em 3 vols., ed. de Carl Albrecht Bernoulli. Leipzig, 1926, vol. I. (N.T.)

dizendo: "Foi Winckelmann quem o iniciou no reconhecimento do prestígio mudo da imagem".[62] Mas como Winckelmann andou longe do mundo do símbolo! Um dia escreveu: "Talvez tenha de decorrer mais um século antes que um Alemão volte a tomar o caminho que eu segui e a sentir as coisas como eu as senti".[63] Se Bachofen estava destinado a cumprir essa profecia, fê-lo da forma mais imprevista.

III

Bernoulli usou uma expressão particularmente feliz ao falar do claro-escuro que reina nos trabalhos de Bachofen. Poderia ceder-se à tentação de explicá-la com o declínio do Romantismo, cujas últimas manifestações se confrontam com as do positivismo, situação particularmente evidente na filosofia de Lotze.[64] Mas é outra a leitura dessa expressão que aqui mais nos convém, pois, por mais vastas e minuciosas que sejam as demonstrações de Bachofen, nada nelas lembra os métodos positivistas. O claro-escuro que aí recebe o leitor é, antes, aquele que reina na caverna de Platão, em cujas paredes se inscrevem os contornos das ideias, ou então a luz indistinta que paira sobre o reino de Plutão. Na verdade, as duas coisas estão aí presentes, já que o culto da morte que dá a sua significação ideal aos objetos preferidos de Bachofen impregnou toda a imagem da Antiguidade; e as ideias mitológicas evoluem nos seus escritos, majestosas e incolores como as sombras.

Passa-se com as suas ideias, aliás, o mesmo que com as necrópoles romanas sobre as quais Bachofen cunhou a seguinte frase, por comparação com uma medalha: "Todo aquele que delas se aproxima julga descobri-las".[65] É o que acontece também com a expressão, que desafia toda tradução, *die unbeweinte Schöpfung* – a criação a cujo desaparecimento não se segue o pranto –, que tem a ver somente com

---

[62] Carl Albrecht Bernoulli, *Johann Jakob Bachofen und das Natursymbol. Ein Würdigungsversuch* [J. J. Bachofen e o Símbolo Natural. Ensaio de homenagem]. Basileia, 1924, p. 47. (N.T.)

[63] Das "Cartas de amizade" (*Freundschaftliche Briefe*) de Winckelmann (o grande historiador alemão da arte antiga), ao seu discípulo Johann Jakob Volkmann (o Jovem), 16 de julho de 1764. (N.T.)

[64] Lotze: vd. nota 1. (N.T.)

[65] Bachofen, ed. cit., ("Apontamentos autobiográficos"). (N.T.)

a matéria – mas a palavra *Stoff* (compare-se com "estofo") significa a matéria espessa, densa e concentrada. Ela é o agente daquela promiscuidade generalizada cuja marca se reconhece na mais antiga humanidade, na sua constituição de hetaira. E nem a vida nem a morte estão isentas dessa promiscuidade; confundem-se em constelações efêmeras ao sabor do ritmo que embala toda essa criação. Nessa ordem imemorial, a morte também não se associa a nenhuma destruição violenta. A Antiguidade considera-a sempre na sua relação com um mais ou um menos da vida. O espírito dialético de uma tal concepção foi, no mais alto grau, também o de Bachofen. Pode mesmo se dizer que a morte foi para ele a chave de todo conhecimento, conciliando os princípios opostos do movimento dialético. Enfim, ele é o mediador prudente entre a natureza e a história: aquilo que foi histórico regressa ao domínio da natureza com a morte; o que era natural regressa finalmente ao domínio da história. Por isso não espanta ver Bachofen evocá-las juntas nesta profissão de fé de inspiração goethiana: "A ciência natural de tudo aquilo que se submete ao devir é o grande princípio sobre o qual assenta todo conhecimento verdadeiro e todo progresso".

IV

Patrício originário da velha cepa de Basileia, Bachofen assim se sentiu durante toda a vida. O amor da terra natal, confundindo-se com as suas predileções científicas, levou-o a escrever o belo estudo sobre a nação lícia,[66] que é uma espécie de homenagem casta e tímida à Confederação Helvética. A independência que esses dois pequenos países tão ciosamente defenderam no decurso da sua história constituía, a seus olhos, a mais reconfortante analogia. O que via de comum entre os dois era a piedade e aquele amor da terra que, "nos confins dos vales e dos pequenos povoados enche os corações de uma força que é desconhecida dos habitantes das grandes planícies".[67] Por outro lado, essa consciência cívica nunca poderia ter atingido nele um tal vigor se não tivesse também sido profundamente impregnada de um sentimento ctônico. Nada de mais característico do que o modo como

---

[66] A Lícia era uma região do mundo antigo, no sudoeste da Ásia Menor, com uma tradição de túmulos escavados na rocha. (N.T.)

[67] No ensaio "O povo lício e a sua importância no desenvolvimento da Antiguidade". (N.T.)

relata a história do milagre concedido aos cidadãos de Mégara: "Quando aboliram a realeza e, por isso, o Estado conheceu um período de instabilidade, dirigiram-se a Delfos para saberem como orientar o destino da comunidade. A resposta recebida foi que deveriam aconselhar-se com a maioria. Dando a interpretação desejada a essa sugestão, sacrificaram uma garça-real aos mortos no centro do pritaneu. Aqui está uma maioria que em nada conviria à democracia atual".[68]

É nesse mesmo sentido que ele insiste sobre as origens da propriedade imobiliária, testemunho sem preço da conexão entre a ordem cívica e a morte. "Foi por meio da pedra tumular que nasceu o conceito do *Sanctum*, da coisa imóvel e inamovível. Assim constituído, ele aplica-se também aos marcos de fronteira e aos muros que, dividindo, formam com as pedras tumulares o conjunto das *Res sanctae*".[69] Bachofen escreveu essas frases na autobiografia. Muitos anos mais tarde, no auge da vida, mandou construir em Basileia uma grande casa semelhante a uma torre, com a inscrição: "*Morituro sat!*"[70]. Como casou pouco tempo depois, essa casa acabou por nunca ser habitada. Mas foi precisamente nessa circunstância que se julgou encontrar uma imagem da polaridade "*vita et mors*" que orientava o seu pensamento e guiava a sua vida.

V

Bachofen cultivava a ciência como um grande senhor. O tipo do sábio senhorial, esplendidamente inaugurado por Leibniz, merecia ser seguido até os nossos dias, nos quais gerou ainda alguns espíritos nobres e notáveis como Aby Warburg, fundador da biblioteca que traz o seu nome, e que acaba de deixar a Alemanha para se fixar na Inglaterra. Menos conhecida que a dos grandes senhores da literatura, de que o primeiro é Voltaire, essa linhagem de cientistas exerceu uma influência das mais consideráveis. É nessa ordem, mais do que na de Voltaire, que se inscreve Goethe, cuja postura representativa e mesmo protocolar se reclamava muito mais das suas aspirações científicas do que da sua condição de poeta. A atividade desses espíritos, que tem sempre alguma coisa de "diletante", gosta de se exercer nos domínios limítrofes

---

[68] *Ed. cit.*, vol. I, p. 30 ("O matriarcado"). (N.T.)

[69] *Op. cit.*, p. 30 ("Apontamentos autobiográficos"). (N.T.)

[70] "O bastante para quem vai morrer". (N.T.)

entre várias ciências. As mais das vezes está isenta de obrigações profissionais. Quanto ao lado doutrinal, sabemos em que difícil situação se encontrava Goethe em face dos físicos do seu tempo. Com todos esses aspectos Bachofen revela claras analogias. A mesma atitude soberana, ou mesmo sobranceira; o mesmo desprezo pelas demarcações acordadas entre as várias ciências; a mesma resistência da parte dos seus confrades. As semelhanças não desaparecem mesmo quando se analisam circunstâncias secundárias, uma vez que ambos dispunham de um poderoso aparelho científico. Se Goethe ia buscar onde podia contributos para as suas vastas coleções, Bachofen pôs a sua grande riqueza ao serviço não apenas de uma documentação, mas de um museu privado que o tornava em larga medida independente de apoios alheios.

Que essa situação privilegiada teve também o seu reverso no caso de Bachofen, quanto a isso não há dúvidas. Goethe, ao confrontar as suas teorias com as de Newton, não caiu em pior terreno do que Bachofen ao desencadear, perto do fim da sua atividade, a polêmica com Mommsen, procurando, no seu *Mito de Tanaquil* (1870),[71] não só refutar o espírito positivista – o que poderia ter feito com sucesso –, como também fazer a crítica das fontes, campo em que Mommsen passava por ser mestre. É fácil cair na tentação de ver nesse debate uma espécie de prólogo daquele que, anos mais tarde, lançaria a ciência positivista, na pessoa de Wilamowitz-Möllendorf, contra Nietzsche enquanto autor de *O Nascimento da Tragédia*. De qualquer modo, nesses dois casos foram os atacantes que sucumbiram: a vingança de Bachofen sobre a ciência deu-se através de Nietzsche (mas não parece ter havido uma relação direta entre os dois; o que, em rigor, havia a recolher sobre essa matéria foi judiciosamente exposto por Charles Andler[72]). A independência senhorial da sua situação não evitou que Bachofen caísse no isolamento; o rancor que transpira da sua polêmica contra Mommsen é o mesmo que noutra altura se revelava nos seguintes termos: "Ninguém é mais caluniado do que aquele que estabelece os laços entre o Direito e as outras formas de vida e afasta de si o escanho do isolamento onde se

---

[71] O livro de Bachofen, publicado em Heidelberg, intitulava-se *Die Sage von Tanaquil. Eine Untersuchung über den Orientalismus in Rom und Italien* [A lenda de Tanaquil. Uma investigação sobre o orientalismo em Roma e Itália]. (N.T.)

[72] Charles Andler, *Nietzsche. Sa vie et sa pensée*. Vol. 2. Paris, 1921, p. 258-266. (N.T.)

gosta de colocar cada matéria e cada povo. Pretende-se aprofundar as investigações, limitando-as. Mas, de fato, esse método desemboca numa concepção superficial e desprovida de espírito, e foi ela que provocou a obstrução por uma atividade completamente exterior à coisa, de que a fotografia dos manuscritos representa um caso extremo".[73]

VI

Bachofen alimentou o seu trabalho com fontes românticas. Mas elas não chegaram até ele sem passar pelo grande filtro constituído pela ciência histórica. O seu mestre Karl von Savigny, professor de Direito na universidade de Göttingen, pertencia precisamente àquela esplêndida equipe científica que se colocava entre a época da pura especulação romântica e a de um positivismo autossatisfeito. Nos *Apontamentos Autobiográficos* que Bachofen escreve para o mestre em 1854 há bastantes marcas românticas e, antes de mais nada, aquele respeito acentuado pelas origens que o faz escrever: "Se outrora o fundador de Roma não tivesse sido apresentado como um verdadeiro Adão itálico, hoje (depois da estada em Roma) eu veria nele uma figura muito moderna e em Roma o termo e o declínio de um período cultural milenar".[74] O profundo respeito pelas origens das instituições era um dos traços mais relevantes da "escola histórica do Direito", de que Savigny era o grande paladino. Tendo ficado de fora do movimento hegueliano, ainda assim fundamentou as bases da sua própria doutrina numa passagem célebre da introdução à *Filosofia do Direito*, de Hegel. Trata-se da definição, bem conhecida, do *Volksgeist*, do espírito de cada povo, que, segundo Hegel, confere traços comuns à sua arte, à sua moral, à sua religião, bem como à sua ciência e ao seu sistema do Direito. Essa concepção, cujo alcance científico se revelou ser dos mais duvidosos, foi singularmente modificada por Bachofen. Os seus estudos jurídicos e arqueológicos impediam-no de encarar o Direito dos antigos como unidade última e irredutível, e por isso julgou ter encontrado para ele um outro fundamento que não aquele, demasiado incerto, do espírito do povo. Ao lado da revelação da imagem como

---

[73] Em: *Urreligion und antike Symbole* [Religião Primitiva e Símbolos Antigos], *op. cit.*, vol. I, p. 241 segs. (e em carta a Joseph Koller, de 6 de maio de 1883). (N.T.)

[74] Bachofen, *op. cit.*, p. 35. (N.T.)

uma mensagem do país dos mortos, surge agora para Bachofen a do Direito como uma construção terrena, cujos fundamentos subterrâneos e de profundidades inexploradas são constituídos pelos usos e costumes religiosos do mundo antigo. A disposição, e mesmo o estilo dessa construção eram bem conhecidos, mas até aí ninguém se lembrara de lhe explorar o subsolo. É o que irá fazer Bachofen com a sua grande obra sobre o matriarcado.

VII

Há muito tempo que se constatou que raramente os livros mais lidos são aqueles que exercem uma influência mais significativa. Ninguém ignora que, há cinquenta ou sessenta anos, apenas uma ínfima parte daqueles que se apaixonaram pelo darwinismo leu *A Origem das Espécies*, ou que *O Capital* está longe de ter passado pelas mãos de todos os marxistas. A mesma observação se aplica à obra maior de Bachofen, *O Matriarcado*. E isso nada tem de surpreendente, porque se trata de um livro volumoso e resistente à leitura, cheio de citações gregas e latinas e que trabalha com autores na sua maioria desconhecidos, mesmo do público letrado. As suas ideias principais disseminaram-se para lá do texto, o que foi facilitado pela imagem, a um tempo romântica e precisa, que ele traça da era matriarcal. Segundo Bachofen, a ordem familiar estabelecida da Antiguidade até os nossos dias, caracterizada pelo domínio do *pater familias*, terá sido precedida por uma outra em que toda a autoridade familiar era confiada à mãe. Essa ordem distinguia-se profundamente da ordem patriarcal do ponto de vista jurídico e do ponto de vista sexual. Todo parentesco e, portanto, toda sucessão era estabelecida pela mãe, que acolhia como hóspede o marido, ou mesmo, nos começos dessa era, vários maridos. Apesar de as provas avançadas pelo livro para sustentar essas teses se dirigirem sobretudo aos historiadores e filólogos, foram os etnólogos que começaram por colocar seriamente a questão – questão, diga-se de passagem, abordada pela primeira vez por Vico de forma divinatória. Ora, se entre os etnólogos não se encontra propriamente resistência às teses da existência de certos casos de matriarcado, por outro lado há bastantes reservas quanto à ideia de uma era matriarcal enquanto época bem caracterizada, como ordem social solidamente instalada. Mas era essa precisamente a ideia de Bachofen, que a acentuava mesmo, admitindo a hipótese de uma época de aviltamento e servidão masculina.

Tendo em vista uma tal degradação, o Estado das amazonas, que para ele constituía uma realidade histórica, ganhava um destaque muito particular.

Fosse como fosse, o debate está ainda longe do seu fim no momento atual. Independentemente do seu lado escondido, filosófico, de que falaremos ainda, os seus dados históricos foram recentemente retomados num sentido novo. Alguns cientistas, entre eles o especialista de assuntos mexicanos Walter Lehmann, procuraram sustentar a construção de Bachofen estudando os vestígios de uma imensa evolução cultural e social que deve ter marcado o fim do matriarcado. Julgaram reconhecê-lo na famosa tábua das oposições que faz parte da tradição pitagórica, e cuja oposição fundamental é a da esquerda e da direita. Inclinam-se, assim, para ler no sentido da suástica, ou cruz gamada – a velha roda do fogo ariana –, que gira para a direita, uma inovação patriarcal que teria substituído o movimento anterior dessa roda para a esquerda.

Num dos mais conhecidos capítulos, o próprio Bachofen explica o choque entre esses dois mundos. Não vemos inconveniente em reproduzir a síntese feita por Friedrich Engels em *As Origens da Família...*, tanto mais que essa passagem contém um juízo sério e ponderado sobre Bachofen, que mais tarde serviria de orientação a outros autores marxistas como Lafargue. Diz Engels: "Não foi a evolução das condições reais da vida que, segundo Bachofen, produziu as mudanças históricas nas relações sociais do homem e da mulher, mas sim o seu reflexo religioso no cérebro desses mesmos indivíduos. De acordo com essa teoria, Bachofen apresenta a *Oresteia* de Ésquilo como descrição dramática da luta entre o matriarcado em decadência e o patriarcado ascendente e finalmente vencedor [...] Essa explicação, nova mas no fundo adequada, é uma das mais belas passagens do livro, e das mais conseguidas. O que não a impede de provar, ao mesmo tempo, que Bachofen acreditava pelo menos tanto em Apolo, em Atena e nas Erínias como, no seu tempo, o próprio Ésquilo; o que ele acreditava é que foram estes que realizaram, no tempo dos heróis, o milagre de substituir o matriarcado pelo patriarcado. Parece-nos que uma tal teoria, que vê na religião a alavanca fulcral da história universal, não pode deixar de levar ao mais puro misticismo".[75]

---

[75] O texto de Engels encontra-se no prefácio à quarta edição (1891) de *A Origem da Família, da Propriedade Privada e do Estado*, publicado antes na revista *Die Neue Zeit*, vol. X, Stuttgart, 1891/1892, p. 406-467, com o título (citado por Benjamin) "Zur Urgeschichte der Familie" [Sobre a História Primordial da Família]. (N.T.)

VIII

Esse sentido místico a que vão dar as teorias de Bachofen, sublinhado por Engels, foi concluído no decurso da sua "redescoberta", cuja história inclui o mais evidente dos esoterismos recentes, aquele que daria um contributo decisivo para o fascismo alemão. Nos começos dessa "descoberta" encontramos a figura extremamente curiosa de Alfred Schuler, cujo nome talvez já tivesse chamado a atenção de alguns fervorosos adeptos de Stefan George como destinatário de um poema singularmente ousado, *Porta Nigra*. Schuler era um homenzinho bom, suíço como Bachofen, que passou quase toda a vida em Munique. Parece um dado adquirido que esse homem, que esteve apenas uma vez em Roma, mas cujo conhecimento da Roma antiga e a familiaridade com a vida romana da Antiguidade parece ter sido um prodígio, era dotado de uma compreensão pouco vulgar do mundo ctônico. E talvez tivessem razão aqueles que afirmavam que essas faculdades inatas eram alimentadas pelas forças afins que se manifestam naquele lugar da Baviera. O que é certo é que Schuler, que quase não escreveu nada, era considerado no círculo de George como uma autoridade divinatória. Foi ele que iniciou Ludwig Klages, que frequentava também esse círculo, nas doutrinas de Bachofen.

Com Klages essas doutrinas saíram do esoterismo para fazer valer os seus direitos no campo filosófico, coisa que o próprio Bachofen nunca sonhara. No seu livro *Sobre o Eros Cosmogônico*,[76] Klages traça o sistema natural e antropológico do ctonismo. Dando forma às substâncias míticas da vida, arrancando-as ao esquecimento a que tinham sido votadas, o filósofo remete para as "imagens primordiais" (*Urbilder*), que, reclamando-se embora do mundo exterior, são muito diferentes das representações. Isso porque às representações se associa o espírito com as suas perspectivas utilitaristas e as suas pretensões usurpatórias, enquanto a imagem se dirige exclusivamente à alma, que, acolhendo-a de modo puramente receptivo, se vê recompensada pela sua inteligência simbólica. A filosofia de Klages, sendo uma filosofia da duração, desconhece

---

[76] O livro de Ludwig Klages, *Vom kosmogonischen Eros* [Sobre o Eros Cosmogônico] (Munique, 1925), haveria de exercer grande influência nos círculos preparatórios do advento do nazismo. Robert Musil satiriza a figura de Klages através da personagem do filósofo Meingast em *O Homem sem Qualidades*, cujo primeiro volume saiu em 1930 (trad. portuguesa de João Barrento. Lisboa, D. Quixote, 2008). (N.T.)

a evolução criadora, centrando-se unicamente na oscilação de um sonho cujas frases mais não são do que reflexos nostálgicos de almas e de formas há muito extintas. Daí a sua definição: as imagens primordiais são aparições de almas do passado. A explicação do ctonismo por Klages afasta-se da de Bachofen precisamente pelo seu caráter sistemático, cuja inspiração se revela já no título da sua obra principal, *O Espírito como Adversário da Alma*.[77] Sistema, aliás, sem saída, e que se perde numa profecia ameaçadora dirigida aos humanos que se deixaram cegar pelas insinuações do espírito. Mas não se pode negar que, apesar do seu lado provocador e sinistro, essa filosofia é, pela finura das suas análises, a profundidade dos seus pontos de vista e o nível das suas discussões, infinitamente superior às adaptações de Bachofen empreendidas pelos mestres oficiais do fascismo alemão. Baeumler, por exemplo, declara que apenas a metafísica de Bachofen merece ser resgatada, e que as suas investigações históricas de pouco valem, já que mesmo "uma obra cientificamente exata sobre as origens da humanidade [...] não teria grande coisa para nos dizer".[78]

IX

Enquanto uma nova metafísica celebrava a descoberta de Bachofen, esquecia-se deliberadamente que a sua obra nunca deixara de estar presente nas investigações sociológicas. Ela liga-se mesmo a esse campo por uma tradição direta, através da pessoa de Elisée Reclus.[79] A sua apreciação, cujo teor não poderia ser mais desagradável para o cientista suíço, nunca foi refutada por este. Talvez Bachofen estivesse demasiado isolado para se permitir não acolher as apreciações que lhe viessem de qualquer lado. Mas havia uma razão mais séria. Bachofen havia perscrutado as profundezas inexploradas das fontes que, através dos tempos, alimentaram o ideal libertário de que Reclus se reclamava. É preciso voltar ao tema da promiscuidade antiga, de que fala *O Matriarcado*.

---

[77] *Der Geist als Widersacher der Seele*, publicado em três volumes, Leipzig, 1929 segs. (N.T.)

[78] Alfred Baeumler, "Bachofen, der Mythologe der Romantik" [Bachofen, o mitólogo do Romantismo], introdução a *Der Mythos von Orient und Occident. Eine Metaphysik der alten Welt* [O mito do Oriente e do Ocidente. Uma metafísica do mundo antigo], ed. Manfred Schröter, 2. ed., Munique, 1956. Baeumler (1887-1968) foi um dos mais destacados pedagogos do Nacional-Socialismo. (N.T.)

[79] Jean Jacques Élisée Reclus (1830-1905): geógrafo, militante e pensador do anarquismo francês. (N.T.)

A esse estado de coisas corresponde um certo ideal do Direito. O fato indiscutível de que certas comunidades matriarcais desenvolveram em alto grau uma ordem democrática e ideias de igualdade cívica havia despertado a atenção de Bachofen. Ele achava mesmo que o comunismo era inseparável da ginecocracia. E, coisa curiosa, o juízo implacável que, na sua qualidade de cidadão e patrício de Basileia, fez sobre a democracia em nada o impediu de descrever em páginas magníficas as bênçãos de Dionísio, que considerava um princípio feminino: "A religião dionisíaca é a confissão da democracia, porque a natureza sensual a que ela se dirige é patrimônio de toda a humanidade" e "não reconhece nenhuma das diferenças estabelecidas pela ordem cívica ou a hierarquia espiritual".[80]

Passagens como essas atraíram a atenção de teóricos socialistas. Por outro lado, a ideia do matriarcado ocupava-os não apenas pela sua ligação ao comunismo primitivo, mas também pela inversão do conceito de autoridade que ela comporta. Paul Lafargue, genro de Karl Marx e um dos raros mestres do seu método, termina o seu ensaio sobre o matriarcado – aludindo à incubação – com as considerações seguintes: "Vemos assim como a família paterna é uma instituição relativamente recente; a sua entrada no mundo é assinalada por discórdias, crimes e bagatelas vis".[81] A ênfase, que certamente não é a de um estudo desinteressado, deixa perceber as profundas camadas do próprio indivíduo que estão em jogo nessas questões. Foram elas que conferiram o tom apaixonado aos debates desenrolados em torno de Bachofen, e aos quais não escaparam também os vereditos da própria ciência. Estas teorias provocaram uma reação generalizada, na qual parecem estar indissoluvelmente ligadas a vida íntima da afetividade e as convicções políticas. Num estudo notável sobre "O significado psicossocial das teorias matriarcais",[82] Erich Fromm estudou recentemente esse as-

---

[80] A citação não vem diretamente de Bachofen, mas da obra de Bernoulli referida na nota 61. (N.T.)

[81] Paul Lafargue, "Das Mutterrecht, Studie über die Entstehung der Familie" [O Matriarcado. Estudo sobre a formação da família], in: *Die Neue Zeit*, Stuttgart, 1885/1986, vol. VI. (N.T.)

[82] O artigo foi publicado na revista do Instituto de Investigação Social, órgão da "Escola de Frankfurt", dirigida por Max Horkheimer: Erich Fromm, "Die sozialpsychologische Bedeutung der Mutterrechtstheorie", in: *Zeitschrift für Sozialforschung*, n. 3 (1934). (N.T.)

pecto da questão. Evocando as múltiplas filiações do renascimento de Bachofen e do fascismo, denuncia a séria perturbação que, na sociedade atual, ameaça as relações entre a criança e a mãe. Assim, escreve, "a aspiração ao amor maternal é substituída pela de ser protetor da mãe, que é venerada, colocada acima de tudo. Não é já à mãe que compete o dever de proteger, é ela que passa a ter necessidade de tutela e de salvaguarda da sua pureza. E esse modo de reagir contra as perturbações que atingem a atitude natural para com a mãe acabou por modificar também os símbolos que a figuram como país, povo, terra".

X

Bachofen nunca deixou que lhe pintassem o retrato. O único retrato que dele possuímos é póstumo, e foi executado a partir de uma fotografia. Apesar disso, tem uma espantosa profundidade de expressão. Um busto majestoso suporta a cabeça, de fronte alta e arqueada. Cabelos claros, prolongando-se em suíças frisadas, cobrem os lados do crânio cuja parte superior é calva. Dos olhos emana uma grande tranquilidade, pairando sobre um rosto em que a boca parece ser a parte com maior movimento. Os lábios estão fechados, e as comissuras acusam esse fechamento. Apesar disso, não há traço de dureza. Uma amplidão quase maternal, repartida pelo conjunto da fisionomia, confere-lhe uma perfeita harmonia. Toda a obra dá testemunho disso, em primeiro lugar no sentido de que na sua base deve ter havido uma vida sábia e serena. E depois, também porque o próprio conjunto da obra é condicionado por um equilíbrio sem igual.

Isso se evidencia em três aspectos. Equilíbrio entre a veneração do espírito matriarcal e o respeito pela ordem patriarcal. Equilíbrio entre a simpatia pela democracia arcaica e os sentimentos do aristocrata de Basileia. Equilíbrio entre a compreensão do simbolismo antigo e a fidelidade à crença cristã. Fiquemos com este último. Porque, por comparação com as teorias de um Klages, nada deve ser mais sublinhado do que a ausência de qualquer forma de neopaganismo em Bachofen. O seu protestantismo, fortemente enraizado na leitura da Bíblia, está longe de ser fruto da velhice. Bachofen nunca se separou dele, mesmo quando mergulhado na mais profunda especulação simbólica. Nada de mais edificante a esse propósito do que as distâncias que sempre guardou em relação a esse eminente concidadão, amigo de Nietzsche, que foi

Franz Overbeck, professor de teologia que aliava a um conhecimento perfeito da dogmática medieval um ceticismo acabado.

Se o sentimento de Bachofen se inclina para o matriarcado, a sua atenção de historiador volta-se sempre para o nascimento do patriarcado, cuja forma suprema era para ele a espiritualidade cristã. Estava profundamente convencido de que "nenhum povo cujas crenças têm o seu fundamento na matéria atingirá a vitória da paternidade puramente espiritual [...] É a destruição, não o desenvolvimento nem a purificação do materialismo, que está na base da espiritualidade de um Deus paternal e único".[83] Assim, a destruição de Cartago por Roma era para ele o feito salutar e salvador por excelência da história universal. Mas aquilo a que Cipião e Catão haviam dado início foi, para ele, concluído por Augusto. É essa série de considerações magistrais (nas *Cartas a Propósito do Mundo Antigo*, de 1880) que fecha a sua obra. Não podemos esquecer que, demonstrando que, com recurso ao seu próprio gênio, o Ocidente assegurava, com Augusto, a vitória do patriarcado, Bachofen retomava o ponto de partida das suas investigações, que fora o Direito romano. E o que ainda menos se pode esquecer é que o território da sua revelação foi Roma. Na concepção suprema de Bachofen, reencontrava-se esse solo onde – segundo se lê na autobiografia – "a roda da vida [...] deixou gravado um sulco mais profundo".[84] O solo romano fora-lhe dado como penhor de uma harmonia que ele próprio, graças a uma feliz complexão, haveria de viver no próprio pensamento, mas que a história acabaria por refazer várias vezes.

---

[83] Bachofen, *op. cit.*, nota 72, p. 423. (N.T.)

[84] Bachofen, "Apontamentos autobiográficos", *op. cit.*, p. 34. (N.T.)

Teorias do fascismo alemão[85]

---

[85] Recensão da coletânea de textos *Krieg und Krieger* [Guerra e Guerreiros], organizada por Ernst Jünger. Berlim, 1930.

Léon Daudet, filho de Alphonse e ele próprio um escritor importante, dirigente do Partido Monárquico francês, publicou um dia na sua *Action Française* uma reportagem sobre o Salão do Automóvel que se poderia sintetizar na seguinte fórmula, se bem que talvez não exatamente com estas palavras: "*L'automobile c'est la guerre*". A ideia subjacente a essa surpreendente associação era a de uma intensifização dos recursos técnicos, de uma aceleração dos seus ritmos, das suas fontes de energia, etc., que não encontram nas nossas vidas privadas uma utilização completa e adequada e, no entanto, exercem uma forte pressão no sentido de se legitimarem. E legitimam-se, na medida em que renunciam a uma interação harmônica, pela guerra, que, com a destruição que provoca, mostra que a realidade social não amadureceu o suficiente para transformar a técnica num órgão seu e que a técnica não era suficientemente forte para dominar as forças elementares do social. Sem pretender de modo nenhum diminuir a importância das causas econômicas da guerra, podemos afirmar que a guerra imperialista, no que tem de mais duro e mais fatídico, é determinada pela discrepância gritante entre os gigantescos meios de que dispõe a técnica, por um lado, e um mínimo esclarecimento moral desses meios, por outro lado. De fato, atendendo à sua natureza econômica, a sociedade burguesa não pode fazer outra coisa que não seja separar o mais possível a esfera técnica da chamada esfera do espírito, não pode deixar de excluir decididamente a ideia da técnica de qualquer participação na ordem social. Toda guerra futura será ao mesmo tempo uma insurreição dos escravos por parte da técnica. Todas as questões que hoje se relacionam com a guerra são marcadas por essas reflexões e outras semelhantes, todas elas são questões da guerra imperialista; não precisamos lembrar isso aos autores dessa coletânea, já que eles foram soldados da guerra mundial e, por mais que se possa discutir outros aspectos, todos eles partem de uma experiência dessa guerra mundial. Por isso se estranha encontrar, logo na primeira página, a afirmação de que "é perfeitamente secundária a questão de saber em que século, por que causa e com que armas se luta". E o mais espantoso é que, com essa frase, Ernst Jünger se queira apropriar de um dos princípios fundamentais do pacifismo – entre todos o mais contestável e o mais abstrato. Mas o que está por detrás da atitude dele e da dos seus companheiros não são tanto lugares-comuns doutrinários, mas um arraigado misticismo que, analisado à luz de um pensamento guiado pela virilidade, se apresenta como estranhamente perverso. Mas o seu misticismo da guerra e o ideal estereotipado do pacifismo não ficam atrás um do outro. Pelo contrário, hoje em dia até o mais tísico dos pacifismos tem sobre as crises epiléticas do seu irmão uma vantagem: alguns pontos de apoio na realidade, incluindo uma certa ideia do que poderá ser a próxima guerra.

Os autores falam com agrado e com ênfase da "primeira guerra mundial". Mas o modo confuso como fixam uma ideia das guerras futuras sem lhe associarem noções precisas mostra como a sua experiência de pouco lhes serviu para interiorizarem as realidades dessa guerra, das quais gostam de falar, num tom estranhamente enfático, como de "realidades planetárias". Esses pioneiros da *Wehrmacht* quase nos levam a pensar que o uniforme é para eles um objetivo supremo que desejaram com todas as fibras do seu coração, comparado com o qual as circunstâncias em que mais tarde esse uniforme é utilizado perdem muito da sua importância. Essa atitude torna-se mais compreensível se considerarmos que a ideologia da guerra que aqui se defende, confrontada com o estado atual do armamento europeu, é já obsoleta. Os autores omitiram completamente o fato de a guerra mecânica, em que alguns deles viam a suprema manifestação da existência, desatualizar os mesquinhos emblemas do heroísmo que nalguns casos sobreviveram à guerra mundial. A guerra química, pela qual os autores desse volume manifestamente não se interessaram, promete dar à guerra do futuro uma fisionomia que acabará definitivamente com as categorias militares tradicionais, privilegiando as desportivas, retirará às ações de combate todo o seu lado guerreiro, colocando-as todas sob o signo dos recordes. De fato, a sua mais marcante característica estratégica é a de ser pura guerra de agressão na sua forma mais radical. É sabido como não há defesa eficaz contra os ataques químicos a partir do ar. Mesmo as medidas de proteção individuais, as máscaras de gás, são impotentes contra o gás mostarda e o *levisit*. De vez em quando nos chegam notícias "tranquilizadoras", como a da invenção de um aparelho de escuta ultrassensível, capaz de registrar a grande distância o ruído dos hélices. E alguns meses depois, a notícia da invenção de um avião silencioso. A guerra química basear-se-á em recordes de extermínio e estará ligada a níveis de risco levados ao absurdo. E ninguém sabe se ela será desencadeada ao abrigo das convenções do Direito internacional, depois de uma declaração de guerra formal; e o seu fim também não poderá contar com limites desse tipo. O fundamento mais importante desse Direito, o da distinção entre população civil e combatente, é abolido pela guerra química. A desorganização que a guerra imperialista arrasta consigo ameaça torná-la uma guerra sem fim, como já a última mostrou.

É mais do que uma simples curiosidade, é um sintoma, o fato de uma obra de 1930 que se ocupa "da guerra e dos guerreiros" passar tudo isso em silêncio. Sintoma de um visionarismo pubertário que desemboca no culto e na apoteose da guerra, e cujos arautos maiores nesse livro são Von Schramm e Günther. Essa nova teoria da guerra, que traz estampada na testa a sua filiação na mais furiosa decadência, mais não é do que a transposição descarada das teses da arte pela arte para o plano da guerra. Mas se essa doutrina mostra já no seu terreno de origem a tendência para se tornar objeto de escárnio na boca dos seus adeptos mais medíocres, nessa nova fase as suas perspectivas são vergonhosas. Imagine-se um combatente da batalha do Marne, ou um dos que participaram do cerco de Verdun, lendo frases como estas: "Conduzimos essa guerra à luz de princípios muito impuros". "Tornou-se cada vez mais raro o verdadeiro combate, homem a homem, tropa contra tropa." "É evidente que os oficiais da linha da frente muitas vezes conduziram a guerra sem estilo." "O fato é que a incorporação das massas, do sangue inferior, da mentalidade prática burguesa, em suma, do homem comum no corpo de oficiais acabou por destruir cada vez mais os elementos eternamente aristocráticos do ofício de soldado." É difícil falhar mais o tom, pôr no papel pensamentos mais desastrosos, pronunciar palavras mais desprovidas de tato. A culpa do fracasso total dos autores, precisamente num livro como esse – e apesar de todo o fraseado sobre os valores eternos e primordiais –, está na pressa tão pouco aristocrática, toda jornalística, com que tentam apropriar-se do atual sem terem apreendido e compreendido o passado. Elementos de culto, houve-os certamente na guerra. As comunidades de configuração teocrática conheceram-nos. E se é insensato querer trazer à luz do dia esses elementos da guerra, mais penoso seria para esses guerreiros que fogem das ideias descobrir que um filósofo judeu, Erich Unger,[86] foi bem mais longe no caminho que em vão procuram e verificar que as constatações que ele faz com base em dados concretos da história do judaísmo (ainda que em parte problemáticas) fazem dissipar-se no nada os fantasmas sangrentos conjurados nesse livro. Mas para os autores não basta clarificar um assunto, chamar as coisas pelo nome. A guerra "escapa à economia regida pela razão; na sua razão há qualquer coisa de inumano, desmedido, gigantesco, algo que faz lembrar um processo vulcânico, uma erupção elementar [...], uma colossal onda de vida orientada por uma força dolorosamente profunda, compulsiva, uniforme, levada até os campos de batalha hoje já míticos, usada para missões que ultrapassam em muito o âmbito daquilo que hoje é concebível". Fala muito o amante que não sabe abraçar. Na verdade, esses autores abraçam mal o pensamento. É preciso pô-lo diante deles vezes sem conta, e é isso que tentamos fazer aqui.

E esse pensamento é: a guerra – a guerra "eterna" de que tanto se fala aqui, e também a última – será a suprema expressão da nação alemã. Ficou claro no que se disse que por detrás da guerra eterna está a ideia da guerra de culto e por detrás da última a ideia da técnica, e que os autores não conseguiram deixar claras essas relações. Mas há ainda um aspecto particular, no que se refere à última guerra. Ela não foi apenas a guerra mecânica, mas também a guerra perdida. E nisso, em sentido

---

[86] No livro *Über die staatslose Bildung eines jüdischen Volkes* [Sobre a Formação de um Povo Judeu sem Estado]. Berlim, 1922. (N.T.)

muito especial, a guerra alemã. Outros povos poderiam afirmar que conduziram a guerra a partir do que de mais próprio têm. Mas não que a perderam. O que há de singular nessa última fase do confronto com a guerra perdida, que abala profundamente a Alemanha desde 1919, é precisamente o fato de a derrota ser reclamada pelos adeptos da germanidade. E dizemos "a última fase" porque essas tentativas de resolver a derrota mostram uma clara progressão. Começaram por transmutar perversamente a derrota numa vitória interna, por meio de uma confissão de culpa histericamente alargada à humanidade inteira. Essa política, que não deixou de fornecer os seus manifestos à decadência do Ocidente, foi o fiel reflexo da "revolução" alemã pelas vanguardas expressionistas. Depois vieram as tentativas de esquecer a guerra. A burguesia virou-se para o outro lado e continuou a ressonar. E que almofada poderia ser mais macia para esse sono do que o romance? Os horrores daqueles anos transformaram-se na penugem dos travesseiros em que todo o barrete de dormir podia deixar tranquilamente a sua marca. O que distingue dessas a última tentativa, de que estamos a tratar, é a tendência para levar mais a sério a derrota na guerra do que a própria guerra. Que significa ganhar ou perder uma guerra? É interessante o duplo sentido existente nas duas palavras. O primeiro, manifesto, refere-se com certeza ao desfecho; o segundo, porém, aquele que cria nela um estranho vazio, uma caixa de ressonância, contém a sua significação plena, indica como o seu desfecho para nós altera o seu modo de existência para nós. E diz: o vencedor fica com a guerra, o vencido perde-a; o vencedor acrescenta-a ao que é seu, torna-a sua propriedade, o vencido deixa de tê-la, tem de viver sem ela. E isso não acontece apenas com a guerra em si mesma e em geral, mas com a mais insignificante das suas peripécias, as mais sutis das suas jogadas, a mais remota das suas ações. Ganhar ou perder uma guerra é qualquer coisa que, a acreditar no espírito da linguagem, penetra tão fundo na trama da nossa existência que nos torna para sempre mais ricos ou mais pobres em quadros, imagens, descobertas. E como nós perdemos uma das maiores guerras da história, à qual estava hipotecada toda a substância material e espiritual de um povo, pode-se avaliar o que essa perda significa.

É certo que não se pode acusar os autores em torno de Jünger de não terem sabido avaliar essa perda. Mas, como enfrentaram eles o monstro? Continuaram a bater-se. Continuaram a celebrar o culto da guerra quando já não havia inimigo real. Mostraram-se disponíveis para ir ao encontro dos apetites da burguesia, que ansiava pela decadência do Ocidente como um aluno pelo borrão que apaga o problema mal resolvido, difundindo a decadência, pregando a decadência por onde quer que andassem. Não lhes foi dado, nem por um momento, tomar consciência do que haviam perdido – pelo contrário, agarraram-se a isso com unhas e dentes. Foram sempre os primeiros e os mais aguerridos opositores dessa reflexão. Perderam a grande oportunidade dos vencidos, à russa, de deslocar a luta para outra esfera, até o momento passar e os povos da Europa caírem de novo no seu papel de parceiros em transações comerciais. "Hoje, a guerra já não se *faz, administra-se*", anuncia, em tom de lamentação, um dos autores. O pós-guerra alemão iria corrigir isso. Esse pós-guerra foi ao mesmo tempo protesto contra o que o precedera como contra os civis, cuja marca nele se descobria. Acima de tudo, era importante retirar à guerra o odiado elemento racional. E na verdade esses homens banhavam-se nos vapores que saíam das goelas do lobo germânico Fenris. Mas esses vapores não podiam competir com os gases das granadas de mostarda. Contra o pano de fundo do serviço militar nos quartéis e das famílias depauperadas nos seus pobres aquartelamentos, esses ingredientes primitivos da magia germânica do destino recobriam-se de um brilho podre. E, sem fazer uma análise materialista, mas com argumentos definitivos, opôs-se-lhe nessa altura a intuição não corrompida de um espírito livre, sábio e verdadeiramente dialético como era o de Florens Christian Rang,[87] cuja biografia mostra mais germanidade do que toda essa legião de desesperados. "O demonismo da crença no destino e de que as virtudes humanas de nada servem, essa noite escura de uma obstinação que consome num incêndio universal dos deuses a vitória das forças da luz [...], a aparente magnificência da vontade contida nessa idealização da

---

[87] Teólogo protestante alemão (1864-1924), amigo de Benjamin e seu grande interlocutor na fase de redação de *Origem do Drama Trágico Alemão* (já publicado por esta editora), grande crítico do nacionalismo alemão depois da Primeira Guerra Mundial. A obra a que se refere esta passagem é: *Deutsche Bauhütte. Ein Wort an uns Deutsche über mögliche Gerechtigkeit gegen Belgien und Frankreich und zur Philosophie der Politik* [O Estaleiro Alemão. Uma palavra a todos os alemães sobre a possível justiça a fazer à Bélgica e à França, e sobre a filosofia política]. Sannerz/Leipzig, 1924. (N.T.)

morte no campo de batalha, que despreza a vida e a sacrifica à ideologia; esta noite carregada de nuvens que nos cobre há milênios e que nos ilumina o caminho com raios em vez de estrelas, raios ensurdecedores e confusos que tornam a noite ainda mais sufocante e mais negra; essa assustadora visão da morte universal, e não da vida universal que na filosofia do Idealismo alemão alivia o horror com a ideia de que por detrás das nuvens está o céu estrelado – essa orientação de fundo do espírito alemão é profundamente desprovida de vontade, enganadora, uma acomodação, uma covardia, um desejo de não saber, de não viver e também de não morrer [...] É, de fato, a posição alemã dúbia perante a vida: poder deitá-la fora quando isso não custa nada, num momento de embriaguez, assegurando a sobrevivência dos que ficam e aureolando o sacrifício efêmero com a glória eterna." Mas se, no mesmo contexto, lemos: "Duzentos oficiais dispostos a morrer teriam bastado para sufocar a revolução em Berlim e noutros lugares, mas não apareceu nem um. No fundo, muitos gostariam de ter salvo vidas, mas na realidade nenhum o desejou a ponto de dar o exemplo, assumir o comando ou agir sozinho. Preferiram deixar que lhes arrancassem os galões na rua" – ao lerem isso, muitos discípulos de Jünger notarão talvez parecenças de linguagem. Uma coisa é certa: quem escreveu aquilo conhece por experiência própria a atitude e a tradição daqueles que se reuniram nesse livro. E talvez até partilhasse com eles a hostilidade ao materialismo, até ela criar a linguagem da guerra mecânica.

Quando, no começo da guerra, o idealismo lhes era fornecido pelo Estado e o governo, as tropas dependiam cada vez mais da sua requisição. O seu heroísmo foi se tornando cada vez mais sinistro, mortal, cinzento como o aço, cada vez mais distante e nebulosa a esfera de onde acenavam a glória e o ideal, cada vez mais hirta a postura daqueles que se sentiam menos como tropas de uma guerra mundial do que como executores do pós-guerra. "Postura" é a palavra que, nos seus discursos, surge a cada três. Não se pode negar que a do soldado é uma dessas posturas. Mas a linguagem é a pedra de toque para todas, e não apenas para a de quem escreve, como tantas vezes se supõe. No caso dos que aqui se juntaram, ela não passa nessa prova. Bem pode Jünger, imitando os diletantes aristocráticos do século XVII, dizer que a língua alemã é uma língua das origens – o sentido em que se faz essa afirmação resulta claro da adenda em que se diz que, por assim ser, ela empresta à civilização, ao mundo da moral, uma insuperável desconfiança. Mas como pode a sua desconfiança comparar-se com a dos seus compatriotas, quando a guerra lhes é apresentada como um "poderoso controlador" que sente o "pulsar" do tempo, os proíbe de "rejeitar um desfecho comprovado" e os anima a aguçar o olhar para as "ruínas por detrás do verniz resplandecente"? Mais vergonhosa ainda do que esses deslizes é, nessas construções pretensamente tão ciclópicas, a ligeireza do estilo, digno de qualquer editorial, e mais penosa do que essa ligeireza é a mediocridade do conteúdo. "Os caídos", dizem-nos, "ao tombarem na guerra, partiram de uma realidade imperfeita para outra mais perfeita, passaram de uma Alemanha dos fenômenos temporais para a Alemanha eterna." A dos fenômenos temporais está aí, e a eterna estaria muito mal servida se, para lhe construir uma imagem, estivéssemos dependentes dos testemunhos daqueles que os dão com tal leviandade. Com que facilidade adquiriram "o sentimento sólido da imortalidade", a certeza de que "as atrocidades da última guerra foram transfiguradas em algo de terrível", o simbolismo do "sangue a ferver para dentro". E, afinal, limitaram-se a fazer a guerra que aqui celebram. Mas nós não vamos aceitar que alguém fale da guerra sem conhecer outra coisa que não seja a guerra. Perguntaremos de forma radical, e ao nosso modo: De onde vêm vocês? E o que sabeis da paz? Já alguma vez deram com a paz numa criança, numa árvore, num animal, como deram com os postos avançados no campo de batalha? E não vamos esperar pela resposta, a resposta é: Não! Ninguém diz que não pudésseis celebrar a guerra, até de forma mais entusiástica do que o fazeis aqui. Mas não poderíeis celebrá-la tal *como* o fazeis. Que testemunho poderia um Fortinbrás dar da guerra? É possível deduzi-lo a partir da técnica de Shakespeare. Do mesmo modo que revela o amor de Romeu por Julieta no fogo da sua paixão, apresentando o herói desde logo apaixonado, apaixonado por Rosalinda, assim também teria começado por fazer o elogio da paz, tão sedutor, tão melodioso, tão doce que no fim, ao levantar a voz para defender a guerra, todos diriam, com um calafrio: Que forças portentosas e sem nome são essas que levam um homem todo inflamado com a bênção da paz a se entregar assim de corpo e alma ao louvor da guerra? Nada disso se encontra nesse livro. Aqui, a palavra é dada a corsários profissionais. O seu horizonte é flamejante, mas estreito.

E o que veem eles nessas chamas? Veem – neste ponto podemos confiar em F. G. Jünger[88] – uma profunda mudança. "Há linhas de decisão anímica que atravessam a guerra. Às mudanças do combate correspondem mudanças nos combatentes. Estas se tornam visíveis se compararmos os rostos animados, leves, entusiasmados dos soldados em agosto de 1914 com as fisionomias cansadas de morte, esquálidas, duramente tensas dos combatentes das batalhas de 1918. Por detrás do arco desse combate, que foi sendo retesado até o limite, para depois acabar por se partir, surgem, inesquecíveis, esses rostos, moldados e movidos por uma poderosa convulsão psíquica, percorrido que foi um calvário estação a estação, batalha a batalha, cada uma delas sinal hieroglífico de um violento e contínuo trabalho de destruição. Aí encontramos aquele tipo de soldado que foi sendo formado pela guerra mecânica, dura, insensível, sangrenta, incessante. A sua marca é a da dureza dos nervos de aço do combatente nato, a expressão da responsabilidade solitária e do abandono anímico. Nessa luta, que se continuava descendo sempre a camadas mais profundas, se confirmava o seu lugar. O caminho que seguia era estreito e perigoso, mas era um caminho que levava ao futuro." Sempre que encontramos nessas páginas formulações exatas, empenhamento genuíno, argumentação plausível, é a realidade que é atingida, referida por Jünger como sendo a da mobilização total, por Ernst von Salomon como a paisagem da frente de batalha. Um jornalista liberal que há pouco tempo tentou definir esse novo nacionalismo com a expressão "heroísmo do tédio" ficou, como por aqui se pode ver, aquém da sua compreensão. Aquele tipo de soldado é real, é testemunha sobrevivente da guerra mundial, e foi de fato a paisagem da frente de batalha, sua verdadeira pátria, aquilo que se defendeu depois da guerra. Precisamos ficar ainda algum tempo nessa paisagem.

E dizê-lo com toda a amargura: perante essa paisagem da mobilização total, o sentimento alemão da natureza ganhou uma intensificação inesperada. Os gênios da paz que a habitam de forma tão sensível foram evacuados, e até onde a vista alcançava por cima do bordo das trincheiras

---

[88] A referência de Benjamin aqui *não* é a Ernst Jünger (como, por exemplo, as traduções brasileiras deste texto indicam), organizador do livro em causa e um dos seus autores mais destacados, mas ao seu irmão mais novo Friedrich Georg Jünger, nacionalista conservador, crítico do regime parlamentar e correligionário dos movimentos que, nos anos 1920, preparam o advento do Nacional-Socialismo. (N.T.)

todo o espaço circundante se tinha tornado território do idealismo alemão, cada cratera de granada um problema, cada linha de arame farpado uma antinomia, cada estilhaço uma definição, cada explosão um postulado, e o céu lá em cima era de dia o forro cósmico do capacete de aço, de noite a lei moral por cima de nós. Com lança-chamas e trincheiras, a técnica tentou realçar os traços heroicos no rosto do idealismo alemão. Foi um equívoco. Porque o que tomava por traços heroicos era a *facies hipocratica* da morte. E assim, profundamente impregnada da sua própria abjeção, deixou a sua marca no rosto apocalíptico da natureza, fê-la emudecer, quando podia ter sido a força capaz de lhe dar voz. Na sua versão metafísica abstrata, que é a desse novo nacionalismo, a guerra mais não é do que a tentativa de solucionar o mistério de uma natureza entendida em termos idealistas por meio da técnica, de forma mística e imediata, em vez de utilizá-lo e iluminar pela via da construção de coisas humanas. "Destino" e "Eros" relacionam-se nessas cabeças como Gog e Magog, as suas vítimas não são apenas os filhos dos homens, mas também os filhos das ideias. Tudo o que de puro, sóbrio, ingênuo foi imaginado para melhorar a convivência humana vai parar às goelas já gastas desses ídolos, que, de bocarras abertas, respondem com o arroto dos morteiros de 42 cm. Por vezes, os autores têm alguma dificuldade em conciliar as tensões do heroísmo com a guerra mecânica. Mas não todos; e nada é mais comprometedor do que as digressões lamurientas com que manifestam o seu desencanto com a "forma da guerra", "a guerra absurdamente mecanizada", da qual os espíritos nobres "estavam visivelmente cansados". Mas quando alguns, poucos, tentam olhar de frente as coisas é que se torna evidente como o conceito de heroísmo se transformou imperceptivelmente, como as virtudes, por eles festejadas, da dureza, do secretismo, da implacabilidade, são, na verdade, menos as do soldado do que as do combatente experimentado na luta de classes. O que aqui se configura, primeiro na máscara do voluntário da guerra mundial e depois na do mercenário do pós-guerra, é de fato o militante fascista disponível para a luta de classes. E o que os autores entendem por nação é uma classe dominante apoiada nessas bases, que, não tendo de prestar contas a ninguém, e muito menos a si própria, impera nas alturas com a fisionomia esfíngica do produtor que promete ser em breve o único consumidor das suas mercadorias. Com esse seu rosto de esfinge, a nação dos fascistas apresenta-se como novo mistério econômico da natureza, ao lado ao antigo, um mistério que, longe de se iluminar com a sua técnica, ostenta agora os seus traços mais ameaçadores. A guerra é a diagonal do paralelogramo formado por ambas as forças, a natureza e a nação.

Compreende-se que, no melhor e mais pensado dos ensaios desse livro, surja a questão do "controle da guerra pelo Estado" – porque ao Estado não é atribuído qualquer papel próprio nessa teoria mística da guerra. Em nenhum momento é possível entender esse papel de controle em sentido pacifista. O que aqui se exige do Estado é, pelo contrário, que se adapte, na sua estrutura e na sua postura, às forças mágicas que tem de mobilizar em tempos de guerra, e que se mostre digno delas. De outro modo, não conseguirá pôr a guerra ao serviço dos seus fins. Para os autores desse livro, o fracasso do Estado perante a guerra é o ponto de partida do seu pensamento autônomo. As formações políticas que se constituíram no fim da guerra, dubiamente colocadas entre confrarias baseadas na camaradagem e representações regulares do poder de Estado, não demoraram muito a consolidar-se em bandos independentes desvinculados do Estado, e os magnatas financeiros da inflação, para quem o Estado deixou de ser garante da sua riqueza, souberam apreciar a oferta de tais bandos, facilmente acessíveis, como o arroz ou os nabos, através de entidades privadas ou do Exército. A presente publicação assemelha-se ainda à fraseologia ideológica da propaganda para angariação de um novo tipo de mercenários, ou melhor, de *condottieri*. Um dos seus autores declara abertamente: "O valente soldado da Guerra dos Trinta Anos vendia-se [...] de corpo e alma, e isso é mais nobre do que vender apenas talento e convicções". Mas quando continua, dizendo que o mercenário do pós-guerra alemão não se vendeu, mas se ofereceu, isso terá de ser entendido no sentido de que o soldo de tais tropas era incomparavelmente mais alto. Um soldo que marcou a cabeça desses novos guerreiros tão duramente como as exigências técnicas do seu ofício: engenheiros de guerra ao serviço da classe no poder, eles são o equivalente dos altos funcionários de colarinho branco. Deus sabe como é sério o seu gesto de chefia, como as suas ameaças não são brincadeira. No piloto e chefe de um único avião com bombas de gás convergem todos os poderes capazes de privar o cidadão de luz, de ar e de vida, e que em tempo de paz estão distribuídos por milhares de chefes de repartição. Um simples bombardeiro, na solidão das alturas, entregue a si próprio e ao seu Deus, mas com procuração do seu superior gravemente doente, o Estado – onde ele deixar a sua assinatura nada mais crescerá. É esse o chefe "imperial" com que sonham esses autores.

    Não há esperança de futuro para a Alemanha se não se destruírem os traços de Medusa daqueles que aqui se lhe opõem. Destruí-los, ou talvez melhor, aligeirá-los. Não com exortação benevolente ou amor, que aqui estariam deslocados; nem abrindo caminho à argumentação ou à ávida persuasão pelo debate. O que temos é de lançar toda a luz que a linguagem e a razão ainda nos oferecem sobre aquela "vivência primordial" de cujo negrume surdo sai, rastejando, esse misticismo da morte dos mundos, com os seus milhares de patinhas repugnantes. A guerra revelada a essa luz será tampouco a "eterna", adorada por esses novos Alemães, como a "última" com que sonham os pacifistas. Na verdade, é apenas isto: a última e mais terrível oportunidade de corrigir a incapacidade dos povos para organizarem as suas relações segundo o modelo das suas relações com a natureza, através da técnica que dominam. Se a correção falhar, milhões de corpos humanos serão despedaçados e consumidos pelo aço e pelo gás – sê-lo-ão inevitavelmente –, mas até os *habitués* dos terríveis poderes ctônicos, que andam com o seu Klages[89] na mochila, não passarão por uma décima parte daquilo que a natureza promete aos seus filhos menos curiosos e mais sóbrios, aqueles que têm na técnica não um fetiche para a destruição total, mas uma chave para a felicidade. Eles darão provas dessa sobriedade no momento em que se negarem a aceitar a próxima guerra como uma intervenção mágica. Pelo contrário, descobrirão nela a imagem do quotidiano, e essa descoberta propiciará a sua transformação na guerra civil conduzida pela magia do marxismo, a única capaz de fazer frente a esse tenebroso feitiço das runas.

---

[89] Vd. atrás, nota 76. (N.T.)

Eduard Fuchs,
colecionador e historiador

I

A obra de Eduard Fuchs, que ocupou toda uma vida, pertence ao passado recente. Um olhar retrospectivo sobre essa obra coloca-nos perante todas as dificuldades inerentes à tentativa de dar conta desse passado mais recente, que é ao mesmo tempo o passado recente da teoria marxista da arte, da qual nos ocuparemos aqui. E isso não facilita a nossa tarefa, pois, contrariamente ao que acontece com a teoria econômica, esta não tem ainda história. Os mestres, Marx e Engels, não fizeram mais do que sugerir que existe nela um vasto campo de trabalho. E os primeiros a ocupar-se dele, um Plekhanov, um Mehring,[90] só de forma indireta ou muito tarde absorveram a lição dos mestres. A tradição que

---

[90] Franz Mehring (1846-1919) é autor de uma das primeiras biografias de Marx (*Karl Marx*. Lisboa, Presença, 1974), e o seu livro *Die Lessing-Legende* [Lessing: A Lenda], publicado em 1893, é o primeiro grande trabalho de teoria e crítica literárias marxistas. Mehring é acompanhado nessa fase pioneira pelo pelo seu contemporâneo russo G. W. Plekhanov (1856-1918). De Plekhanov foi publicado em português *A Arte e a Vida Social (1912-1913)*. Lisboa, Moraes Editores, 1977. Sobre os primórdios e os desenvolvimentos da teoria marxista da arte pode ler-se: João Barrento, "De Weimar a Moscovo. A teoria marxista do realismo e da literatura entre as duas guerras", introdução a *Realismo-Materialismo-Utopia*, organ. João Barrento. Lisboa, Moraes Editores, 1978. (N.T.)

vai de Marx a Bebel,[91] passando por Wilhelm Liebknecht[92] aproveitou mais à vertente política do que à científica do marxismo. Mehring passou pelo nacionalismo e, logo, pela escola de Lassalle.[93] E quando chegou ao partido dominava aí, segundo Kautsky, "do ponto de vista teórico, um Lassalianismo mais ou menos vulgar. Não se podia falar, a não ser em algumas personalidades isoladas, de um pensamento marxista coerente".[94] Mehring só relativamente tarde entrou em contato com Engels, já no fim da vida deste. Fuchs, por seu lado, encontrou-se cedo com Mehring. Na relação entre os dois esboça-se pela primeira vez uma tradição da linha materialista histórica no âmbito da história das ideias. Mas o domínio de trabalho de Mehring – a história literária – tinha, no espírito dos dois estudiosos, poucos pontos de contato com o de Fuchs. E mais decisiva ainda é a diferença das suas orientações: Mehring era um erudito, Fuchs, um colecionador.

Há muitos tipos de colecionadores, e em cada um deles atua um feixe de impulsos. Enquanto colecionador, Fuchs foi sobretudo um pioneiro: fundador de um arquivo, único da sua espécie, que documenta a história da caricatura, da arte erótica e dos quadros de costumes. Mais importante é, porém, uma outra circunstância: foi enquanto pioneiro que Fuchs se tornou colecionador, concretamente como pioneiro da teoria materialista da arte. No entanto, o que fez desse materialista um colecionador foi a intuição mais ou menos clara de uma situação histórica na qual se viu inserido. Era a situação do próprio materialismo histórico.

Essa situação está expressa numa carta que Friedrich Engels dirigiu a Mehring na mesma altura em que, na redação de um jornal socialista, Fuchs alcançava as suas primeiras vitórias jornalísticas. A carta tem data de 14 de julho de 1893, e nela se pode ler, entre outras coisas, o

---

[91] August Bebel (1840-1913): político socialista e dirigente do movimento operário, cofundador do Partido Social-Democrata Alemão. (N.T.)

[92] Wilhelm Liebknecht (1826-1900): fundador do Partido Social-Democrata Alemão, aproxima-se da Liga Comunista de Marx e Engels e torna-se um dos mais destacados deputados socialistas da era bismarckiana. (N.T.)

[93] Ferdinand Lassalle (1825-1864): escritor e político, primeiro presidente da Associação Geral dos Trabalhadores Alemães (1863), que prepara o nascimento do Partido Social-Democrata. (N.T.)

[94] Karl Kautsky, "Franz Mehring", in: *Die Neue Zeit*, vol. XXII (Stuttgart, 1904), n. 1, p. 103-104.

seguinte: "Aquilo que mais contribui para a cegueira da maior parte das pessoas é essa aparência de uma história autônoma das formas de organização política, dos sistemas do Direito, das concepções ideológicas nos seus respectivos domínios específicos. Quando acontece a 'superação' da religião católica oficial por Lutero e Calvino, quando Hegel supera Fichte e Kant, ou Rousseau, indiretamente, com o seu Contrato Social, o constitucionalista Montesquieu, trata-se de um processo que permanece adentro dos limites da teologia, da filosofia, da teoria política, que representa uma etapa na história dessas áreas de pensamento e não sai delas. E desde que a ilusão burguesa da natureza eterna e em absoluto definitiva da produção capitalista chegou a essa conclusão, até a superação dos mercantilistas pelos fisiocratas e Adam Smith é vista como uma mera vitória do pensamento, não como o reflexo, no pensamento, da transformação de fatos econômicos, mas como a visão correta e finalmente alcançada de condições reais eterna e universalmente vigentes".[95]

Engels contesta aqui duas práticas: em primeiro lugar, a do hábito, na história das ideias, de apresentar um novo dogma como "evolução" de um anterior, uma nova escola literária como "reação" a outra, um novo estilo como "superação" do que o precede; mas contesta também, implicitamente, o hábito de apresentar essas novas constelações separadas dos seus efeitos sobre as pessoas e do seu processo de produção, tanto espiritual como econômico. Com isso, dá o golpe de misericórdia nas "ciências do espírito" enquanto história das formas de organização política ou das ciências da natureza, da religião ou da arte. Mas a força explosiva dessa ideia, que Engels não abandona durante meio século,[96] alcança mais fundo. Questiona o caráter fechado das várias áreas do saber e da sua produção – por exemplo, no que se refere à arte, o seu próprio e o das obras que se propõe englobar. Para aquele que delas se ocupa usando os instrumentos da dialética histórica, essas obras integram a sua

---

[95] Citado por Gustav Mayer, *Friedrich Engels. Eine Biographie* [Friedrich Engels. Uma biografia], vol. II: *Friedrich Engels und der Aufstieg der Arbeiterbewegung in Europa* [F. Engels e a Ascensão do Movimento Operário na Europa]. Berlim, p. 450-451.

[96] A ideia surge nos primeiros escritos sobre Feuerbach, e recebe aí a seguinte formulação por parte de Marx: "Não existe uma história da política, do direito, da ciência [...], da arte, da religião" (*Marx-Engels Archiv*, Revista do Instituto Marx-Engels de Moscou. Ed. por D. Rjazanov, Vol. I, Frankfurt, 1928, p. 301).

pré e a sua pós-história – uma pós-história dada a qual também a sua pré-história se torna reconhecível como um processo de transformação permanente. Elas ensinam-lhe como a sua função é capaz de sobreviver ao seu criador e de fazê-lo deixar para trás as suas intenções; e como a recepção pelos contemporâneos é parte integrante do efeito que a obra de arte exerce hoje sobre nós próprios, e como este último assenta no encontro não apenas com a obra, mas também com a história, que permitiu que ela chegasse aos nossos dias. Goethe deu a entender isso, de forma velada, como tantas vezes faz, numa conversa sobre Shakespeare com o chanceler von Müller: "Tudo aquilo que exerceu uma grande influência não pode, de fato, ser já objeto de um juízo".[97] Não haverá palavras mais adequadas para suscitar o desassossego provocado pelo começo de qualquer ocupação com a história que mereça a designação de dialética. Desassossego pelo desafio ao investigador no sentido de abandonar a atitude tranquila e contemplativa em relação ao seu objeto, para tomar consciência da constelação crítica em que se situa precisamente esse fragmento, precisamente nesse presente. "A verdade não nos foge": essa fórmula de Gottfried Keller assinala, na concepção da história própria do historicismo, precisamente o ponto em que essa concepção é destruída pelo materialismo histórico. Porque é irrecuperável toda imagem do passado que ameaça desaparecer com todo presente que não se reconheceu como presente intencionado nela.[98]

Quanto melhor refletirmos sobre as frases de Engels, tanto mais claro se tornará que toda exposição dialética da história implica a renúncia a uma atitude contemplativa característica do historicismo. O materialista histórico tem de renunciar ao elemento épico da história. Para ele, ela torna-se objeto de uma construção cujo lugar é constituído não por um tempo vazio, mas por uma época, uma vida, uma obra determinada. Ele arranca a época à "continuidade histórica" reificada, e assim também a vida à sua época e uma determinada obra ao conjunto de uma *œuvre*. Mas o resultado produtivo dessa construção tem como

---

[97] A forma original da citação, na conversa com von Müller em 11 de junho de 1822, é a seguinte: "Um livro que teve uma grande repercussão não pode, de fato, ser já objeto de um juízo." (N.T.)

[98] Esta passagem, bem como mais três dos dois parágrafos seguintes, será retomada nas teses "Sobre o conceito da História", incluídas neste volume: teses V, XIV, XVI, XVII. (N.T.)

resultado que *na* obra se contém e se supera a *œuvre*, *nesta* a época e *na* época toda a evolução histórica.[99]

O historicismo propõe a imagem eterna do passado; o materialista histórico fá-lo acompanhar de uma experiência que é única. A substituição do momento épico pelo construtivo revela ser a condição dessa experiência. Nela libertam-se as gigantescas forças que permanecem presas ao "Era uma vez" do historicismo. Acionar no contexto da história a experiência que é para cada presente uma experiência originária – é essa a tarefa do materialista histórico, que se dirige a uma consciência do presente que destrói o contínuo da história.

A compreensão histórica é entendida pelo materialista histórico como pós-vida do objeto de compreensão, cujo pulsar se faz sentir até o presente. Essa compreensão tem o seu lugar em Fuchs, apesar de ele não estar acima de qualquer crítica. Nele coexistem uma ideia antiga, dogmática e ingênua da recepção com a sua forma nova e crítica. A primeira pode resumir-se na afirmação de que a recepção determinante de uma obra deve ser para nós aquela que ela teve entre os seus contemporâneos. É a perfeita analogia do postulado de Ranke [...] "Tal como foi realmente", que seria, afinal, "o único" que importa.[100] Mas ao lado desta encontramos, sem mediação, o ponto de vista dialético e de horizonte mais amplo que reconhece a importância de uma história da recepção. Fuchs critica o fato de, na história da arte, a questão da fortuna crítica das obras não ser considerada. "Esta falha [...] é um aspecto negativo de toda a nossa história da arte. E no entanto parece-me que a descoberta das verdadeiras causas do maior ou menor êxito de um artista, para a duração desse êxito ou também para o seu contrário, é um dos mais relevantes problemas que se colocam à vida da arte."[101] Já Mehring via

---

[99] É a construção dialética que distingue aquilo que, na experiência histórica, nos afeta a partir das origens, contra o inventário indiscriminado dos fatos: "O que é próprio da origem nunca se dá a ver no plano do factual, cru e manifesto. O seu ritmo só se revela a um ponto de vista duplo. A origem [...] tem a ver com a pré e a pós-história dos fatos ." (W. Benjamin, *Origem do Drama Trágico Alemão* [Autêntica Ed., 2011, p. 34]).

[100] Cf. E. Fuchs, *Erotische Kunst* [Arte Erótica], vol. I, p. 70.

(A obra do historiador Leopold von Ranke a que se referem as citações é a seguinte: *Geschichte der romanischen und germanischen Völker von 1494 bis 1514* [História dos Povos Românicos e Germânicos, de 1494 a 1514]. 2ª ed. Leipzig, 1874, p. VII. [N.T.])

[101] Gavarni, *Litografias*, p. 13.

assim as coisas, e o seu livro *Lessing: a Lenda*[102] transforma em ponto de partida das suas análises a recepção de Lessing por Heine e Gervinus, por Stahr e Danzel, finalmente também por Erich Schmidt. E não terá sido por acaso que pouco depois surgiu o meritório trabalho de Julian Hirsch *A Gênese da Fama*[103] (meritório, não tanto pelo método, mas mais pelo conteúdo). A questão central é a mesma que Fuchs já tinha em vista, e a sua solução fornece o critério de referência para o materialismo histórico. Mas esse fato não justifica a omissão de um outro, o de que essa solução ainda não foi encontrada. Pelo contrário, não há quaisquer dúvidas de que apenas em casos isolados se conseguiu apreender o conteúdo histórico de uma obra de tal modo que ela se torne para nós transparente enquanto *obra de arte*. Todo esforço de aproximação de uma obra de arte será vão se o seu conteúdo histórico sóbrio não se tornar objeto de um conhecimento dialético. Essa é apenas a primeira das verdades pelas quais a obra do colecionador Eduard Fuchs se orienta. As suas coleções são a resposta do prático às aporias da teoria.

II

Fuchs nasceu em 1870. O ambiente familiar não o destinava a um futuro de erudito. E, apesar de toda a erudição que adquiriria mais tarde, nunca assumiu esse papel de sábio. A sua eficácia ultrapassou sempre os limites que delimitam o campo do investigador. E o mesmo se passa com a sua atividade de colecionador e de político. Fuchs entrou no mundo do trabalho em meados dos anos oitenta, numa altura em que a lei antissocialista estava em pleno vigor. O lugar de aprendiz que encontrou pô-lo em contato com proletários politicamente ativos, e em breve foi atraído por eles para a luta ilegal de então, que hoje nos parece uma resistência idílica. Esses anos de aprendizagem terminaram em 1887. Alguns anos depois, o órgão dos social-democratas da Baviera, o jornal *Münchener Post*, ia buscar o jovem contabilista a uma tipografia de Stuttgart, pensando ter encontrado nele o homem que iria resolver os problemas administrativos do jornal. Fuchs foi para Munique, para aí trabalhar com Richard Calver.

---

[102] Vd. nota 90. (N.T.)

[103] J. Hirsch, *Die Genesis des Ruhmes. Ein Beitrag zur Methodenlehre der Geschichte* [A Gênese da Fama. Contributo para uma teoria metodológica da História]. Leipzig, 1914. (N.T.)

A editora do *Münchener Post* publicava também a revista humorística dos socialistas, o *Süddeutscher Postillon*. Um acaso levou a que Fuchs tivesse de dar uma ajuda nas provas de um número do *Postillon*, e um outro a que tivesse de preencher algumas lacunas com textos próprios. O sucesso desses números foi invulgar, e nesse mesmo ano o número de Maio foi organizado por Fuchs, com muitas ilustrações a cores – estava-se nos começos da imprensa ilustrada a cores. Venderam-se sessenta mil exemplares, em vez dos dois mil e quinhentos da média do ano. E assim Fuchs se tornou redator de uma revista que se dedicava à sátira política. Começou ao mesmo tempo a interessar-se pela história desse seu campo de atividade, e foi assim que nasceram, paralelamente ao trabalho diário, os estudos ilustrados sobre o ano revolucionário de 1848 na caricatura[104] e sobre o caso político de Lola Montez.[105] Eram as primeiras obras de um historiador ilustradas com material documental, diferentes dos livros de história ilustrados por desenhadores vivos (por exemplo, os livros populares de Wilhelm Blos sobre a revolução, com desenhos de Jentsch). A pedido de Maximilian Harden, Fuchs chegou a apresentar a segunda dessas obras na revista *Zukunft*, não sem chamar a atenção para o fato de se tratar apenas de uma parte da obra mais ambiciosa que tencionava dedicar à caricatura dos povos europeus. Um período de dez meses na prisão, resultante de um processo de lesa-majestade por uma intervenção na imprensa, veio beneficiar os estudos para essa obra. Era evidente que se tratava de uma ideia feliz. Um certo Hans Kraemer, que tinha já bastante experiência na produção de livros de família ilustrados, entrou em contato com Fuchs, dando-lhe a notícia de que tinha já em preparação uma história da caricatura; e sugeriu-lhe que disponibilizasse

---

[104] A obra (*1848 in der Karikatur* [1848 na caricatura]) foi publicada em Munique em 1898. (N.T.)

[105] Dançarina e aventureira irlandesa, de seu nome Elisabeth Rosanna Gilbert (1821-1861), cortesã e amante de Luís I da Baviera, que lhe concedeu o título de condessa de Landsfeld em 1847. O caso levou o rei a abdicar sob a pressão da oposição revolucionária e Lola Montez a fugir da Baviera, primeiro para a Califórnia, depois para a Austrália e finalmente para Nova Iorque, onde veio a morrer. Os estudos de Fuchs sobre Lola Montez apareceram primeiro na revista *Zeitschrift für Bücherfreunde* ("Lola Montez in der Karikatur", vol. III, 1898/1899, n. 3, p. 105-126) e depois em livro (*Ein vormärzliches Tanzidyll. Lola Montez in der Karikatur* [Um Idílio Balético Pré-Revolucionário. Lola Montez na caricatura]. Berlim, 1902). Em 1955 Max Ophüls dedicou a essa figura um filme (*Lola Montès*), com Martine Carol como protagonista. (N.T.)

os seus estudos para uma obra comum. Mas esses contributos não vieram logo. E em breve ficou claro que toda a enorme massa de trabalho implicada nesse projeto iria recair sobre Fuchs. O nome do pretenso colaborador, que ainda aparece na primeira edição, já não se encontra na segunda. Mas Fuchs dera pela primeira vez provas convincentes da sua capacidade de trabalho e do seu domínio da matéria. Iniciava-se assim a longa série das suas principais obras.[106]

Os começos de Fuchs coincidem com a época em que, como se podia ler num dos números da revista *Neue Zeit*, "o tronco do Partido Social-Democrata começava a crescer por toda parte organicamente, anel a anel".[107] Isso significava a necessidade de afirmação de novas

---

[106] Obras principais (na editora Albert Langen, Munique): *Illustrierte Sittengeschichte vom Mittelalter bis zur Gegenwart*. I: *Renaissance* [1909]; II. *Die galante Zeit* [1910]; III: *Das bürgerliche Zeitalter* [1911/1912] (História dos Costumes Ilustrada, da Idade Média à Atualidade. I: Renascimento, II: A Época Galante, III: A Época Burguesa). Com três volumes complementares (1909, 1911, 1912). Nova ed. de todos os volumes em 1926 (citado como "História dos Costumes").
Geschichte der erotischen Kunst. I: *Das zeitgenössische Problem* [1908], nova ed. 1922; II: *Das individuelle Problem. Erster Teil* [1923]; *Das individuelle Problem. Zweiter Teil* [1926] [História da Arte Erótica. I: O Problema Contemporâneo. II/III: O Problema Individual, primeira e segunda partes] (citado como "Arte Erótica").
Die Karikatur der europäischen Völker. I: *Vom Altertum bis zum Jahre 1848* [1. ed., 1901; 4. ed., 1921]; II: *Vom Jahre 1848 bis zum Vorabend des Weltkriegs* [1. ed., 1903; 4. ed., 1921] [A Caricatura dos Povos Europeus. I: Da Antiguidade a 1848; II: de 1848 às vésperas da Guerra Mundial] (citado como "Caricatura").
Honoré Daumier, Holzschnitte und Litographien [H. D., Xilogravuras e Litografias], ed. Eduard Fuchs. I: Xilogravuras 1833-1870 [1921]; II: Litografias 1828-1851 [1920]; III: Litografias 1852-1860 [1921]; IV: Litografias 1861-1872 [1922] (citado como "Daumier").
Der Maler Daumier [O Pintor Daumier], ed. Eduard Fuchs, 1927 (citado com este título).
Gavarni, Litographien, ed. Eduard Fuchs, 1925 (citado como "Gavarni").
Die großen Meister der Erotik. Ein Beitrag zum Problem des Schöpferischen in der Kunst. Malerei und Plastik [Os Grandes Mestres do Erotismo. Contributo para o problema da criatividade na arte. Pintura e escultura], 1931 (citado com este título).
Tang-Plastik. Chinesische Grabkeramik des 7. bis 10. Jahrhunderts [Escultura Tang. Cerâmica tumular chinesa dos séculos VII a X], 1924 (citado com este título).
Dachreiter und verwandte chinesische Keramik des 15. bis 18. Jahrhunderts (Coruchéus e Cerâmica Chinesa afim, dos Séculos XV a XVIII), 1924 (citado com este título).
Fuchs dedicou ainda outras obras à mulher, ao judeu e à guerra mundial enquanto temas da caricatura.

[107] A. Max, "Sobre o problema da organização do proletariado intelectual", *Die Neue Zeit*, vol. XIII (Stuttgart, 1895), n. 1, p. 645.

tarefas no âmbito do trabalho cultural do partido. Quanto maiores eram as massas de trabalhadores que a ele aderiam, tanto menos ele se podia limitar ao esclarecimento político e científico, à vulgarização da teoria da mais valia ou da descendência. Tinha de dar atenção à dimensão histórica dos assuntos culturais nas intervenções públicas e nos suplementos da imprensa partidária. Colocava-se, desse modo, em toda a sua extensão o problema da "popularização da ciência", um problema que nunca seria resolvido. E não seria possível resolvê-lo enquanto os destinatários desse trabalho cultural fossem vistos em termos de "público", e não de classe.[108] Se o objetivo fosse a classe, o trabalho científico do partido nunca poderia ter perdido o estreito contato com as tarefas científicas do materialismo histórico. A matéria histórica, lavrada pela dialética marxista, teria se transformado num solo em que cresceria a semente nele lançada pelo presente. Ora, isso não aconteceu. Ao lema "Trabalho e cultura", que guiara a formação dos trabalhadores nas associações satisfeitas com o Estado de Schultze-Delizstch,[109] a social-democracia opôs outro que dizia "Saber é poder". Mas não se apercebeu do seu duplo sentido. Achava que o mesmo saber que consolidou a dominação do proletariado pela burguesia levaria também aquele a libertar-se dessa dominação. Na verdade, um saber sem acesso à *praxis* e que nada podia ensinar ao proletariado sobre a sua situação de classe era inofensivo para os seus opressores. Isso se aplica especialmente ao saber das "ciências do espírito". Era um saber muito afastado da economia, e mantinha-se invulnerável às suas transformações. Os agentes desse saber limitavam-se a "estimular" através do seu uso, a "oferecer alternativas", a "interessar". Aliviou-se a história e obteve-se a "história da cultura". É aqui que a obra de Fuchs encontra o seu lugar próprio: a sua grandeza reside na reação a essa situação, o seu lado problemático no fato de ainda participar dela.

---

[108] Nietzsche escreveu já em 1874: "O último resultado disso é a 'popularização' da ciência, hoje tão em voga, ou seja, o famigerado ajuste do casaco da ciência ao corpo de um 'público misto' – para aplicar a uma atividade de alfaiate um alemão de alfaiate [...]" (F. Nietzsche, *Unzeitgemäße Betrachtungen*: "Vom Nutzen und Nachteil der Historie fürs Leben") [Considerações Intempestivas: "Das vantagens e desvantagens da história para a vida"]. Vol. I, Leipzig, 1893, p. 168.

[109] Franz Hermann Schulze (1808-1883): político liberal alemão, fundador das primeiras cooperativas de trabalhadores. (N.T.)

Fuchs orientou-se desde sempre pelo princípio de que o seu trabalho se devia dirigir às massas de leitores.[110]

Muito poucos reconheceram na altura como tanta coisa dependia de um trabalho cultural de orientação materialista. As esperanças e mais ainda os receios desses poucos estão bem expressos num debate cujo rastro se pode encontrar na revista *Neue Zeit*. O mais importante desses testemunhos é um ensaio de [Carl] Korn intitulado "O proletariado e o classicismo". O tema era o conceito da herança cultural, que voltou a estar hoje no centro das atenções. Segundo Korn, Lassalle via no idealismo alemão uma herança assumida pelas classes trabalhadoras. Mas Marx e Engels viam o problema de modo diferente: "Não foi como herança que eles chegaram à afirmação do predomínio social das classes trabalhadoras, mas a partir da sua posição determinante no próprio processo de produção. Para que falar de propriedade, ainda que seja espiritual, no caso de um recém-chegado às classes como o proletariado moderno, que a cada dia e a cada hora evidencia o seu 'direito' através do trabalho com que reproduz sempre de novo todo o aparelho cultural [...]? Assim, a joia da coroa do ideal cultural de Lassalle, a filosofia especulativa, não é para Marx e Engels nenhum tabernáculo [...]; ambos se sentiram cada vez mais fortemente atraídos pelas ciências naturais, que, de fato, para uma classe cuja ideia é o seu próprio funcionamento, pode ser a ciência por excelência, tal como toda a matéria histórica é para a classe dominante e possidente a forma natural da sua ideologia. É um fato que a ciência histórica representa para a consciência a categoria da posse, do mesmo modo que no plano econômico o capital significa o domínio sobre o trabalho passado".[111]

Essa crítica do historicismo tem o seu peso. A sua referência às ciências da natureza, porém – como "a ciência por excelência" –, põe à vista toda a dimensão da perigosa problemática da questão cultural. Desde Bebel que o prestígio das ciências naturais tinha dominado todos os debates. A sua obra maior, *A Mulher e o Socialismo*, alcançou nos trinta anos que decorreram entre a sua publicação e o trabalho

---

[110] "O autor de obras de história da cultura que leve a sério a sua missão terá de escrever sempre para as massas" (*Arte Erótica*, II, p. V).

[111] Carl Korn, "Proletriat und Klassik" [Proletariado e Classicismo], *Die Neue Zeit*, vol. XXVI (Stuttgart, 1908), n. 2, p. 414-415.

de Korn uma tiragem de duzentos mil exemplares. O apreço em que Bebel tem as ciências naturais não deriva apenas da exatidão matemática dos seus resultados, mas sobretudo das suas possibilidades de aplicação prática.[112] Mais tarde, elas irão ter um papel semelhante em Engels, que procura refutar o fenomenalismo de Kant com as referências à técnica, cujo sucesso é prova evidente de que reconhecemos "as coisas em si". As ciências naturais, para Korn o modelo da ciência por excelência, permitem fazê-lo sobretudo enquanto fundamento da técnica. Mas é preciso não esquecer que a técnica não é uma pura manifestação das ciências da natureza, é também uma manifestação histórica. Enquanto tal, ela obriga-nos a testar a separação positivista e não dialética que se tentou instituir entre as ciências da natureza e as "ciências do espírito". As questões que a humanidade coloca à natureza são codeterminadas pelo estágio da sua produção. É esse o ponto em que o positivismo fracassa, porque, na evolução da técnica, só foi capaz de reconhecer os progressos da técnica, não os retrocessos da sociedade. Mas não se apercebeu de que essa evolução foi decisivamente determinada pelo capitalismo. E também aos positivistas entre os teóricos social-democratas escapou o fato de que tal evolução tornou cada vez mais precário o ato, que se revelava cada vez mais urgente, de uma futura tomada de posse dessa técnica pelo proletariado. E ignoraram o lado destrutivo desses desenvolvimentos porque se tinham alheado do lado destrutivo da dialética.

Era preciso um prognóstico que não foi feito, e isso marcou um processo que haveria de se revelar como um dos mais característicos do século passado: a desastrosa recepção da técnica. Esse desastre consistiu numa série de ensaios entusiásticos e sempre renovados que, sem exceção, tentaram passar por cima do fato de a técnica só servir a essa sociedade para a produção de mercadorias. No começo encontramos os saint-simonistas, com a sua poesia industrial; segue-se o realismo de um Du Camp,[113] que vê na locomotiva a salvação do futuro; e um Ludwig Pfau extrai as conclusões ao escrever: "De nada serve tornarmo-nos

---

[112] August Bebel, *Die Frau und der Sozialismus*, 10. ed. Stuttgart, 1891, p. 177-179 e 333-336 (sobre as grandes transformações da economia doméstica pela técnica), p. 200-201 (sobre a mulher como inventora).

[113] Maxime du Camp (1822-1894): escritor e fotógrafo francês. (N.T.)

anjos, o caminho de ferro vale mais do que um belo par de asas!".[114] Esse olhar sobre a técnica caiu do "Caramanchão".[115] E podemos perguntar-nos a esse propósito se o "aconchego" (*Gemütlichkeit*) do século, tão do agrado da burguesia, não provém da obscura sensação de bem-estar por nunca ter de passar pela experiência de ver como as forças de produção tiveram de se desenvolver com o trabalho das suas mãos. Essa experiência estaria, de fato, reservada ao século seguinte, que constataria como as necessidades foram ultrapassadas pela velocidade dos veículos motorizados, pela capacidade das máquinas de reprodução da palavra e da escrita. As energias que a técnica desenvolve para lá desse limiar são destruidoras. Reclamam em primeiro lugar as técnicas da guerra e da sua preparação propagandística. Dessa evolução, com a sua total determinação de classe, pode dizer-se que ela se realizou nas costas do século passado, que não tinha ainda consciência das energias destruidoras da técnica. Isso se aplica em particular à social-democracia da virada do século. Se é certo que aqui e ali contestou as ilusões do positivismo, no seu conjunto ficou presa a elas. Via o passado como definitivamente recolhido nos palheiros do presente; se o futuro prometia trabalho, não era menos certa a bênção da colheita.

III

Foi essa a época de formação de Fuchs, e muitos dos traços da sua obra derivam dela: numa palavra, participa daquela problemática que é inseparável da história da cultura, e que remete para o texto de Engels atrás citado. Quase se poderia dizer que encontramos nele o *locus classicus* que define o materialismo histórico como história da cultura. Não é esse, de fato, o verdadeiro sentido daquela passagem? Não terá o estudo das várias disciplinas, que perderam já a sua aparência de autonomia, de convergir para o estudo da história da cultura como inventário que a humanidade foi fazendo até hoje? Ao contrário das muitas e problemáticas unidades abarcadas pela história das ideias (enquanto história da literatura e da arte, do Direito ou da religião), o investigador que se

---

[114] Citado de David Bach, "John Ruskin", *Die Neue Zeit*, vol. XVIII (Stuttgart, 1900), n. 1, p. 728.

[115] No original: *Gartenlaube*, o título de uma das mais célebres revistas burguesas conservadoras do século XIX alemão. (N.T.)

questionasse seguindo esse caminho teria apenas de colocar uma nova questão, a mais problemática de todas. Para o materialista histórico, a distância a partir da qual a história da cultura apresenta os seus conteúdos é ilusória e fundada numa falsa consciência.[116] Por isso ele a olha com reservas. Essas reservas seriam legitimadas por um simples olhar para o passado: o que ele aí descobre de arte e ciência tem uma proveniência que não pode deixar de horrorizá-lo. Tudo isso deve a sua existência não apenas ao esforço dos gênios seus criadores, mas também, em maior ou menor grau, à escravidão anônima dos seus contemporâneos. Não há documento de cultura que não seja também documento de barbárie.[117] Nenhuma história da cultura fez ainda justiça ao que de essencial há nesse fato, e dificilmente pode esperar fazê-lo.

Apesar disso, esse não é o ponto decisivo. Se o conceito de cultura é problemático para o materialismo histórico, a sua degeneração e transformação em mercadorias que se tornaram objetos de posse para a humanidade é para ele uma ideia inconcebível. Para ele, a obra do passado não está consumada nem fechada. Não a vê cair no regaço a nenhuma época, reificada e disponível, nem no todo nem em parte. Enquanto quinta-essência de configurações encaradas como independentes, se não do processo de produção que as viu nascer, pelo menos daqueles em que sobrevivem, o conceito de cultura apresenta-se-lhe com traços fetichistas, reificada. A sua história não seria mais do que

---

[116] Uma expressão típica desse lado ilusório é a que encontramos no discurso de abertura de Alfred Weber por ocasião do congresso dos sociólogos alemães em 1912: "Só quando a vida deixa para trás as suas necessidades imediatas e o seu utilitarismo para se transformar numa constelação acima deles, só então existirá cultura". Nesse conceito de cultura estão latentes as sementes da barbárie, que entretanto já despontaram. A cultura aparece então como "uma coisa supérflua para a continuidade da vida, quando afinal sentimos que é para isso que ela existe". Em suma, a cultura existe como uma espécie de obra de arte, "que talvez instale a confusão em muitas formas e muitos princípios de vida, que pode ter efeitos corrosivos e destruidores, mas cuja existência sentimos como superior a tudo o que é vivo e saudável e ela pode destruir" (Alfred Weber, "Der soziologische Kulturbegriff" [O conceito sociológico de cultura], in: *Verhandlungen des Zweiten Deutschen Soziologentages* (Schriften der Deutschen Gesellschaft für Soziologie) [Atas do Segundo Congresso dos Sociólogos Alemães. Publicações da Sociedade Alemã de Sociologia], 1ª série, vol. II. Tübingen, 1913, p. 11-12). Vinte e cinco anos depois, alguns Estados de cultura reclamaram para si a honra de se equipararem a tais obras de arte, de serem obras de arte.

[117] A fórmula surge também nas teses "Sobre o conceito da História", incluídas neste volume (Tese VII). (N.T.)

os resíduos depositados na consciência dos homens pelas coisas memoráveis, mas desprovidas de experiência autêntica, isto é, política.

De resto, não se pode esquecer o fato de nenhuma investigação feita sobre uma base histórico-cultural ter até hoje contornado essa problemática. Ela é evidente na monumental *História Alemã* de Lamprecht,[118] que por mais de uma vez, e por razões compreensíveis, foi objeto de análise na revista *Die Neue Zeit*. Mehring escreve aí: "Lamprecht é, como se sabe, dentre os historiadores burgueses, aquele que mais se aproximou do materialismo histórico. No entanto, ficou a meio caminho [...] Suspende-se toda e qualquer metodologia histórica no momento em que Lamprecht pretende tratar o desenvolvimento econômico e histórico segundo um determinado método, mas compila a partir de outros historiadores a evolução política dessa mesma época".[119] Uma coisa é certa: a exposição de uma história da cultura baseada na história pragmática é um contrassenso. Mas mais profundo ainda é o contrassenso de uma história da cultura que se pretenda em si mesma dialética, uma vez que o contínuo da história, desmantelado pela dialética, em nenhuma das suas partes sofre uma maior dispersão do que naquela a que se dá o nome de cultura.

Em resumo: a história da cultura apenas aparentemente representa um avanço do ponto de vista, e nem aparentemente um avanço da dialética. Porque lhe falta o momento destrutivo que assegura o pensamento dialético e a autenticidade da experiência do historiador dialético. Aumenta com certeza o peso dos tesouros que se acumulam sobre os ombros da humanidade. Mas não lhe dá forças para sacudi-los, e assim ficar com eles na mão. O mesmo se pode dizer do trabalho cultural dos socialistas na virada do século, que tomou a história da cultura como grande marco de referência.

IV

O perfil histórico da obra de Fuchs destaca-se sobre esse pano de fundo. Nos casos em que tem consistência e durabilidade, ela foi arrancada a uma constelação intelectual que não podia ser mais adversa.

---

[118] Karl Lamprecht, *Deutsche Geschichte*. 12 vols., Berlim, 1894-1909. (N.T.)

[119] Franz Mehring, "Akademisches" [Matérias acadêmicas], *Die Neue Zeit*, vol. XVI (Stuttgart, 1898), n. 1, p. 195-196.

E foi o colecionador Fuchs que ensinou ao teórico a apreender muita coisa a que o seu tempo lhe barrava o acesso. Foi o colecionador que entrou por zonas de fronteira – o retrato deformado, a representação pornográfica – nas quais uma série de chavões da história da arte tradicional mais tarde ou mais cedo tem de fracassar. Em primeiro lugar, é preciso referir que Fuchs rejeita em toda a linha a visão classicista da arte, cujos vestígios ainda são visíveis em Marx. Não encontramos já em Fuchs os conceitos que haviam servido à burguesia para desenvolver essa concepção da arte: nem a bela aparência, nem a harmonia, nem a unidade do diverso. E a mesma autoafirmação decidida do colecionador, que afastou o autor das teorias classicistas, evidencia-se por vezes, de forma drástica e brusca, até na relação com a Antiguidade. Em 1908, apoiando-se na obra de Rodin e Slevogt, Fuchs profetiza o advento de uma nova forma de beleza "que, nos seus resultados finais, promete ser infinitamente maior do que a da Antiguidade, pois se esta era apenas manifestação suprema da forma animal, a nova beleza será preenchida com um grandioso conteúdo intelectual e anímico".[120]

Em suma: a escala de valores que antes determinara a relação com a obra de arte, no tempo de Winckelmann ou Goethe, perdeu toda a sua influência no caso de Fuchs. Seria, porém, errôneo concluir daqui que se deitou abaixo a própria visão idealista da arte. Isso só acontecerá quando os *disiecta membra* a que o idealismo chama "representação histórica", por um lado, e "homenagem celebratória", por outro, se transformarem num só e forem superados enquanto tal. Esse feito está destinado a uma ciência histórica cujo objeto não é constituído por um novelo de pura faticidade, mas por um conjunto determinado de fios que representam a penetração de um passado na textura do presente. Mas seria errado fazer equivaler essa penetração a um mero nexo

---

[120] *Arte erótica*, vol. I, p. 125. A constante referência à arte contemporânea é um dos mais importantes impulsos do colecionador Fuchs. Também isso lhe vem em parte das grandes criações do passado. O seu incomparável conhecimento da caricatura antiga abre a Fuchs bastante cedo o caminho para a obra de Toulouse-Lautrec, de Heartfield ou George Grosz. A sua paixão por Daumier leva-o a Slevogt, cuja visão de D. Quixote lhe parece ser a única que está à altura de Daumier. Os seus estudos sobre cerâmica dão-lhe toda a autoridade para apoiar a obra de um Emil Pottner. Fuchs teve toda a vida relações de amizade com artistas plásticos, e por isso não admira que o seu modo particular de se dirigir à obra de arte seja muitas vezes mais o do artista do que o do historiador.

causal. Trata-se de uma intervenção dialética, podem até ter-se perdido durante séculos alguns desses fios, e o processo histórico da atualidade retoma-os de forma imperceptível e súbita. O objeto histórico que foi retirado à esfera da pura facticidade não precisa de "homenagem celebratória", porque não oferece vagas analogias com a atualidade, mas constitui-se na exata tarefa dialética que tem de resolver. É esse, de fato, o seu objetivo. Se mais exemplos não houvesse, poderia constatar-se isso na marca patética que muitas vezes aproxima o texto da oralidade. Mas, por outro lado, mostra também como muita coisa se ficou pela intenção e pelos começos. O lado absolutamente novo da intenção ganha expressão mais clara sobretudo quando a substância temática vem ao seu encontro – por exemplo na interpretação da iconografia, no significado da arte de massas, no estudo das técnicas de reprodução. Esses lados da obra de Fuchs foram verdadeiramente pioneiros, parte integrante de toda futura aproximação materialista da obra de arte.

Os três momentos referidos têm algo em comum: remetem para perspectivas de conhecimento que só podem ser vistas como destrutivas em face da forma tradicional de entender a arte. A ocupação com as técnicas de reprodução apreende melhor do que qualquer outra orientação o significado decisivo da recepção, e permite assim corrigir, adentro de certos limites, o processo de reificação a que está sujeita a obra de arte. A consideração da arte de massas leva à revisão do conceito de gênio: chama a atenção para a necessidade de não esquecer, para lá da inspiração, que tem o seu papel no nascimento da obra, a sua execução, sem a qual ela não se tornará produtiva. Finalmente, a interpretação iconográfica revela-se não apenas indispensável para o estudo da recepção e da arte de massas, como também evita os abusos para que facilmente tende todo o formalismo.[121]

Fuchs teve de se ocupar do formalismo. Na época em que Fuchs lança os fundamentos da sua obra estava em ascensão a doutrina de Wölfflin. No âmbito do seu "problema individual", Fuchs articula as suas ideias com as de um princípio da "arte clássica" de Wölfflin. Esse princípio é o seguinte: "Assim, o *Quattrocento* e o *Cinquecento*, enquanto

---

[121] O mestre da interpretação iconográfica é certamente Émile Mâle. Mas as suas investigações limitam-se à escultura das catedrais francesas, dos séculos XII a XV, e não se encontram, assim, com as de Fuchs.

conceitos de estilo, não se confinam a características de conteúdo. O fenômeno remete para uma evolução do olhar artístico no essencial independente de um ideário e de um ideal de beleza específicos".[122] Não há dúvida de que essa afirmação pode chocar o materialista histórico. Mas ela contém igualmente matéria que o pode estimular, pois precisamente ele não está particularmente interessado em explicar as mudanças do olhar artístico pelas transformações operadas no ideal de beleza, mas sim em processos mais elementares – processos que, dadas as transformações econômicas e técnicas, são assimilados pela produção. No caso concreto do exemplo dado, não iria muito longe quem se interrogasse sobre as transformações economicamente determinadas da arquitetura residencial trazidas pelo Renascimento, e sobre o papel desempenhado pela pintura renascentista como elemento perspectivo da nova arquitetura e como ilustração da visibilidade que ela lhe concedeu.[123] É certo que Wölfflin só de passagem aborda essa questão. Mas quando Fuchs se lhe opõe com o comentário: "São precisamente esses momentos formais que não podem ser explicados a não ser a partir de um espírito diferente da época",[124] isso remete em primeiro lugar para o já referido caráter problemático das categorias da história cultural.

Em mais do que um lugar é possível constatar que o escritor Fuchs não é dado a polêmicas nem a discussões. Por mais polêmico que possa parecer, não encontramos no seu arsenal a dialética erística, que, segundo a definição de Hegel, "mina a força do adversário para

---

[122] Heinrich Wölfflin, *Die klassische Kunst. Eine Einführung in die italienische Renaissance* [A Arte Clássica. Uma introdução ao Renascimento italiano]. Munique, 1899, p. 275.

[123] A pintura em madeira mais antiga punha o homem a morar em espaços pouco maiores que guaritas. Os pintores dos começos do Renascimento foram os primeiros a pintar espaços interiores em que as figuras representadas têm espaço de ação. Foi isso que tornou a invenção da perspectiva por Ucello tão impressionante para os contemporâneos e para ele próprio. A pintura, que a partir de agora oferecia as suas criações mais do que nunca aos homens no lugar em que viviam (em vez de, como antes, as fazer para os lugares de oração), deu-lhes modelos de habitação, não se cansava de erguer diante deles perspectivas das grandes moradias. O Renascimento tardio, muito mais sóbrio na representação do interior propriamente dito, continuou a seguir essa tendência. "O *Cinquecento* tem uma sensibilidade particularmente desenvolvida para a relação entre o homem e a obra arquitetônica, para a ressonância de um belo espaço. É quase impossível conceber uma existência humana sem o enquadramento e a fundamentação arquitetônicos" (Wölfflin, *op. cit.*, p. 227).

[124] *Arte Erótica*, vol. II, p. 20.

destruí-lo a partir de dentro". Nos investigadores que se seguiram a Marx e Engels enfraqueceu bastante a força destrutiva do pensamento, que agora já não se propõe desafiar o século. Já Mehring fez descer o tom, que nele é mais o de repetidas escaramuças. Apesar disso, a sua leitura da "Lenda Lessing" é um contributo notável. Mostrou como foi enorme a carga de energias políticas, mas também científicas e teóricas arregimentadas e gastas nas grandes obras do Classicismo. Reforçou assim a sua antipatia contra a literatice acomodada dos seus contemporâneos. Chegou à conclusão (musculada) de que a arte só podia esperar um renascimento com a vitória econômica e política do proletariado. E a outra (mais objetiva): "Na sua luta de libertação, a arte não está em condições de ter uma intervenção profunda".[125] A evolução da arte deu-lhe razão. Os resultados a que chegou levaram-no com dupla convicção para o estudo da ciência. Foi ele que o equipou com a solidez e o rigor que o tornaram invulnerável ao revisionismo. E o seu caráter ganhou traços que se poderiam dizer burgueses no melhor sentido da palavra, mas que ficaram longe de fazer dele um pensador dialético. Tais traços não estavam menos presentes em Fuchs, e talvez até sejam mais marcados nele, porque encontraram uma natureza mais expansiva e sensualista. Seja como for, não há dúvida de que poderíamos imaginar o seu retrato numa galeria de eruditos burgueses. E a seu lado podíamos colocar Georg Brandes,[126] com quem partilha o furor racionalista e a paixão de espalhar luz por vastos domínios da história com a tocha do ideal (do progresso, da ciência, da razão). E do outro lado, por exemplo, Adolf Bastian,[127] o etnólogo, com quem Fuchs se compara sobretudo em razão da sua insaciável sede de material. E, tal como Bastian alcançou fama lendária pela sua disponibilidade para

---

[125] Franz Mehring, *Geschichte der deutschen Sozialdemokratie*. Zweiter Teil: Von Lassalles offenem Antwortschreiben bis zum Erfurter Programm (= Geschichte des Sozialismus in Einzeldarstellungen. III, 2) [História da Social-Democracia Alemã. Segunda parte: Da carta aberta de Lassalle ao Programa de Erfurt (= História do Socialismo. Uma série. III, 2)]. Stuttgart, 1898, p. 546.

[126] Georg Brandes (1842-1927): crítico e erudito dinamarquês que lançou os fundamentos da nova estética realista e naturalista depois de 1870 e exerceu grande influência em toda a Europa do Norte. (N.T.)

[127] Adolf Bastian (1826-1905): erudito alemão, nascido em Bremen numa família de comerciantes ricos, e conhecido pelos seus trabalhos nos domínios da etnografia e da antropologia, que ajudou a constituir como disciplina. (N.T.)

partir para qualquer lugar de mala aviada sempre que alguma questão precisava ser esclarecida, lançando-se numa expedição que o mantinha durante meses afastado de casa, assim também Fuchs estava sempre aberto aos impulsos que o levavam em busca de novas provas. Ambas as obras continuarão a ser um fundo inesgotável para os investigadores.

V

Deve ser uma questão interessante para um psicólogo a de perceber como um entusiasta, uma natureza orientada para as coisas positivas, pode chegar a desenvolver uma paixão pela caricatura. Pode responder-lhe como entender – no caso de Fuchs trata-se de um fato que não deixa lugar a dúvidas. Desde sempre o seu interesse pela arte se distinguiu daquilo a que se costuma chamar "o gosto da beleza". Desde sempre a verdade entrou nesse jogo. Fuchs não se cansa de acentuar o valor documental e a autoridade da caricatura. Por vezes reduz isso à fórmula: "A verdade está nos extremos". E vai mais longe: para ele, a caricatura é, "de certo modo, a forma da qual nasce toda a arte objetiva. Basta olhar para os museus de etnografia para se confirmar essa afirmação".[128] Quando Fuchs se serve do exemplo dos povos pré-históricos ou do desenho infantil, o conceito de caricatura entra provavelmente num contexto problemático; mas também se evidencia de forma mais autêntica o seu forte interesse pelos ingredientes mais drásticos da obra de arte, sejam eles da ordem do conteúdo[129] ou formais. Esse interesse atravessa toda a sua obra. Ainda numa das últimas obras, sobre a escultura Tang, lemos: "O grotesco é a mais elevada potenciação da imaginação sensível [...] Nesse sentido, as formas grotescas são também expressão da exuberante saúde de uma época. É certo que não se pode negar que nas forças que geram o grotesco existe também um polo oposto muito óbvio. Também as épocas decadentes e os cérebros doentes têm

---

[128] *Caricatura*, vol. I, p. 4.

[129] Vd. a curiosa observação a propósito das figuras de mulheres proletárias na obra de Daumier: "Quem olhe para esses momentos apenas como motivos dinamizadores mostra que não teve acesso às derradeiras forças motrizes que têm de se acionar para criar obras de arte impressionantes... Precisamente porque nestes quadros se trata de qualquer coisa muito diferente de 'motivos dinamizadores' é que estas obras viverão eternamente como impressionantes monumentos à escravidão da mulher-mãe no século XIX" (*O Pintor Daumier*, p. 28).

tendência para criar formas grotescas. Nesses casos, o grotesco é o reflexo perturbador do fato de que os problemas do mundo e da existência são insolúveis para essas épocas e esses indivíduos. Mas percebe-se à primeira vista qual dessas duas tendências é a força criadora por detrás de uma fantasia grotesca".[130]

Essa passagem é esclarecedora. Nela se percebe claramente de onde vem a ampla eficácia, a popularidade especial das obras de Fuchs: é o dom de articular sempre os conceitos fundamentais de que se serve com juízos de valor – muitas vezes de forma peremptória[131] e com juízos sempre extremos, que se apresentam sob forma de opostos e polarizam assim o conceito com que se fundem. É o que se passa com a apresentação do grotesco e da caricatura erótica. Em tempos de decadência esta é "coisa suja" e "brejeirice picante", em épocas de ascensão é "expressão de prazer transbordante e pujança".[132] Fuchs serve-se umas vezes dos conceitos valorativos de época áurea ou de decadência, outras dos da saúde e da doença, evitando os casos-limite que se possam tornar problemáticos. E prefere tomar como referência o que é "verdadeiramente grande", que tem o privilégio de conceder espaço "ao que há de mais excitante no mais simples".[133] Valoriza pouco épocas artísticas híbridas, como o Barroco; a grande época continua a ser o Renascimento, no qual o seu culto da criatividade se sobrepõe à sua rejeição do Classicismo.

O conceito de criatividade tem em Fuchs fortes conotações biológicas. Enquanto o gênio é referido com atributos que por vezes roçam o priapismo, os artistas de quem o autor se distancia são apresentados com reservas quanto à sua virilidade. Esse ponto de vista biologista manifesta-se no juízo sumário que Fuchs faz de artistas como El Greco, Murillo, Ribera: "Todos se tornaram representantes clássicos do espírito barroco porque cada um à sua maneira é um artista-remendão do erotismo".[134] Não se pode perder de vista o fato de que Fuchs desenvolve o seu instrumentário conceitual numa época para a qual a última palavra da

---

[130] *Escultura Tang*, p. 44.

[131] Veja-se, por exemplo, a tese sobre o efeito erótico das obras de arte: "Quanto mais intenso for esse efeito, tanto maior a qualidade artística" (*Arte Erótica*, vol. I, p. 68).

[132] *Caricatura*, vol. I, p. 23.

[133] *Coruchéus*, p. 39.

[134] *Os grandes mestres da arte erótica*, p. 115.

psicologia da arte era representada pela "patografia", com autoridades como Lombroso e Möbius.[135] E o conceito de gênio, que pela mesma altura era documentado com grande riqueza de material pela influente obra de Burckhardt *A Civilização do Renascimento*, alimentava a partir de outras fontes a mesma convicção, muito difundida, de que a criatividade era acima de tudo uma manifestação de força transbordante. Tendências semelhantes a essas mais tarde levaram Fuchs a concepções que se aproximam das da psicanálise, e que ele pela primeira vez aplicou à história da arte.

Esse lado eruptivo e de imediatismo que, segundo essas concepções, marca a criação artística, é igualmente dominante em Fuchs no que se refere à percepção das obras de arte. Muitas vezes é apenas um passo que separa a percepção do juízo. Para Fuchs, a "impressão" não é apenas o impulso óbvio que o observador recebe da obra, mas uma categoria dessa mesma observação. Quando ele, por exemplo, dá expressão às suas reservas críticas a propósito do formalismo artístico da época Ming, resume esse juízo na observação de que as suas obras "em última análise já não, e muitas vezes nem sequer, alcançam o nível de impressão alcançado, por exemplo, pelo período Tang nas suas grandes linhas".[136] Desse modo o escritor Fuchs chega ao estilo particular e apodítico, para não dizer radical, cujas marcas próprias resume com mestria ao explicar, na *História da Arte Erótica*: "Um passo apenas separa a impressão correta da decifração correta e definitiva das forças em ação numa obra de arte".[137] Esse estilo não é acessível a todos, e Fuchs teve de pagar o seu preço por ele. Numa palavra: não conseguiu, como escritor, o dom de provocar o espanto. E não há dúvida de que ele próprio sentia essa deficiência, e procura compensá-la das mais diversas maneiras, falando com frequência dos

---

[135] Cesare Lombroso (1835-1909): antropólogo, criminologista e jurista italiano cuja obra de antropologia criminal foi muito influenciada pelos estudos fisionômicos e pelo darwinismo social (e também pelo espiritismo, a que Lombroso adere), e revelava interesses estranhos e muito particulares, evidentes em alguns dos seus trabalhos: *A ruga do cretino e a anomalia do couro cabeludo; As origens do beijo; Por que razão os padres se vestem de mulher...*

J. P. Möbius: especialista de patografia, autor de estudos sobre Rousseau, Goethe e Nietzsche, e referência nos estudos sobre hipnose de Freud e Breuer. (N.T.)

[136] *Coruchéus*, p. 40.

[137] *Arte Erótica*, vol. II, p. 186.

mistérios que investiga na psicologia da criação, dos enigmas do processo histórico que encontram a sua solução no materialismo. Mas o ímpeto para a dominação imediata dos fatos, que determina já a sua concepção da criação e também a da recepção, acaba por se fazer sentir também na análise das obras. O processo da história da arte é para ele "necessário", as características de estilo são "orgânicas", as mais estranhas manifestações artísticas são, para ele, "lógicas". Não é tanto no decorrer da análise que se chega a essas conclusões, elas estão já na primeira impressão, como acontece com aqueles seres mágicos da época Tang, "absolutamente lógicos" e "orgânicos", com os seus chifres e as suas asas flamejantes. "São lógicas também as orelhas de elefante desproporcionadas; lógica é também sempre a atitude; nunca se trata simplesmente de conceitos construídos, mas da ideia transformada em forma que respira vida."[138]

---

[138] *Escultura Tang*, p. 30-31. Esse modo de observação intuitivo e imediato torna-se problemático quando se propõe corresponder a uma análise materialista dos fatos. Sabemos que Marx nunca se pronunciou em pormenor sobre o modo como se deve entender a relação entre base e superestrutura em casos particulares. O que sabemos é que ele pensava numa série de mediações, ou transmissões, que se ativam entre as condições materiais de produção e os domínios mais distantes da superestrutura, nos quais se inclui a arte. Essa ideia encontra-se também em Plekhanov: "Se a arte produzida pelas classes mais altas não se relacionar de forma direta com o processo de produção, isso tem de ser explicado, em última análise, com referência a causas econômicas. Aplica-se também nesse caso a leitura materialista da história. Mas é evidente que a indiscutível relação causal que existe entre ser e consciência, entre as condições sociais que têm como 'base' o trabalho, por um lado, e a arte, por outro lado, não se percebe facilmente. Nesses casos surgem alguns estágios intermédios" (G. Plekhanov, "Das französische Drama und die französische Malerei im 18. Jahrhundert, vom Standpunkt der materialistischen Geschichtsauffassung" [O drama e a pintura franceses no século XVIII, do ponto de vista da concepção materialista da história], in: *Die Neue Zeit*, vol. XXIX, Stuttgart, 1911, n. 1, p. 543-544). Mas uma coisa é clara: que nesse caso a dialética clássica da história que encontramos em Marx considera que existem formas de dependência causal. Na prática posterior nem sempre se foi tão rigoroso, muitas vezes bastava encontrar analogias. É possível que isso tivesse a ver com a exigência de substituir as histórias burguesas da literatura e da arte por outras de teor materialista e não menos grandiosas. Essa exigência é parte de uma assinatura de época, e tem o seu suporte no espírito guilhermino. E exigiu também a Fuchs o seu tributo. Uma das ideias favoritas do autor, que nele surge em muitas variantes, estabelece que as épocas artísticas realistas se ligam a Estados mercantis. É o caso da Holanda do século XVII ou da China dos séculos VIII ou IX. Partindo da análise da economia chinesa associada à esfera dos jardins, à luz da qual se explicam muitas características do império, Fuchs volta-se para a nova escultura, que surge sob o domínio dos Tang. A rigidez monumental do estilo Han

Aqui se afirma uma série de ideias que estão intimamente relacionadas com as doutrinas social-democratas da época. Conhecemos a profunda influência do darwinismo sobre as concepções socialistas da história. Na época das perseguições por Bismarck essa influência foi benéfica para a confiança inabalável do partido e para a determinação da sua luta. Mais tarde, durante a fase revisionista, o ponto de vista evolucionista na teoria da história pesou tanto mais sobre a "evolução" quanto menos o partido estava disposto a apostar nas suas conquistas na luta contra o capitalismo. A história assumia traços deterministas; a vitória do partido "não podia deixar de acontecer". Fuchs sempre esteve distante do revisionismo; o seu instinto político, a sua natureza marcial levaram-no para a ala esquerda do partido. Mas enquanto teórico não escapou àquelas influências, que se sentem por toda parte na

---

aligeira-se; o interesse dos mestres anônimos que produzem trabalhos em cerâmica concentra-se agora no movimento de seres humanos e animais. Fuchs comenta: "O tempo acordou da sua grande paragem naqueles séculos da história da China, pois o comércio significa sempre mais vida e movimento. Por isso a arte da época Tang absorveu em primeiro lugar a vida e o movimento, e essa característica é também a primeira que nos salta à vista. Enquanto os animais do período Han, por exemplo, são ainda pesados e maciços, nos da época Tang tudo é vivacidade, todos os membros estão em movimento" (*Escultura Tang*, p. 41-42). Esse método de análise assenta na pura analogia – movimento no comércio e movimento na escultura –, e poderíamos chamar-lhe mesmo nominalista. E também a tentativa de esclarecer a recepção da Antiguidade no Renascimento fica presa à analogia: "A base econômica era a mesma nas duas épocas, mas no Renascimento encontrava-se num grau superior de desenvolvimento. Ambas as épocas se baseavam no comércio de mercadorias" (*Arte Erótica*, vol. I. p. 42). Por fim, é o próprio comércio o sujeito da prática artística, e lemos: "O comércio tem de contar com grandezas dadas, e só pode basear-se em grandezas concretas e verificáveis. Por isso tem de ir ao encontro do mundo e das coisas para poder dominá-las economicamente. E assim a sua perspectiva artística das coisas é também, em todos os sentidos, real" (*Escultura Tang*, p. 42). Deixemos de lado o fato de não ser possível encontrar na arte uma representação "em todos os sentidos real". O que de fundamental haveria a dizer é que uma contextualização que se reclama da mesma validade para a arte da China antiga e da Holanda antiga é necessariamente problemática. Na verdade, as coisas não se passam assim. Basta deitar um olhar à República de Veneza, que floresceu graças ao comércio, o que não significa que a arte de Palma Vecchio, Ticiano ou Veronese possa ser vista como realista "em todos os sentidos". O aspecto da vida que nela encontramos é apenas o representativo e festivo. Por outro lado, a vida comercial exige, em todos os seus níveis de desenvolvimento, um considerável sentido da realidade. Mas o materialista não pode extrair daí quaisquer conclusões sobre o nascimento dos estilos.

sua obra. Na altura, um homem como Ferri[139] tomava como modelo as leis da natureza não apenas para os princípios, mas também para a tática da social-democracia. Os desvios anarquistas eram por ele explicados como exemplo de falta de conhecimentos em geologia e biologia. É certo que dirigentes como Kautsky discutiram esses desvios.[140] Apesar disso, muitos se satisfaziam com as teses que classificavam os acontecimentos históricos em "fisiológicos" e "patológicos", ou então achavam que o materialismo científico, nas mãos do proletariado, se elevaria "espontaneamente" à condição de materialismo histórico.[141] Também Fuchs imagina o progresso da sociedade humana como um processo que "não pode ser travado, à semelhança de um glaciar, que ninguém pode fazer parar no seu avanço contínuo".[142] Desse modo, a concepção determinista anda a par com um otimismo inabalável. Ora, nenhuma classe poderá intervir politicamente com êxito e a longo prazo se não estiver confiante. Mas não é o mesmo o otimismo em relação à força ativa de uma classe ou às condições em que ela opera. A social-democracia tendia para a segunda, e mais problemática, dessas formas de otimismo. A perspectiva da barbárie em gestação, de que um Engels e um Marx tiveram a intuição (respectivamente em *A Situação das Classes Trabalhadoras na Inglaterra* e no prognóstico da evolução do capitalismo) e que hoje é conhecida de qualquer estadista mediano, estava vedada aos epígonos da virada do século. Quando Condorcet divulgou a doutrina do progresso, a burguesia estava prestes a tomar o poder; já o proletariado, um século depois, se encontrava numa situação muito diferente. Para ele, essa doutrina foi uma fonte de ilusões que, de fato, constituem ainda o pano de fundo para o qual aponta de vez

---

[139] Enrico Ferri (1856-1929): criminologista italiano, discípulo de Lombroso, integra a ala revisionista do Partido Socialista Italiano (a que adere em 1893, tendo dirigido o seu órgão, o *Avanti*), orientada pelos princípios do darwinismo social. Ferri apoia o fascismo de Mussolini nos anos 1920. (N.T.)

[140] Karl Kautsky, "Darwinismus und Marxismus", in: *Die Neue Zeit*, vol. XIII (Stuttgart, 1895), n. 1, p. 709-710.

[141] H. Laufenberg, "Dogma und Klassenkampf" [Dogma e luta de classes], in: *Die Neue Zeit*, vol. XXVII (Stuttgart, 1909), n. 1, p. 574. O conceito de "espontaneidade" degradou-se tristemente nessa altura. A sua grande época foi o século XVIII, quando se começaram a equilibrar os mercados. Foi essa a sua época triunfal, tanto em Kant (sob a forma da não mediação) como na técnica (com a invenção dos autômatos).

[142] *Caricatura*, vol. I, p. 312.

em quando a história da arte em Eduard Fuchs, quando afirma: "A arte de hoje trouxe-nos a concretização de centenas de sonhos que, nos mais diversos sentidos, vão muito além do que o Renascimento alcançou, e a arte do futuro terá necessariamente de ser superior".[143]

VI

O estilo patético que atravessa a concepção da história em Fuchs é o *pathos* democrático de 1830, cujo eco nos chega do orador Victor Hugo. E o maior desses ecos é o daqueles livros em que Hugo fala, como orador, para a posteridade. A concepção da história de Fuchs é a que Hugo celebra em *William Shakespeare*: "O passo do progresso é o passo do próprio Deus". E o sufrágio universal apresenta-se como o relógio cósmico que mede o ritmo desses passos. "*Qui vote règne*", escreveu Victor Hugo, e com isso ergueu as tábuas do otimismo democrático. Esse otimismo fez nascer, bastante mais tarde, estranhos devaneios. Um deles pretendia que "todos os trabalhadores intelectuais, e com eles também pessoas de situação material e social elevada, devem ser vistos como proletários"; pois "é um fato inegável que, desde o conselheiro que se pavoneia no seu opulento uniforme dourado até o trabalhador assalariado e sem tempo, todos aqueles que oferecem os seus serviços e são pagos por eles são vítimas indefesas do capitalismo".[144] As tábuas que Hugo ergueu pairam ainda sobre a obra de Fuchs. De resto, este se mantém na tradição democrática ao se voltar para França com grande dedicação: dedicação à causa de três grandes revoluções, à pátria dos exilados, às origens do socialismo utópico, ao berço dos opositores da tirania Quinet e Michelet, à terra onde jazem os revolucionários da Comuna. Era essa a imagem da França em Marx e Engels, que Mehring herdou e que chegou a Fuchs como a do país "da vanguarda da cultura e da liberdade".[145] Este compara a sátira ligeira dos franceses com a mais pesada dos alemães, compara Heine com os que ficaram em casa, e o Naturalismo alemão com os romances satíricos de Anatole France. E desse modo, tal como Mehring, foi

---

[143] *Arte Erótica*, vol. I, p. 3.

[144] A. Max, "Zur Frage der Organisation des Proletariats der Intelligenz" [Sobre o problema da organização do proletariado intelectual], *loc. cit.*, p. 652.

[145] *Caricatura*, vol. II, p. 238.

levado a fazer prognósticos convincentes, particularmente no caso de Gerhart Hauptmann.[146]

Também para o colecionador Fuchs a França se apresenta como uma pátria. A figura do colecionador, que se torna tanto mais atraente quanto mais tempo nos ocupamos dela, não foi até agora suficientemente valorizada. Pensar-se-ia que ninguém, mais do que ela, deveria ter tentado os contadores de histórias românticos. Mas é em vão que procuramos esse tipo humano movido por paixões perigosas, apesar de domesticadas, entre as figuras de um Hoffmann, de um De Quincey, de um Nerval. Românticas são as figuras do viajante, do *flâneur*, do jogador, do virtuoso. A do colecionador não faz parte dessa galeria. E procuramo-la em vão entre as "fisiologias", às quais não escapou nenhuma figura do panóptico parisiense no reinado de Louis Philippe, do vendedor de rua aos reis dos salões. Mais significativo é o papel atribuído ao colecionador em Balzac, que lhe erigiu um monumento sem de modo algum lhe dar um tratamento romântico. Trata-se de um autor desde logo alheio ao Romantismo. E poucas entre as suas obras revelam uma posição tão surpreendentemente antirromântica como o esboço d'*O Primo Pons*. O mais significativo é talvez o seguinte: se, por um lado, ficamos sabendo tudo sobre as peças da coleção a que Pons dedicou a sua vida, por outro não sabemos quase nada da história da sua aquisição. Não há nessa obra nenhuma página comparável àquelas em que os Goncourt descrevem nos seus diários, com empolgante *suspense*, a aquisição de um achado raro. Balzac não apresenta o caçador nos terrenos de caça do recheio de uma casa, imagem que serve a todo colecionador. A sensação máxima que faz vibrar todas as fibras do seu Pons e do seu Elie Magus é o orgulho – orgulho dos tesouros incomparáveis que guardam com incansável cuidado. Balzac coloca toda a ênfase na representação do "proprietário", e escapa-lhe a palavra

---

[146] Mehring comentou na *Neue Zeit* o processo instaurado a Hauptmann depois da apresentação da peça *Os Tecelões*. Certos aspectos da defesa voltaram a ganhar hoje a atualidade que tiveram em 1893. Nessa altura, o advogado argumentou: "O que pretendia provar era que as passagens destacadas, pretensamente revolucionárias, teriam de ser vistas em contraponto com outras mais equilibradas e apaziguadoras. O escritor nem sequer se coloca do lado da rebelião, pelo contrário, deixa que vença a ordem através da intervenção de uma mão cheia de soldados" (Franz Mehring, "Entweder-Oder" [Ou... ou], in: *Die Neue Zeit*, vol. XI, Stuttgart, 1893, n. 1, p. 780).

"milionário" como sinônimo de "colecionador". Fala de Paris, e escreve: "Aí podemos muitas vezes encontrar um Pons, um Elie Magus, miseravelmente vestidos. Parece que não dão valor a nada, que não querem saber de nada, não dão atenção nem às mulheres nem às montras. Andam pelas ruas como em sonhos, de bolsos vazios, olhar perdido, e perguntamo-nos que espécie de parisienses são esses. São milionários. Colecionadores, os homens mais apaixonados do mundo".[147]

A imagem do colecionador em Balzac aproxima-se mais da de Fuchs, da sua atividade múltipla, do que a que pudéssemos fazer de um romântico. Pode mesmo se dizer, tocando no nervo vital desse homem: Fuchs, o colecionador, é tipicamente balzaquiano, é uma figura de Balzac que ultrapassou o seu próprio criador. Quem melhor poderia documentar essa concepção do que um colecionador cujo orgulho, cuja força expansiva, desejoso de se mostrar a toda gente com as suas coleções, o levam a apresentá-las ao mercado em reproduções, para, desse modo – outro traço não menos balzaquiano –, se tornar um homem rico? Não é apenas o escrúpulo de um homem que sabe que é um conservador de tesouros, é também o exibicionismo do grande colecionador aquilo que leva Fuchs a incluir em todas as suas obras exclusivamente material iconográfico inédito, e quase sempre das suas próprias coleções. Só para o primeiro volume d'*A Caricatura dos Povos Europeus* colecionou nada mais nada menos que 68.000 desenhos, para escolher cerca de quinhentos. Nenhum desses desenhos foi reproduzido mais do que uma única vez. A riqueza da sua documentação e o espectro amplo da sua difusão são indissociáveis. Ambas as coisas testemunham as suas origens nas grandes estirpes burguesas dos anos em torno de 1830, como Drumont as caracteriza: "Quase todos os dirigentes da escola de 1830 tinham a mesma constituição invulgar, a mesma fertilidade e a mesma tendência para a grandiosidade. Delacroix lança epopeias sobre a tela, Balzac retrata toda uma sociedade, Dumas abarca nos seus romances uma história plurimilenar do gênero humano. Todos eles têm costas para as quais nada é pesado de mais".[148] Quando a revolução chegou em 1848, Dumas publicou um apelo aos operários de Paris, no qual se apresenta como seu igual. Em vinte anos escrevera

---
[147] Honoré de Balzac, *Le Cousin Pons*. Paris, 1925, p. 162.
[148] Edouard Drumont, *Les héros et les pitres*. Paris, p. 107-108.

quatrocentos romances e trinta e cinco peças de teatro, dando trabalho a 8.160 pessoas: compositores e revisores, maquinistas e costureiras, sem esquecer a claque. A sensação com que o historiador universal Fuchs chega a constituir a base econômica das suas grandiosas coleções talvez não ande longe da autoestima de Dumas. Mais tarde, essa base econômica permitir-lhe-á dominar de forma quase tão soberana o mercado parisiense como as suas próprias coleções. O nestor dos negociantes de arte de Paris costumava dizer dele, pela virada do século: *"C'est le Monsieur qui mange tout Paris"*. Fuchs pertence ao tipo do *ramasseur* (compilador, açambarcador), tem um prazer rabelaisiano pela quantidade, que se evidencia até nas exuberantes repetições dos seus textos.

VII

A árvore genealógica francesa de Fuchs é a do colecionador, a alemã, a do historiador. O rigor moral característico do historiador Fuchs dá-lhe o seu *facies* alemão. Já o dera a Gervinus, cuja *História das Belas-Letras Nacionais* pode ser vista como uma das primeiras tentativas da "história do espírito" na Alemanha. O que distingue Gervinus, e mais tarde Fuchs, é o fato de os grandes criadores entrarem em cena em pose, por assim dizer, marcial, e o lado ativo, masculino, espontâneo da sua natureza se sobrepor ao contemplativo, feminino e receptivo. É certo que essa tarefa se torna mais fácil para Gervinus, já que na fase em que escreve o seu livro a burguesia se encontrava em plena ascensão, e a sua arte, cheia de energias políticas. Fuchs escreve na época do imperialismo, apresenta de forma polêmica ao seu tempo as energias políticas da arte, um tempo em que elas de dia para dia vão enfraquecendo. Mas a escala de Gervinus é ainda a sua, e pode mesmo ser seguida para trás até o século XVIII pela mão do próprio Gervinus, cujo discurso em memória de C. F. Schlosser deu expressão grandiosa ao aguerrido moralismo da época revolucionária da burguesia. Já se acusou Schlosser de "rigorismo moral intragável". Gervinus defende-o, argumentando: "O que Schlosser poderia dizer, e diria, contra tais acusações, é isto: que na vida em grande, na História, diferentemente dos romances e das novelas, por mais que neles haja alegria dos sentidos e do espírito, não se aprende um gosto superficial pela vida; que com o seu estudo se adquire não um desprezo misantropo, mas um modo rigoroso de ver o mundo e princípios sérios sobre a vida; que, pelo menos nos maiores de todos os juízes do mundo e dos homens que souberam medir a vida exterior por uma vida interior própria – um Shakespeare, um Dante, um Maquiavel –, as coisas do mundo sempre produziram uma impressão que os formou na seriedade e no rigor".[149] É esta a origem do moralismo de Fuchs: um jacobinismo alemão cujo marco maior é a História Universal de Schlosser, que Fuchs conhecia desde a juventude.[150]

Esse moralismo burguês contém – e o fato não é surpreendente – ingredientes que colidem com os materialistas em Fuchs. Se ele tivesse consciência disso, talvez conseguisse minorar o choque. Mas acontece que ele estava convencido de que a sua visão moralista da história e o materialismo histórico podiam conviver em perfeita harmonia. Trata-se de uma ilusão cujo substrato é a ideia, muito difundida e a precisar de revisão, de que as revoluções burguesas, tal como são celebradas pela própria burguesia, estão na base de uma revolução proletária.[151] Contra tal ideia é absolutamente necessário dar atenção ao espiritualismo que codeterminou aquelas revoluções, e cujos fios de ouro foram fiados pela moral. A moral burguesa – os primeiros sinais disso estão já patentes na fase do Terror – é dominada pela interioridade. A sua charneira é a

---

[149] Georg Gottfried Gervinus, *Friedrich Christoph Schlosser. Ein Nekrolog*. Leipzig, 1861, p. 30-31.

[150] Essa orientação da sua Obra revelou-se útil a Fuchs quando começaram as acusações de "difusão de escritos imorais" por parte do Ministério Público imperial. Encontramos uma exposição particularmente expressiva do moralismo de Fuchs na declaração de voto de um dos especialistas do caso, feita no âmbito de um dos processos, que terminaram todos com a absolvição. O documento está assinado por Fedor von Zobeltitz e diz o seguinte na sua passagem mais importante: "Fuchs considera-se muito seriamente um pregador de moral, um educador, e esse modo profundamente sério de encarar a vida, a íntima convicção de que a sua obra em prol da história da humanidade tem de se orientar por princípios de uma elevada moralidade bastam para o ilibar da suspeita de qualquer especulação comercial desenfreada, de que se teriam de rir todos aqueles que o conhecem e ao seu luminoso idealismo".

[151] Essa revisão foi inaugurada por Max Horkheimer no ensaio "Egoismus und Freiheitsbewegung" [Egoísmo e movimento de libertação], na *Zeitschrift für Sozialforschung* [Revista de Investigação Social], vol. V (1936), p. 161 segs. Entre os testemunhos reunidos por Horkheimer encontra-se uma série de interessantes documentos com os quais o radical de direita Abel Bonnard justifica o seu ataque àqueles historiadores burgueses da revolução que Chateaubriand designa de *"l'école admirative de la terreur"* (cf. Abel Bonnard, *Les Modérés*. Paris, p. 179 segs.).

consciência moral – quer ela seja a do *citoyen* de Robespierre ou a do cidadão do mundo de Kant. O comportamento da burguesia, compatível com os seus próprios interesses, mas dependente do comportamento complementar do proletariado, que não correspondia aos interesses desta última classe, proclamou como instância moral a consciência. A consciência moral existe sob o signo do altruísmo. Aconselha o proprietário a agir de acordo com os conceitos cuja vigência aproveita indiretamente aos seus coproprietários, e aconselha facilmente aos não proprietários que façam o mesmo. Se os últimos aceitarem este conselho, a utilidade do seu comportamento para os proprietários torna-se tanto mais evidente quanto mais problemático ele é para os que assim se comportam e para a sua classe. Por isso o preço desse comportamento é a virtude. E assim a moral de classe se impõe. Mas o faz de forma inconsciente. A burguesia não precisou tanto de consciência para construir essa moral de classe como o proletariado precisa para deitá-la abaixo. Fuchs não faz justiça a essa realidade, porque acha que tem de dirigir os seus ataques contra a consciência moral da burguesia. A sua ideologia é para ele um jogo de intrigas: "A conversa fiada que até perante os mais descarados preconceitos de classe nos vem com a história da honestidade subjetiva dos juízes só prova a própria falta de caráter daqueles que assim falam ou escrevem, na melhor das hipóteses a sua estupidez".[152] Não passa pela cabeça a Fuchs condenar o próprio conceito da *bona fides* (da boa consciência moral), apesar de isso parecer óbvio para o materialista histórico. Não apenas porque ele reconhece nesse conceito um suporte da moral de classe burguesa, mas também porque não lhe escapará que esse conceito estimula a solidariedade da desordem moral com a ausência de planificação econômica. Alguns marxistas mais jovens tocaram nessa questão, pelo menos indiretamente. Assim, por exemplo, nas referências à política de Lamartine, que fazia um uso excessivo da *bona fides*: "A democracia burguesa precisa desse valor. O democrata, do ponto de vista dos negócios, é honesto. Por isso se sente dispensado da necessidade de ir atrás dos fatos reais".[153]

A observação, mais orientada para os interesses conscientes dos indivíduos do que para as formas de comportamento que a sua classe

---

[152] *O pintor Daumier*, p. 30.

[153] Norbert Guterman e H. Lefebvre, *La conscience mystifiée*. Paris, 1936, p. 151.

muitas vezes é obrigada a assumir inconscientemente e dada a sua posição no processo de produção, leva a uma sobrevalorização do momento consciente na formação da ideologia. Essa sobrevalorização é evidente em Fuchs quando escreve: "A arte é, em todos os seus aspectos essenciais, o revestimento idealizado da situação social. Pois há uma lei eterna segundo a qual toda a situação política ou social dominante tem tendência a idealizar-se, para desse modo legitimar moralmente a sua existência".[154] Aproximamo-nos do cerne do mal-entendido que consiste em julgar que a exploração determina uma falsa consciência, pelo menos do lado dos exploradores, acima de tudo porque uma consciência reta lhes é moralmente incômoda. Essa frase poderá ser parcialmente válida para o presente, uma época em que a luta de classes apaixona fortemente a globalidade da vida burguesa. Mas de modo nenhum se pode considerar óbvia a "má consciência" dos privilegiados para explicar as formas da exploração no passado. A reificação não se limita a tornar invisíveis as relações entre os homens; envolvem-se em névoa também os sujeitos reais dessas relações. Entre os detentores do poder da vida econômica e os explorados existe um aparelho burocrático, jurídico e administrativo cujos membros já não funcionam como sujeitos morais plenamente responsáveis; a sua "consciência da responsabilidade" não é mais do que a expressão inconsciente dessa amputação.

VIII

O moralismo cujos vestígios são visíveis no materialismo histórico de Fuchs também não foi abalado pela psicanálise. Sobre a sexualidade escreve: "São legítimas todas as formas de conduta sensual nas quais se manifeste o lado criativo dessa lei da vida [...] Condenáveis são, por outro lado, aquelas formas que degradam essa pulsão superior, transformando-a em mero meio de gozo requintado".[155] Não há dúvida

---

[154] *Arte Erótica*, vol. II, primeira parte, p. 11.

[155] *Arte Erótica*, vol. I, p. 43. A apresentação do Diretório do ponto de vista da história dos costumes tem traços que fazem lembrar a literatura de cordel: "O horrível livro do marquês de Sade, com as suas gravuras, tão más como infames, estava exposto, aberto, em todas as montras". E da figura de Barras* chega-nos "a imaginação desbragada de um libertino sem vergonha" (*Caricatura*, vol. I, p. 202 e 201).
[*Paul François Jean Nicolas, visconde de Barras (1755-1829): político rico e sem escrúpulos, influente no período napoleônico (N.T.)]

de que a assinatura desse moralismo é burguesa. Fuchs desconhece a verdadeira desconfiança em relação à condenação burguesa do puro prazer sexual e dos caminhos mais ou menos imaginativos para lá chegar. Aceita como princípio que "só em termos relativos se pode falar de moralidade e imoralidade", mas ao mesmo tempo institui uma exceção quanto à "imoralidade absoluta", nos casos de "infrações às pulsões sociais, ou seja, infrações que vão contra a lei da natureza". Característica desse ponto de vista é, segundo Fuchs, a vitória historicamente comprovável das "massas, sempre passíveis de evolução, sobre a individualidade degenerada".[156] Em resumo, pode se afirmar sobre Fuchs que ele "ataca não a legitimidade de um juízo condenatório contra as pulsões pretensamente corrompidas, mas as opiniões sobre a sua história e a sua escala".[157]

E isso afeta o esclarecimento do problema psicológico-sexual, uma questão que se tornou particularmente importante desde que a burguesia assumiu o poder. É aqui que se insere a tabuização de zonas mais ou menos amplas do prazer sexual. Os recalcamentos que ela produziu nas massas trazem a lume complexos masoquistas e sadistas aos quais os detentores do poder entregam aqueles objetos que se apresentam como os que mais convêm à sua política. Um contemporâneo de Fuchs, Wedekind, explorou esses territórios. Fuchs deixou por fazer a sua crítica social. Tanto mais importante se torna por isso a passagem em que ele se redime parcialmente dessa falha, chegando a essa crítica pelos caminhos da história da natureza. Trata-se de uma brilhante defesa da orgia. Segundo Fuchs, "o prazer da orgia é uma das mais valiosas tendências da cultura [...] Temos de ter presente que a orgia é uma das características que nos distinguem dos animais, que, ao contrário dos humanos, não conhecem a orgia [...] O animal ignora a mais suculenta das refeições e a mais cristalina das fontes se estiver saciado de fome e sede, e o seu apetite sexual quase sempre se restringe a certos períodos curtos do ano. O ser humano é muito diferente, sobretudo o ser humano criativo, que não conhece limites".[158] O momento forte

---

[156] *Caricatura*, vol. I, p. 188.

[157] Max Horkheimer, "Egoismus und Freiheitsbewegung", *loc. cit.*, p. 166.

[158] *Arte Erótica*, vol. II, p. 283. Fuchs segue aqui um trilho muito importante. Será precipitado associar a fronteira homem-animal, que Fuchs vê na orgia, a uma outra,

das reflexões psicológico-sexuais de Fuchs é o das reflexões em que ele discute as normas tradicionais. São essas reflexões que lhe permitem destruir algumas ilusões pequeno-burguesas. Assim, por exemplo, a do nudismo, na qual vê, com razão, "uma revolução da tacanhez". "O ser humano já não é, e ainda bem, nenhum animal selvagem, e é preciso que a fantasia, incluindo a erótica, esteja presente também no vestuário. O que não queremos é unicamente aquela organização social da humanidade que reduz tudo isso à condição de um tráfico vulgar."[159]

O ponto de vista psicológico e histórico de Fuchs deu frutos na história do vestuário. De fato, nenhum outro objeto satisfazia tanto os três interesses do autor – o histórico, o social e o erótico – como a moda. Isso é já visível na sua definição, que se socorre de uma formulação que lembra Karl Kraus. A moda, lê-se na *História dos Costumes*, dá a ver "o modo como se pretende conduzir o negócio da moralidade pública".[160] Fuchs, de resto, não caiu no erro, comum a outros autores, de investigar a moda apenas a partir de pontos de vista estéticos e eróticos. Não lhe escapou o seu papel como instrumento de dominação: dá expressão às mais sutis diferenças dos grupos sociais, e vigia sobretudo as mais acentuadas das classes. No terceiro volume da sua *História dos Costumes* Fuchs dedica-lhe um grande ensaio cujo pensamento é sintetizado no volume complementar por meio da enumeração dos elementos decisivos da moda. O primeiro é constituído pelos "interesses de diferenciação das classes"; o segundo apresenta "o modo de produção privado do capitalismo", que procura aumentar os seus lucros com as constantes

---

a da posição ereta do andar? Com ela surge na história da natureza o fenômeno, antes desconhecido, da possibilidade de os parceiros se poderem olhar no momento do orgasmo. Só aí a orgia se torna possível, e não tanto pelo aumento de estímulos para o olhar. O mais decisivo é que agora a expressão de saturação, e mesmo do esgotamento, se pode tornar ela mesma um estímulo erótico.

[159] *História dos Costumes*, vol. III, p. 234. Algumas páginas mais adiante desaparece esse juízo convicto – o que só prova a dificuldade com que foi arrancado à convenção. Aí já se diz: "O fato de milhares de pessoas se excitarem sexualmente ao verem uma fotografia de nu feminino ou masculino prova que o olho já não é capaz de ver o todo harmônico, mas apenas o pormenor picante" (*op. cit.*, p. 269). O que neste caso tem um efeito de excitação sexual é mais a imaginação do corpo nu diante da máquina fotográfica do que a visão da própria nudez. E deve ter sido esta a intenção da maior parte dessas fotografias.

[160] *História dos Costumes*, vol. III, p. 189.

mudanças na moda; e em terceiro lugar não se devem esquecer "as finalidades eroticamente estimulantes da moda".[161]

O culto da criatividade, que atravessa toda a obra de Fuchs, foi buscar novo alimento aos seus estudos psicanalíticos, que enriqueceram, mas não corrigiram, as suas concepções originalmente fundadas na biologia. Fuchs aceitou com entusiasmo a teoria das origens eróticas dos impulsos criativos. Mas a sua visão do erotismo continuou muito presa à de uma sensualidade radical, biologicamente determinada. Fuchs evitou na medida do possível a teoria do recalcamento e dos complexos, que talvez tivesse modificado a sua visão moralista das relações sociais e sexuais. Do mesmo modo que o seu materialismo histórico faz derivar as coisas mais do interesse econômico consciente do indivíduo do que do interesse da classe, em última análise inconsciente, assim também o impulso criativo, tal como ele o vê, se alimenta mais da intenção sensual consciente do que de um inconsciente gerador de imagens.[162] O mundo erótico das imagens enquanto mundo simbólico, tal como *A Interpretação dos Sonhos* de Freud o delimitou, só se manifesta em Fuchs quando o seu empenho interior é maior. Nesse caso, esse mundo preenche os seus textos, mesmo quando se evita qualquer referência a ele, como acontece na magistral caracterização da gravura da fase da revolução: "Tudo é hirto, inflexível, militar. As pessoas não estão deitadas, porque o campo de manobras não tolera nenhum 'Mexam-se!'. Até mesmo quando estão sentadas parece que querem levantar-se de um salto. Todo o seu corpo está tenso, como a seta na corda do arco [...] O que se passa com a linha passa-se também com a cor. É certo que as gravuras parecem frias, metálicas, se comparadas com as do Rococó [...] A cor tinha de ser dura, metálica, para se ajustar ao conteúdo das gravuras".[163] Mais explícita é uma referência esclarecedora ao fetichismo, que procura investigar os seus equivalentes históricos. O resultado é que "o crescimento do fetichismo dos sapatos e das pernas parece apontar para a substituição do culto de Priapo pelo da

---

[161] *História dos Costumes*, vol. complementar III, p. 53-54.

[162] A arte é para Fuchs sensualidade imediata, tal como a ideologia é a produção imediata de interesses. "A essência da arte é: a sensualidade. Arte é sensualidade, sensualidade sob forma potenciada. A arte é sensualidade tornada forma, tornada visível, e é ao mesmo tempo a forma suprema e mais nobre dessa sensualidade" (*Arte Erótica*, vol. I, p. 61).

[163] *Caricatura*, vol. I, p. 223.

vulva", enquanto o aumento do fetichismo do peito, pelo contrário, seria uma tendência regressiva: "O culto do pé e das pernas tapados espelha a superioridade da mulher sobre o homem; o culto do peito espelha o lugar da mulher como objeto de prazer do homem".[164] As mais profundas considerações sobre o domínio do símbolo surgem em Fuchs a propósito dos desenhos de Daumier. O que diz sobre as árvores de Daumier é um dos mais felizes achados da obra. Nelas reconhece "uma forma simbólica muito particular em que se revela o sentimento de responsabilidade social de Daumier e a sua convicção de que é dever da sociedade proteger o indivíduo [...] A sua forma típica de representar as árvores apresenta-as sempre de ramos muito abertos, sobretudo quando alguém está debaixo delas, em pé ou deitado. Os ramos estendem-se de forma especial nessas árvores, como os braços de um gigante, parecem literalmente querer alcançar o infinito, fecham-se num telhado impenetrável que protege do perigo todos aqueles que sob ele vieram procurar abrigo".[165] Essa bela descrição conduz Fuchs ao elemento maternal dominante na obra de Daumier.

IX

Nenhuma outra figura se tornou tão viva para Fuchs como Daumier. Acompanhou-o durante toda a sua vida de trabalho, quase se poderia dizer que com ela Fuchs se tornou um pensador dialético. Pelo menos, concebeu-a em toda a sua plenitude e nas suas contradições vivas. Por um lado, apreendeu o elemento maternal na arte de Daumier, e delimitou-o de forma impressionante, mas isso não o impediu de se familiarizar igualmente com o outro polo, o masculino e mais discutível da figura. Chamou a atenção para o fato de faltar à obra de Daumier a componente idílica, não apenas na paisagem, na representação dos animais, nas naturezas mortas, mas também nos motivos eróticos e no autorretrato. O que verdadeiramente atraiu Fuchs em Daumier foi o momento agônico dessa obra. Será demasiado ousado procurar numa pergunta a grande origem da caricatura de Daumier? O artista parece perguntar: como se comportariam os homens e mulheres da burguesia

---

[164] *Arte Erótica*, vol. II, p. 390.
[165] *O Pintor Daumier*, p. 30.

do meu tempo se os imaginássemos numa *palaestra*[166] em luta pela existência? Daumier traduziu para a linguagem do *ágon* a vida privada e pública dos parisienses. Entusiasma-se acima de tudo com a tensão atlética do corpo e das suas vibrações musculares. E isso de modo nenhum entra em contradição com o fato de ninguém ter desenhado o profundo relaxamento do corpo de forma tão empolgante como Daumier. A concepção de Daumier tem, como Fuchs notou, muitas afinidades com a da escultura. Por isso ele rapta os tipos sociais que o seu tempo lhe oferece para colocá-los num pedestal, quais heróis olímpicos transfigurados. São sobretudo os estudos de juízes e advogados que podemos observar desse ponto de vista. O humor elegíaco em que Daumier gosta de envolver o panteão grego sugere de forma direta essa inspiração. Talvez nisso esteja a solução do enigma que já Baudelaire encontrou no mestre: como pode a sua caricatura, com toda a sua ira e o seu ímpeto, estar tão livre de rancor?

Todas as potencialidades de Fuchs se avivam quando fala de Daumier. Não há assunto que mais suscite ao seu conhecimento intuições tão fulgurantes. Um desenho, tão insignificante que seria eufemismo chamar-lhe incompleto, basta a Fuchs para fornecer uma análise profunda do modo de produção de Daumier. Representa apenas a parte superior de uma cabeça, em que os únicos elementos que têm alguma coisa a dizer são os olhos e o nariz. O fato de o esboço se limitar a esta parte do rosto e de ter como objeto apenas alguém que olha, é para Fuchs um sinal de que é aí que se fixa todo o interesse do pintor. Isso porque, na execução de um quadro todo pintor, segundo Fuchs, começa por aquela seção que mais intensamente o atrai.[167] "Inúmeras figuras de Daumier", lemos na obra sobre esse pintor, "se apresentam com um olhar concentrado, ou para o longe, ou observando um determinado objeto, ou ainda olhando dessa forma concentrada a sua própria interioridade. As personagens de Daumier olham literalmente [...] com a ponta do nariz".[168]

---

[166] *Palaestra*: do grego παλαιστρα, a escola de luta e da cultura atlética na Grécia antiga, parte integrante do ginásio. (N.T.)

[167] Sobre esse ponto, veja-se ainda a seguinte reflexão: "As minhas observações levam-me a pensar que os aspectos dominantes da paleta de um artista se manifestam sempre de forma particularmente clara nos seus quadros acentuadamente eróticos, e que neles alcançam a sua mais alta luminosidade" (*Os Grandes Mestres do Erotismo*, p. 14).

[168] *O Pintor Daumier*, p. 18. Entre as figuras de que falamos encontra-se também a do famoso "*connoisseur* de arte", uma aquarela que existe em várias versões. Um dia

X

Daumier foi o mais feliz objeto de investigação para Fuchs. E igualmente a mais feliz das suas iniciativas. É com justificado orgulho que Fuchs lembra que não foi graças à iniciativa estatal, mas à sua própria, que pela primeira vez alguém conseguiu reunir os primeiros álbuns de Daumier (e de Gavarni) na Alemanha. E não está só entre os grandes colecionadores na sua desconfiança em relação aos museus. Os Goncourt anteciparam-se-lhe nisso, e ultrapassam-no em violência. Se, por um lado, as coleções públicas poderiam ser socialmente menos problemáticas e cientificamente mais úteis do que as privadas, por outro desperdiçam a maior oportunidade destas. O colecionador dispõe, na sua paixão, de uma varinha de vedor que o transforma em descobridor de novas fontes. Isso se aplica a Fuchs, e por essa razão ele tinha de se opor ao espírito que dominava os museus sob a égide de Guilherme II, e que só se interessava pelas chamadas peças representativas. "É um fato", diz Fuchs, "que esse tipo de coleção está hoje condicionado pelas disponibilidades de espaço dos museus. Mas esse condicionalismo em nada altera o fato de que, por essa via, obtemos uma ideia muito incompleta da cultura do passado. Só a vemos nos trajes faustosos dos dias de festa, mas raramente nos seus mais modestos fatos de trabalho."[169]

Os grandes colecionadores distinguem-se quase sempre pela originalidade da sua escolha dos objetos. Mas há exceções: os Goncourt partiam menos dos objetos do que dos contextos que os escondiam, e realizaram a transfiguração do interior burguês quando ele acabava de desaparecer. Em regra, porém, os colecionadores deixaram-se guiar pelos

---

apresentaram a Fuchs uma versão até aí não conhecida, não se sabendo se era autêntica ou falsa. Fuchs observou a representação principal desse motivo numa boa reprodução, e começou a fazer uma comparação a todos os títulos instrutiva. Nem um desvio, por menor que fosse, deixou de ser considerado, e cada um deles exigia chegar a conclusões sobre se era obra da mão de um mestre ou um produto do desespero. Fuchs voltava sempre ao original, mas o modo como o fazia parecia mostrar que bem poderia prescindir disso; o seu olhar mostrava-se tão familiarizado com ele como só pode acontecer com uma obra que se teve presente em espírito durante anos. Era esse, sem dúvida, o caso de Fuchs. E só por isso é que ele estava em condições de descobrir as inseguranças mais escondidas nos contornos, as mais insignificantes falhas de cor nas sombras, os mínimos defeitos no traço, que acabariam por colocar o duvidoso desenho no lugar que lhe competia – e que não era o de uma falsificação, mas o de uma boa cópia antiga que poderia ter sido feita por um amador.

[169] *Coruchéus*, p. 5-6.

próprios objetos. Um grande exemplo, no limiar da Idade Moderna, é o dos humanistas, cujas aquisições de objetos gregos e viagens à Grécia dão testemunho da forma consequente como orientavam as suas coleções. Com [Michel de] Marolles, modelo de Damocède,[170] o colecionador entra na literatura pela mão de La Bruyère (e logo com uma imagem pouco lisonjeira). Marolles foi o primeiro a reconhecer a importância da gravura, e a sua coleção de 125.000 estampas constitui o núcleo fundador do *Cabinet des Estampes*. O catálogo em sete volumes das suas coleções, organizado no século seguinte pelo conde de Caylus, é o primeiro grande trabalho desse tipo de arqueologia. A coleção de gemas de Stosch[171] foi catalogada por Winckelmann, por incumbência do colecionador. Mesmo nos casos em que não estava destinada grande duração à concepção científica subjacente a tais coleções, em certos casos as próprias coleções revelaram tê-la. Foi o que aconteceu com a de Wallraf e Boisserée, cujos fundadores, apoiando-se na teoria romântico-nazarena de que a arte de Colônia era herdeira da arte antiga romana, criaram com as suas pinturas da Idade Média alemã o fundo essencial do museu de Colônia. Fuchs insere-se nessa série de grandes colecionadores que planificavam as suas coleções e se dedicaram a *uma* causa sem se desviarem do seu caminho. A sua ideia condutora é a de restituir à obra de arte a existência na sociedade, da qual havia sido de tal modo segregada que o lugar onde ele a foi encontrar era o de um mercado em que ela, igualmente afastada dos seus produtores e daqueles que a poderiam compreender, sobrevivia reduzida à sua condição de mercadoria. O fetiche do mercado da arte é o do nome do mestre. Do ponto de vista histórico, talvez o maior mérito de Fuchs tenha sido o de ter encetado a libertação da história da arte desse fetiche do nome do mestre. Assim, podemos ler no seu livro sobre a escultura do período Tang: "Por isso o total anonimato dessas oferendas funerárias, o fato de não se conhecer um único caso de criação individual dessas obras, é uma importante prova de que nesse domínio nunca se pode falar de produção artística individual, mas sempre do

---

[170] Damocède é o nome do personagem colecionador de *Les caractères ou Les moeurs de ce siècle*, de La Bruyère (1645-1696), publicado em 1688. (N.T.)

[171] Barão Philipp von Stosch (1691-1757): antiquário e colecionador prussiano que viveu em Roma e Florença. A coleção de gemas referida é a *Gemmæ Antiquæ Cælatæ*(1724), uma coleção de pedras antigas gravadas, reproduzidas em gravuras de Bernard Picart, que reuniam setenta pedras de coleções europeias. O volume transformou-se em obra de referência para historiadores e colecionadores. (N.T.)

modo como o mundo e as coisas eram vistas nessa altura pela totalidade da população".[172] Fuchs foi um dos primeiros a desenvolver as características particulares da arte de massas, promovendo assim impulsos que recebera do materialismo histórico.

O estudo da arte de massas leva-nos necessariamente para a questão da possibilidade de reprodução técnica da obra de arte. "A cada época correspondem técnicas de reprodução muito próprias, que representam as capacidades técnicas disponíveis em cada uma e são resultados das necessidades do respectivo tempo. Por isso não é de estranhar o fenômeno curioso de que todas as grandes mudanças históricas, que levaram ao poder classes que destronaram as dominantes, condicionaram também regularmente as mudanças nas técnicas de reprodução das imagens. É preciso lembrar esse fato de forma clara."[173] Pontos de vista como esse evidenciam o papel pioneiro de Fuchs. Com eles chamou a atenção para objetos cujo estudo pode servir de escola do materialismo histórico. O grau de desenvolvimento técnico das artes é um deles. Segui-lo é reparar muitos dos estragos provocados pelo conceito corrente de cultura das ciências do espírito (por vezes até no próprio Fuchs). O fato de "milhares de simples oleiros terem conseguido dar forma a objetos técnica e artisticamente ousados"[174] é para Fuchs, com razão, uma afirmação concreta da arte chinesa antiga. Considerações de ordem técnica levam-no de vez em quando a sínteses luminosas, muito avançadas em relação à sua época. Só assim se pode compreender e explicar a circunstância de a Antiguidade não conhecer a caricatura. Qualquer concepção idealista da história veria nisso mais um suporte da imagem classicista da Grécia. E como é que Fuchs explica o fenômeno? A caricatura é para ele uma arte de massas. Não existe caricatura sem a difusão em massa dos seus produtos. E difusão em massa significa difusão barata. Ora, "a Antiguidade não conhecia outra forma barata de reprodução que não fosse a moeda".[175]

---

[172] *Escultura Tang*, p. 144.

[173] *Honoré Daumier*, vol. I, p. 13. Compare-se com essas ideias a interpretação alegórica das Bodas de Canaã por Victor Hugo: "O milagre dos pães significa a multiplicação dos leitores. No dia em que o cristão deparou com esse símbolo intuiu a invenção da tipografia." (V. Hugo, *William Shakespeare*, cit. por Georges Batault, *Le pontif de la démagogie: Victor Hugo*. Paris, 1934, p. 142).

[174] *Coruchéus*, p. 46.

[175] *Caricatura*, vol. I, p. 19. A exceção confirma a regra. A produção de figuras em terracota servia-se de um processo de reprodução mecânica. E entre elas há muitas caricaturas.

E a superfície da moeda é demasiado pequena para poder conter uma caricatura. Por isso a Antiguidade a desconhece.

A caricatura era uma arte de massas, tal como o quadro de costumes. Esse caráter, na sua qualidade difamatória, juntava-se, para a história da arte corrente, a outros vistos como problemáticos e condenáveis. Não é assim para Fuchs: a sua força reside precisamente no olhar que lança aos objetos desprezados e apócrifos. E o caminho para lá chegar, de que o marxismo mal lhe tinha indicado o começo, abriu-o ele por si próprio, como colecionador, com uma paixão a raiar os limites do maníaco. Foi ela que marcou os traços essenciais de Fuchs: em que sentido podemos percebê-lo se seguirmos, nas litografias de Daumier, a longa série de amigos da arte e comerciantes, dos admiradores da pintura e dos conhecedores da escultura. São todos parecidos com Fuchs, até na constituição física. São figuras altas e magras, e os olhares saem deles como línguas de fogo. Não foi por acaso que alguém disse que Daumier representa nelas os continuadores daqueles alquimistas, necromantes e agiotas que encontramos nos quadros dos mestres antigos.[176] Enquanto colecionador, Fuchs pertence a essa linhagem. E do mesmo modo que o alquimista associa ao seu desejo "inferior" de produzir ouro a investigação das substâncias químicas em que os planetas e os elementos se juntam para formar imagens espirituais do homem, assim também esse colecionador juntou ao desejo "inferior" da posse a investigação de uma arte em cujas criações convergem as forças produtivas e as massas para formar imagens do homem na história. Até os últimos livros, é possível detectar o empenho apaixonado com que Fuchs perseguiu essas imagens. "A glória final dos coruchéus chineses", escreve ele, "não é a de neles se espelhar uma arte popular anônima. Não há livro de heróis que dê testemunho dos seus criadores."[177] Se essa observação voltada para o anônimo e para aquilo que o rastro das suas mãos deixou não contribuirá mais para a humanização da humanidade do que o culto dos chefes que agora uma vez mais se lhe quer impor, isso, como tantas outras coisas sobre as quais a lição do passado foi em vão, só o futuro, ainda e sempre, nos poderá ensinar.

---

[176] Cf. Erich Klossowski, *Honoré Daumier*, 1908, p. 113.
[177] *Coruchéus*, p. 41.

Comentários

Nota

Este comentário segue o da edição original alemã mais completa das Obras de Benjamin (*Gesammelte Schriften*, da responsabilidade de Rolf Tiedemann e Hermann Schweppenhäuser), uma vez que os textos incluídos neste volume ainda não saíram na nova edição crítica (*Werke und Nachlaß. Kritische Gesamtausgabe,* Suhrkamp Verlag, 2008 e segs.). Adaptei os comentários ao destinatário de língua portuguesa e atualizei lacunas. As passagens em itálico provêm todas de textos e cartas de Benjamin.

As citações das cartas no aparato crítico da edição alemã de Walter Benjamin referem ainda a edição em dois volumes, organizada por G. Scholem e Adorno (W. Benjamin, *Briefe* [Cartas]. Herausgegeben und mit Anmerkungen versehen von Gershom Scholem und Theodor W. Adorno. Frankfurt/Main, Suhrkamp Verlag, 1966). Foi, entretanto, editada a correspondência completa de Benjamin (*Gesammelte Briefe in sechs Bänden* [Correspondência Completa, em seis volumes], organização de Christoph Gödde e Henri Lonitz (Arquivo Theodor W. Adorno). Frankfurt/Main, Suhrkamp Verlag, 1995-2000). Uma vez que é esta hoje a edição de referência para as Cartas de Benjamin, todas as citações no Comentário desta edição remeterão para ela, indicando, no entanto, também a fonte na primeira edição das Cartas. Para isso, usar-se-ão as siglas Br. (= *Briefe*, para a edição de Scholem/Adorno, em dois volumes) e GB (= *Gesammelte Briefe*, para a edição completa), seguidas do número de página e, no caso desta última edição, também o do volume. Sempre que apareça apenas a referência a GB, isso significa que a carta em questão não figura na edição de Scholem/Adorno. As referências à edição original das Obras (*Gesammelte Schriften*) utilizam a sigla GS, seguida do volume e do número de página.

Sobre o conceito da História
(p. 7-20)

O texto, o título, a gênese

As teses "Sobre o conceito da História" são um dos mais acabados exemplos da dinâmica do pensamento de Walter Benjamin e do seu "fragmentarismo construtivo" (Detlev Schöttker). Referidas já em carta a Gretel Adorno, de 7 de maio de 1940 (que adiante se transcreverá) como contendo matéria que o ocupa desde o início dos anos 1920 (refletida também em textos como o "Fragmento teológico-político"), elas constituem um conjunto instável de reflexões que colocam problemas de vária ordem: de sequência dos fragmentos, de fixação textual e de datação.

Existem três versões em datiloscrito, uma sem título e duas outras com títulos diferentes, acrescentados por Gretel Adorno ("Sobre o conceito da História") e por Theodor Adorno ("Reflexões sobre a filosofia da História, por Walter Benjamin"). A versão mais antiga, e a única manuscrita, é um conjunto de nove folhas (que esteve na posse de Hannah Arendt em Nova Iorque) com correções de Benjamin. Algumas dessas folhas são cintas de jornais, com a respectiva data de expedição pelo correio (o que não constitui garantia de datação, uma vez que Benjamin tinha por hábito guardar envelopes, contas de hotéis e cafés, utilizando-os para apontamentos. Se, no entanto, partirmos do princípio de que essa versão das "Teses", ao que tudo indica, foi escrita na mesma altura, e que o último carimbo do correio traz a data de 9 de fevereiro de 1940, esta poderá ser vista como limite final da sua redação. Um dos datiloscritos que foram utilizados como base da edição original (e de que só existem cópias) deverá ter sido elaborado depois da versão manuscrita, provavelmente no Instituto de Investigação Social, em Nova Iorque, sob orientação de Gretel Adorno com conhecimento de Benjamin (o papel tem um formato americano, que Benjamin nunca usou). Nessa versão aparecem já deslocadas para o fim as duas teses do apêndice (A e B), tal como figuram na versão aqui incluída.

O único título que podemos considerar autorizado por Benjamin é o do terceiro datiloscrito (a "versão de última mão") – "Sobre o conceito da História" –, utilizado nas primeiras impressões do texto, no número especial da *Revista de Investigação Social* de Horkheimer e Adorno ("Em memória de Walter Benjamin"), em 1942, e na revista *Neue Rundschau*, vol. 61 (1950), p. 560-570. O título pelo qual por vezes também são referidos estes fragmentos – "Teses sobre a filosofia da História" –, posto a circular pela edição que Adorno organiza, em 1955, das Obras (*Schriften*) de Benjamin, não foi nunca utilizado nem referido pelo autor como título, mas apenas como designação para caracterizar os fragmentos, em algumas cartas que adiante serão transcritas.

A primeira publicação das teses "Sobre o conceito da História" surge no contexto da referida homenagem a Benjamin no número especial, mimeografado, da *Zeitschrift für Sozialforschung* em 1942, numa altura em que o Instituto de Investigação Social, já em Los Angeles, havia suspendido a publicação regular da revista um ano antes. O volume contém, para além do texto das "teses" e de uma nota bibliográfica sobre os escritos de Benjamin, um comentário de Adorno, que deveria anteceder o texto de Benjamin e onde se lê:

"Este projeto de uma filosofia da História é o último dos trabalhos que Benjamin deixou esboçado, e que não se destinava à publicação. 'A guerra e a constelação que a gerou', diz-se na carta que acompanhava o original, 'levou-me a pôr no papel algumas ideias das quais posso dizer que andavam comigo, ou melhor, de mim próprio escondidas, há perto de vinte anos. [...] O texto é reduzido, em mais do que um sentido. Não sei até que ponto a leitura te [*i.e.* a Gretel Adorno] irá surpreender ou, coisa que não desejo, confundir. De qualquer modo, queria chamar a tua atenção especialmente para a reflexão XVII, porque é aí que se poderão reconhecer as ligações, escondidas mas esclarecedoras, destas considerações com os trabalhos que tenho escrito até aqui, na medida em que nela se expõe de forma concentrada o método desses trabalhos. De resto, estas reflexões, apesar do seu carácter experimental, servirão para preparar a sequência do 'Baudelaire', e não apenas do ponto de vista metodológico. Tenho a impressão de que o problema da lembrança (e do esquecimento), que nelas se coloca a um outro nível, me ocupará ainda por muito tempo. Não preciso te dizer que nem de longe penso na publicação destes apontamentos, e muito menos na forma em que tos mando. Iriam abrir todas as portas aos mais inflamados equívocos'. O envio do original, conforme consta de uma nota na mesma carta, foi depois adiado. O projeto só foi enviado ao Instituto em junho de 1941.

"A morte de Benjamin leva-nos a considerar nosso dever a publicação, agora que este texto se transformou num testamento. A sua forma fragmentária impõe-nos a missão de, pelo pensamento, sermos fiéis à verdade destas ideias" (datiloscrito no arquivo do Instituto de Investigação Social, Montagnola).

A nota não foi publicada. Em seu lugar, Horkheimer e Adorno introduzem o número de homenagem com as palavras: "Dedicamos os artigos deste número à memória de Walter Benjamin. As teses sobre a filosofia da História, que abrem o volume, são o último trabalho de Benjamin".

De acordo com Adorno, "as teses 'Sobre o conceito da História' são como que uma síntese da reflexão epistemológica [...] cujo desenvolvimento acompanhou o do projeto das Passagens" (Theodor W. Adorno, *Über Walter Benjamin* [Sobre W. B.], Frankfurt, Suhrkamp, 1970, p. 26). Em maio de 1935, quando a sinopse "Paris, capital do século XIX" fez entrar *num novo estágio* o trabalho em *O Livro das Passagens* (Br., 653; GB V, 83), Benjamin falava pela primeira vez, numa carta a Gershom Scholem, da necessidade de desenvolver uma teoria do conhecimento específica para o livro planejado: *Aliás, de vez em quando cedo à tentação de me pôr a traçar analogias entre a construção interna deste livro e a do livro sobre o Barroco, de cuja estrutura externa este se afastaria muito. [...] Se o livro sobre o Barroco chamou a si uma teoria epistemológica própria, o mesmo se aplicaria às Passagens, pelo menos na mesma medida, apesar de neste momento não conseguir prever se encontraria uma forma de exposição autônoma para essa teoria, nem se a poderia levar a bom termo* (Br., 654; GB V, 83). Duas semanas depois pode se ler numa carta a Adorno: *A sinopse, que em nenhum ponto renega as minhas concepções, não é ainda, naturalmente, o seu equivalente completo. Procederei aqui do mesmo modo que no livro sobre o Barroco, no qual à exposição acabada dos seus fundamentos epistemológicos se seguia a sua comprovação na parte analítica. Com isso não pretendo de modo nenhum garantir que ela apareça sob a forma de um capítulo autônomo, no fim ou no princípio do livro. Esse problema continua em aberto* (Br., 664; GB V, 98). Nessa altura não ficou ainda nada escrito daquilo que seriam as teses sobre a filosofia da História. O que Benjamin registrou de reflexão epistemológica encontra-se na pasta N, com o título "Questões epistemológicas, teoria do progresso", que ocupa posição central em *O Livro das Passagens*.

O ensaio "Eduard Fuchs, colecionador e historiador" ocupa-se, depois disso, explicitamente do tema da dialética histórica, reconhecendo como tarefa do materialista histórico o "escovar a contrapelo" a ideia corrente de história da cultura. Benjamin transpôs literalmente algumas passagens desse ensaio para as teses "Sobre o conceito da História" (vd., neste vol. nota 98). A crítica das teorias tradicionais do progresso, tal como as teses as apresentam, parece ter sido um tema que ocupou Benjamin no fim de 1938 e início de 1939. Assim, em 9 de dezembro de 1938 escreve a Adorno a propósito do ensaio deste com o título "O caráter fetichista da música e a regressão do ouvir": *O que, na conclusão do trabalho, mais apelou para mim foram as reservas que aí se fazem sentir em relação ao conceito do progresso. Começa por fundamentar essas reservas de passagem e considerando a história do termo. Eu gostaria de abordá-lo indo à raiz e às suas origens. Mas não ignoro as dificuldades que isso implica* (Br., 798; GB VI, 189-190). Em 24 de janeiro de 1939 Benjamin comunica a Horkheimer: *Tenho-me ocupado de Turgot* e outros teóricos para investigar a história do conceito de progresso. Abordo toda a construção do "Baudelaire", sobre cuja revisão falei a T. Wiesengrund na última carta, a partir de um ponto de vista epistemológico. Nesse contexto é importante o problema do conceito da História, bem como o papel que nele desempenha o progresso. A recusa da ideia de um contínuo da cultura, postulada no ensaio sobre Fuchs, tem de ter consequências epistemológicas, e uma das mais importantes é para mim a definição dos limites impostos ao uso do conceito de progresso na História. Para meu espanto, encontrei em Lotze* [vd. nota 1 deste volume, N.T.] *alguns pensamentos que podem apoiar as minhas reflexões* (GB VI, 198).

A primeira referência direta a "Sobre o conceito da História" encontra-se numa carta (em francês) a Horkheimer, de 22 de fevereiro de 1940: *Lamento muito o fato de as circunstâncias atuais me não permitirem mantê-lo ao corrente de todos os meus trabalhos, como desejaria e o senhor tem o direito de exigir. Acabo de redigir algumas teses sobre o conceito da História. Por um lado, ligam-se às ideias esboçadas na parte I do ensaio sobre Fuchs, por outro, servir-me-ão de armadura teórica para o segundo ensaio sobre*

---

* Turgot e Hermann Lotze são muito referidos e transcritos em *O Livro das Passagens*, na seção N. Lotze é referido também na nota 1 deste volume. (N.T.)

Baudelaire. *Constituem uma primeira tentativa de fixar um aspecto da História que estabelecerá uma cisão irreversível entre o nosso modo de ver e os resquícios do positivismo que, segundo penso, marcam tão profundamente até aqueles conceitos da História que, em si mesmos, nos estão mais próximos e nos são mais familiares. O caráter esquemático que tive de dar a essas teses dissuade-me de enviá-las tal como estão. Mas quero dar-lhe conhecimento delas para lhe dizer que os estudos históricos a que, como sabe, me entrego de momento não me impedem de me sentir solicitado, tanto quanto o senhor e os outros amigos aí, pelos problemas teóricos que a situação mundial ineluctavelmente nos coloca. Espero que um reflexo dos esforços que, nesta minha vida solitária, continuo a dedicar à sua solução lhe chegue por meio do meu "Baudelaire". Como a escrita dessas teses me orientou de forma premente para a continuação do "Baudelaire", peço-lhe que me permita adiar a conclusão do trabalho sobre "Rousseau e Gide"** (GB VI, 400-401). Já antes, em 10 de fevereiro, Gretel Adorno escrevera a Benjamin (em inglês): "Da última vez que estive em Paris, em maio de 1937, lembro-me de jantar com Alfred Sohn-Rethel e Teddie [Adorno], e de tu nos explicares a tua teoria do progresso. Agradecia que me mandasses alguns apontamentos sobre isso, se os tiveres". Benjamin responde em abril de 1940, com a carta, já mencionada, que Adorno cita na nota que deveria acompanhar a primeira publicação das teses, e da qual se pode depreender que existiria já uma versão completa destas: *Quanto à tua pergunta sobre eventuais apontamentos referentes à nossa conversa à sombra das árvores do Les Marroniers, ela remete-me para uma época em que tomava com frequência notas sobre esse tema. A guerra e a constelação que a gerou levou-me a pôr no papel algumas ideias das quais posso dizer que andavam comigo, ou melhor, de mim próprio escondidas, há perto de vinte anos. É essa a razão pela qual também vos dei a vocês apenas uma ligeira impressão delas. A conversa sob os castanheiros foi uma brecha aberta nestes vinte anos. Ainda hoje te confio essas ideias mais como um ramo de ervas sussurrantes apanhadas em passeios de meditação do que como um conjunto de teses. O texto que te mandarei é reduzido, em mais do que um sentido. Não sei até que ponto a leitura te irá surpreender ou, coisa que não desejo, confundir. De qualquer modo, queria chamar a tua atenção especialmente para a reflexão XVII, porque*

---

* Este trabalho é explicitado em carta a Horkheimer, de 30 de novembro de 1939. "Se lhe posso fazer uma proposta, ela seria a de um estudo comparado das *Confissões* de Rousseau e do *Diário* de Gide". (N.T.)

é aí que se poderão reconhecer as ligações, escondidas mas esclarecedoras, destas considerações com os trabalhos que tenho escrito até aqui, na medida em que nela se expõe de forma concentrada o método desses trabalhos. De resto, estas reflexões, apesar do seu caráter experimental, servirão para preparar a sequência do "Baudelaire", e não apenas do ponto de vista metodológico. Tenho a impressão de que o problema da lembrança (e do esquecimento), que nelas se coloca a um outro nível, me ocupará ainda por muito tempo. Não preciso te dizer que nem de longe penso na publicação destes apontamentos, e muito menos na forma em que tos mando. Iriam abrir todas as portas aos mais inflamados equívocos. [...] Por estes dias vou enviar-vos o original de Infância Berlinense: 1900. *Guardem-no aí, e consolem-se com ele na medida do possível, até eu vos poder mandar as anunciadas teses* (GB VI, 435-437). Em 7 de maio de 1940 Benjamin anuncia novamente a Adorno o envio próximo do original: *Não lhe escondo que ainda não consegui dedicar-me a ele* [i.e. ao livro sobre Baudelaire] *com a intensidade desejada. Uma das razões principais foi o trabalho nas teses, de que lhe vou mandar por estes dias alguns fragmentos. É preciso não esquecer que elas correspondem a mais uma etapa nas minhas reflexões para dar continuidade ao "Baudelaire"* (Br., 850; GB VI, 446-447).

Essa troca de correspondência parece confirmar essencialmente que, para além da "ocupação" mais antiga com a problemática da filosofia da História, a redação dos primeiros fragmentos das chamadas "teses" se situa entre 1937 (ensaio sobre Eduard Fuchs) e 1940. Se excetuarmos uma breve recensão crítica, publicada sob a forma de carta na *Gazette des Amis des Livres*, de Adrienne Monnier, em maio de 1940, as teses são o último trabalho de certo modo acabado de Benjamin. Dora Benjamin, a ex-mulher, confirma-o numa carta a Adorno, de 22 de março de 1946: "Fiquei muito feliz por encontrar na revista [o número especial em memória de W. B.] o último trabalho de Walter, que me parece ser particularmente importante, e que tinha já procurado em vão. Ainda hoje tenho no ouvido o tom da voz com que Walter me ditou esses textos – nos últimos anos de Paris fiz muitas vezes de sua secretária".

Quando leu as teses sobre a filosofia da História, em agosto de 1941, Brecht anotou no *Diário de Trabalho*: "walter benjamin envenenou-se numa pequena localidade espanhola de fronteira. a guarda tinha retido o pequeno grupo de que ele fazia parte. quando, na manhã seguinte, os companheiros de viagem lhe iam comunicar que podiam continuar a viagem, encontraram-no morto. leio o último trabalho que enviou ao instituto de investigação social. günther stern [aliás, Günther Anders, J. B.] dá-mo, comentando que é um texto obscuro e confuso, e acho que o ouvi também dizer 'sem dúvida'. o pequeno ensaio trata da investigação da história e podia ter sido escrito depois da leitura do meu [Júlio] césar (um romance de que benjamin não sabia muito bem o que dizer quando o leu em svendborg). benjamin insurge-se contra a ideia da história como processo contínuo, do progresso como empresa poderosa de umas quantas cabeças descansadas, do trabalho como fonte da moralidade, do operariado como *protegés* da técnica, etc. troça da frase, tantas vezes ouvida, que diz que é de admirar que uma coisa como o fascismo 'ainda possa acontecer neste século' (como se ele não fosse fruto de todos os séculos). em resumo, o pequeno ensaio é claro e esclarecedor (apesar de todos os metaforismos e judaísmos), e pensamos horrorizados em como é pequeno o número daqueles que estão dispostos a, pelo menos, compreender mal uma coisa destas" (B. Brecht, *Arbeitsjournal*. 1° vol.: 1938-1942. Ed. Werner Hecht, Frankfurt, 1973, p. 294). Scholem apontou outro aspecto das teses de Benjamin, que Brecht dificilmente podia ter compreendido mal, mas que silenciou – aquele em que se referem os políticos *nos quais os adversários do fascismo tinham depositado as suas esperanças* e que *acentuam a derrota com a traição da sua própria causa* [Tese X]: "No princípio de 1940, depois de ter saído do campo de refugiados onde esteve internado, como quase todos os que fugiram da Alemanha de Hitler quando rebentou a guerra, Benjamin escreveu aquelas 'Teses sobre a História' em que finalmente despertou do choque do pacto Hitler-Stálin. Nessa altura leu-as ao seu companheiro de infortúnio e velho conhecido, o escritor Soma Morgenstern, como expressão da sua resposta a esse pacto" (G. Scholem, "W. Benjamin und sein Engel [W. B. e o seu Anjo], in: *Zur Aktualität Walter Benjamins* [Sobre a atualidade de W. B.], ed. S. Unseld, Frankfurt, 1972, p. 129).

Paralipômenos, reflexões preparatórias, fragmentos

Os apontamentos e textos preparatórios das teses "Sobre o conceito da História" têm um caráter extremamente diversificado. Uma parte são paralipômenos em sentido estrito: notas que se situam tematicamente no âmbito das teses e devem ter tido origem no mesmo período, mas cuja relação com a versão final só se revela em algumas formulações isoladas. Paralelamente, encontramos versões prévias de algumas das teses, com uma proximidade maior ou menor em relação ao texto final, embora sem correspondências exatas.

Dada a natureza heteróclita dos materiais e a sua dispersão, também no tempo, a ordenação que se segue não pretende ter caráter vinculativo. Apenas os paralipômenos correspondem a um maço de folhas com alguma unidade, que se encontrava junto com o datiloscrito em papel de formato americano, considerado pelos responsáveis da edição alemã como a última versão. As passagens cortadas por Benjamin nos originais vão assinaladas entre chaves ({ }).

1. Paralipômenos

Para se compreender a suspensão messiânica do acontecer poderíamos socorrer-nos da definição que Focillon dá do "estilo clássico": "Breve minuto de plena posse das formas, ele apresenta-se como uma rápida felicidade, o ακμη dos Gregos: o fiel da balança oscila muito fracamente. O que espero não é vê-la inclinar-se de novo em breve, ainda menos o momento da fixidez absoluta, mas, antes, no milagre dessa imobilidade hesitante, o frêmito leve e imperceptível que me indica que ela está viva." – Henri Focillon, Vie des formes. *Paris, 1934, p. 18.*

(Fonte: Arquivo Benjamin, manuscrito 1095)

Focillon sobre a obra de arte: "No instante em que nasce, ela é um fenômeno de ruptura. Há uma expressão corrente que nos faz sentir isso de forma viva: 'fazer época' não significa intervir passivamente na cronologia, mas precipitar o momento." – Henri Focillon, Vie des formes. *Paris, 1934, p. 94.*

(Fonte: Arquivo Benjamin, manuscrito 1096)

*O credo do historicismo, segundo Louis Dimier (*L'évolution contre l'esprit, *Paris [1939], p. 46-47): "É a curiosidade em relação aos fatos que leva o historiador para a investigação; e é a curiosidade em relação aos fatos que atrai e encanta o seu leitor... Os testemunhos levam a que não se possa pôr em dúvida a coisa, é o seu encadeamento natural que alimenta a sua persuasão... Daí resulta que os fatos se mantêm inteiros, intactos... Toda a sua arte [do historiador] se resume em não lhes tocar, a observar aquilo a que Fustel de Coulanges chamava, com propriedade, 'a castidade da história'. – O que se nos oferece dizer é que no fundo desse credo se encontra, em Dimier, a ideia do testemunho no Antigo e no Novo Testamento, incluindo os milagres testemunhados,* *que nesse capítulo são defendidos com recurso a muitos sofismas. Ou seja, o positivismo crasso dessa profissão de fé é mera aparência (vd. p. 183).*

Dimier (p. 76-84), adversário do conceito de progresso da espécie humana: "Na natureza física, a evolução não é indefinida, mas tem um termo. A glande transforma-se em carvalho, e é tudo... A espécie, longe de sobreviver ao indivíduo, começa por morrer com ele...; não sendo sujeito de nenhuma continuidade, ela não pode sê-lo de nenhum desenvolvimento, e muito menos de um desenvolvimento de que o indivíduo não tem qualquer noção. Se considerarmos os exemplos da natureza física, faltam não só todos os fundamentos como também todas as aparências à quimera da evolução transposta [...] por Comte para a história dos espíritos. É, assim, gratuita a pretensão de apresentar a evolução como uma lei revelada da história; de fato, ela não surge aí nem sequer esboçada. Essa lenta formação da moral e da razão com que nos recompensam não deriva de nenhum testemunho... Nada é mais semelhante, sob figuras diversas, do que a humanidade de todos os tempos. É o mesmo gênio criador em ação, a mesma impotência, que leva a que só se apanhem os frutos bons. Não podemos, pois, deixar de cair das nuvens quando os profissionais do pensamento estão sempre a descobrir nesse progresso tacanho e precário um movimento da 'razão universal'."

(Fonte: Arquivo Benjamin, manuscrito 1097)

A empatia com os tempos passados serve, em última análise, a sua presentificação. Não é por acaso que a tendência para esta última se casa bem com uma ideia positivista da história (como se pode ver no caso de Eduard Meyer). A projeção do passado no presente é, no âmbito da história, análoga à substituição de configurações idênticas para as transformações no mundo dos corpos. Esta foi proposta por Meyerson como fundamento das ciências da natureza (De l'explication dans les sciences, Paris, 1921); aquela é a quinta-essência do caráter propriamente "científico" da história, no sentido do positivismo. O preço a pagar é o da radical eliminação de tudo aquilo que lembre a sua condição original como rememoração, ou presentificação anamnésica (Eingedenken). A natureza falsamente viva dessa rememoração, o afastamento de qualquer resto do "lamento" que vem da história assinala a sua definitiva submissão ao moderno conceito de ciência.

Por outras palavras: o propósito de inventar "leis" para o decurso dos acontecimentos na história não é a única nem a mais sutil forma de equiparar a historiografia às ciências da natureza. A ideia de que a tarefa do historiador *é a de "tornar presente" o passado peca pela mesma manha, e é muito menos fácil de pôr a nu.*

(Fonte: Arquivo Benjamin, manuscrito 1098, frente)

{*XVII a*
Marx secularizou na ideia da sociedade sem classes a ideia do tempo messiânico. E a ideia foi boa. A desgraça começa quando a social-democracia resolveu elevar essa ideia à condição de "ideal". Nas doutrinas do neokantianismo, o ideal era definido como uma "tarefa infinita". E essas doutrinas foram a filosofia escolar do Partido Social-Democrata – de Schmidt e Stadler a Natorp e Vorländer. Se a sociedade sem classes começou por ser definida como tarefa infinita, o tempo vazio e homogêneo transformou-se, por assim dizer, numa antecâmara onde se podia esperar mais ou menos tranquilamente pela entrada da situação revolucionária. Na verdade, não existe um único momento que não traga consigo a sua oportunidade revolucionária – ela precisa apenas ser definida como oportunidade específica, concretamente como ocasião para uma solução radicalmente nova perante uma tarefa radicalmente nova. É a situação política que confirma ao pensador revolucionário essa oportunidade revolucionária singular de cada momento histórico. Mas confirma-se igualmente através do poder decisivo desse momento sobre um aposento perfeitamente determinado, mas até aí fechado, do passado. A entrada nesse aposento corresponde exatamente à ação política; e é por essa entrada que essa ação, por mais destruidora que possa ser, se dá a conhecer como ação messiânica (a sociedade sem classes não é o objetivo final do progresso na história, mas sim a sua interrupção, tantas vezes fracassada e por fim concretizada).}

(Fonte: Arquivo Benjamin, manuscrito 1098, verso)

O materialista histórico, ao seguir a estrutura da história, entrega-se, a seu modo, a uma espécie de análise espectral. Do mesmo modo que o físico identifica o ultravioleta no espectro de cores, assim também ele identifica na história uma força messiânica. Aquele que quer saber em que condição se encontra a "humanidade redimida", a que pressupostos está sujeita a entrada nessa condição e quando se poderá contar com ela está a fazer perguntas para as quais não há resposta. É o mesmo que perguntar qual é a cor dos raios ultravioleta.

(Fonte: Arquivo Benjamin, manuscrito 1099)

Marx diz que as revoluções são a locomotiva da história universal. Mas talvez as coisas se passem de maneira diferente. Talvez as revoluções sejam o gesto de acionar o travão de emergência por parte do gênero humano que viaja nesse comboio.

(Fonte: Arquivo Benjamin, manuscrito 1100)

Podemos identificar na obra de Marx três conceitos e considerar toda a armadura que a sustenta como a tentativa de soldar esses três conceitos uns aos outros. São eles: a luta de classes do proletariado, o andamento do processo histórico (o progresso) e a sociedade sem classes. A estrutura do pensamento de base apresenta-se do seguinte modo em Marx: por meio de uma série de lutas de classes, a humanidade chega, no decorrer do processo histórico, à sociedade sem classes. Mas a sociedade sem classes não pode ser concebida como ponto de chegada de um desenvolvimento histórico. Dessa ideia errada nasceu nos epígonos, entre outras coisas, a ideia de uma "situação revolucionária" que, como se sabe, nunca mais chegava. O conceito da sociedade sem classes tem de recuperar o seu verdadeiro rosto messiânico, no próprio interesse da política revolucionária do proletariado.

(Fonte: Arquivo Benjamin, manuscrito 1103)

"A revolução é a locomotiva da história universal" (os viajantes na carruagem)

A confiança na acumulação quantitativa assenta tanto na crença obstinada no progresso como na confiança na "base de massas"

*Alcance histórico-filosófico e político do conceito de inversão (*Umkehr*). O Juízo Final é um tempo presente voltado para trás*

Significado metodológico do confronto de uma determinada época de que nos ocupamos com a sua pré-história: veja-se o ensaio sobre o cinema, na caracterização do valor de culto ["A obra de arte na época da sua possibilidade de reprodução técnica"], e também o trabalho sobre Baudelaire, na caracterização da aura. À luz desse confronto, cada época tratada torna-se solidária com o presente da nossa atualidade

(Fonte: Arquivo Benjamin, manuscrito 1105)

2. *Reflexões preparatórias*

Os fragmentos que se seguem encontravam-se dispersos no espólio de Benjamin, mas o título comum – *Novas teses* – parece indicar que pertenceriam originalmente a um conjunto uniforme.

Novas teses B

{*A história estrutura-se em contextos e cadeias causais que se desenrolam de forma arbitrária. Como, porém, nos dá uma ideia da possibilidade de, por princípio, citar o seu objeto, este tem de se apresentar, na sua versão mais elaborada, como um momento da humanidade. Nele, o tempo tem de se suspender.*}

A imagem dialética é um relâmpago em forma de cone que atravessa todo o horizonte do passado.

{*Articular historicamente fatos passados significa: reconhecer no passado aquilo que converge na constelação de um único momento. O conhecimento histórico só é possível no momento histórico. Mas o conhecimento nesse momento histórico é sempre o conhecimento de um momento. Na medida em que o passado se concentra no instante – na imagem dialética –, ele entra na memória involuntária da humanidade.*}

{*A imagem dialética deve ser definida como a memória involuntária da humanidade redimida.*}

A ideia de uma história universal está ligada à do progresso e à da cultura. Para que todos os momentos na história da humanidade possam ser alinhados na cadeia do progresso, têm de ser reduzidos ao denominador comum da cultura, do esclarecimento, do espírito objetivo, ou como se lhe queira chamar.

(Fonte: Arquivo Benjamin, manuscrito 491)

Novas teses C

Só quando o decurso da história deslizar sem atrito pelas mãos do historiador se poderá falar de progresso. Mas se ele for uma meada desfeita e dispersa por milhares de fios, caindo como tranças desmanchadas, nenhum desses fios encontrará o seu lugar preciso antes de todos serem apanhados e entrançados num verdadeiro penteado.

A concepção que está na base do mito é a do mundo como punição – a punição que primeiro tem de gerar o sujeito a punir. O eterno retorno é o castigo do aluno que fica retido na escola, projetado à escala cósmica: a humanidade tem de copiar o seu texto numa infinita repetição (P. Éluard, Répétitions *[1922])*

{*A eternidade dos castigos do inferno talvez tenha quebrado a mais terrível das pontas da ideia antiga do eterno retorno. Coloca a eternidade dos tormentos no lugar onde antes estava a eternidade de um movimento cíclico.*}

{*Voltando a pensar, no século XIX, a ideia do eterno retorno, Nietzsche produz a figura daquilo que constitui a matéria na qual se consuma a fatalidade mítica. A essência do acontecer mítico é o retorno (Sísifo, Danaides)*}

(Fonte: Arquivo Benjamin, manuscrito 489)

Novas teses H

A história da cultura não pode beneficiar da sua dissolução em história pragmática. De resto, a concepção pragmática da história não fracassou dadas as eventuais exigências colocadas pelo "rigor científico" em nome de leis de causalidade. Fracassou devido a um deslocamento da perspectiva histórica. Uma época que já não consegue transfigurar de raiz as suas posições de dominação não poderá entender a transfiguração de que beneficiaram as posições de dominação do passado.

{O sujeito que escreve a história é, por direito, aquela parte da humanidade cuja solidariedade abarca todos os oprimidos. Aquela parte que pode correr o maior risco teórico, porque na prática é aquela que menos tem a perder.}

{Nem toda história universal tem de ser reacionária, mas é a história universal sem princípio construtivo. O princípio construtivo da história universal permite representá-la nos princípios parciais. Por outras palavras, é um princípio monadológico. Existe na história salvífica.}

{A ideia da prosa coincide com a ideia messiânica da história universal. (Lesskov!)}

(Fonte: Arquivo Benjamin, manuscrito 481)

Novas teses K

"Organizar o pessimismo significa descobrir o espaço da imagem no espaço da ação política. Esse espaço da imagem, porém, deixou de ser mensurável em termos contemplativos... Esse espaço da imagem..., o mundo de uma atualidade plena e integral." (Surrealismo*)

A redenção é o limes do progresso.

{O mundo messiânico é o mundo de uma atualidade plena e integral. Só nele existe uma história universal. Não a história escrita, mas a festivamente experienciada. Essa festa foi expurgada de toda a solenidade, não conhece cânticos celebratórios. A sua língua é a prosa liberta, que rebentou com os grilhões da escrita. (A ideia da prosa coincide com a ideia messiânica da história universal. Cf. em "O contador de histórias"*: os tipos da prosa artística como espectro da histórica.)}

{A pluralidade das "escritas da história" [Historien] é intimamente aparentada, se não mesmo idêntica, à pluralidade das línguas. A história universal no sentido atual é sempre apenas uma espécie de esperanto. (Serve para

---

* Vd. o ensaio de Benjamin sobre "Surrealismo", de onde foi extraída a citação; e "O contador de histórias" (geralmente traduzido por "O narrador"). (N.T.)

dar expressão à esperança do gênero humano, tal como o nome a dá àquela língua universal.)}

(Fonte: Arquivo Benjamin, manuscrito 490)

3. Fragmentos com título

Segue-se uma série de textos cujo traço comum é o de terem um título próprio, para além de retomarem pensamentos já presentes noutros fragmentos.

Nota prévia

Na presentificação anamnésica (Eingedenken) fazemos uma experiência que nos impede de conceber a história fundamentalmente de forma ateológica, e também nos proíbe de tentar escrevê-la com conceitos teológicos. (N 8, 1*)

O meu pensamento está para a teologia como o mata-borrão para a tinta. Está completamente embebido dela. Mas se o mata-borrão mandasse não restaria nada daquilo que é escrito. (N 7 a, 7)

{Existe um conceito de presente segundo o qual este representa o objeto (intencional) de uma profecia. Esse conceito é o (complemento) correlato do de uma história que se manifesta de forma fulminante. É um conceito radicalmente político, e assim é definido por Turgot. É o sentido esotérico da palavra, o historiador é um profeta de olhos postos no passado. Volta costas ao seu próprio tempo; o seu olhar de vidente inflama-se com os cumes dos acontecimentos de outrora, progressivamente mais mortiços à medida que vão mergulhando mais no passado. Esse olhar de vidente tem do seu próprio tempo uma consciência mais nítida do que os contemporâneos que "acompanham" esse tempo.}

(Fonte: Arquivo Benjamin, manuscrito 472)

Questões de método III

O ritmo acelerado da técnica, a que corresponde também uma rápida decadência da tradição, faz emergir muito mais depressa do que antes o que há de inconsciente coletivo, o rosto arcaico de uma época, e o faz tendo em vista já a época que se segue. É daí que vem o olhar surrealista sobre a história.

{À forma de um novo meio de produção, que a princípio ainda é dominada pela do antigo (Marx), corresponde, na superestrutura, uma consciência

---

* Siglas utilizadas em *O Livro das Passagens*, para o qual remete esse fragmento e vários outros que se seguem. (N.T.)

onírica na qual o novo começa a nascer sob uma forma fantasmagórica. Michelet: "Chaque époque rêve la suivante". Sem essa forma fantasmagórica incipiente na consciência onírica, nada de novo nasce. Mas as suas manifestações não se encontram apenas na arte. O decisivo no século XIX foi o fato de a imaginação por toda parte extravasar os seus limites.}

(Fonte: Arquivo Benjamin, manuscrito 467)

{*Problema da tradição I*}
A dialética em repouso

(Aporia fundamental: "A tradição é o descontínuo do que já foi, por contraste com a história enquanto contínuo de acontecimentos." — "Pode ser que a continuidade da tradição seja mera aparência. Mas então é a constância dessa aparência que confere à constância a continuidade nela.")

(Aporia fundamental: "A história dos oprimidos é um descontínuo". — "A tarefa da história é apoderar-se da tradição dos oprimidos.")

Ainda sobre essas aporias: "O contínuo da história é o dos oprimidos. Enquanto a ideia de contínuo faz tábua rasa de tudo, a ideia do descontínuo é a base da autêntica tradição". — {A consciência da descontinuidade histórica é o próprio das classes revolucionárias no momento da sua ação. Mas, por outro lado, há uma estreita relação entre a ação revolucionária de uma classe e a concepção que essa classe tem (não apenas da história futura, mas também) da história passada. Isso só aparentemente é uma contradição: num salto por cima de um abismo de dois mil anos, a Revolução Francesa foi desenterrar a república romana.}

(Fonte: Arquivo Benjamin, manuscrito 469)

Problema da tradição II

Para o proletariado não havia correspondência histórica para a consciência das suas novas formas de ação. Não havia lugar para a recordação (houve quem tentasse encontrá-la artificialmente, em obras como a História das Guerras Camponesas, *de Zimmermann.* Mas sem êxito).*

{É na tradição dos oprimidos que a classe operária se insere, como a última classe escravizada, vingadora e libertadora. Essa consciência foi desde logo abandonada pela social-democracia. Atribuiu ao operariado o papel de libertador

---

* Trata-se da obra *Der grosse deutsche Bauernkrieg* [A grande Guerra dos Camponeses na Alemanha], de Wilhelm Zimmermann (1807-1888), publicada em 1841. (N.T.)

das gerações futuras. Com isso, cortou o tendão da sua força. Nessa escola, a classe desaprendeu do mesmo modo o ódio e a disponibilidade para o sacrifício, porque as duas coisas se alimentam mais da imagem autêntica dos antepassados oprimidos do que da imagem ideal dos vindouros libertados. Nos começos da revolução russa essa consciência ainda estava viva. A frase "nem glória para os vencedores nem compaixão para os vencidos" é tão comovente porque exprime mais uma solidariedade para com os irmãos mortos do que com os que hão de vir. – "Amo a estirpe dos séculos por vir", escreve o jovem Hölderlin. Mas não será isso também uma confissão da fraqueza inata da burguesia alemã?}
(Fonte: Arquivo Benjamin, manuscrito 466, frente)

O agora da possibilidade de conhecer
(Das Jetzt der Erkennbarkeit)

A afirmação de que o historiador é um profeta de olhos postos no passado pode ser entendida de duas maneiras. A tradicional pretende que o historiador, transpondo-se para um passado distante, profetiza o que para esse tempo era ainda futuro, mas que entretanto se transformou também em passado. Esse modo de ver corresponde exatamente à teoria histórica da empatia que Fustel de Coulanges apresenta ao dar o conselho: "Se quiser reviver uma época, esqueça que sabe o que se passou depois dela". – Mas também se pode interpretar aquela afirmação de maneira totalmente diferente, entendendo-a do seguinte modo: o historiador volta costas ao seu próprio tempo, e o seu olhar de vidente inflama-se com os cumes dos acontecimentos de gerações humanas anteriores, progressivamente mais mortiços à medida que vão mergulhando mais no passado. Esse olhar de vidente tem do seu próprio tempo uma consciência mais nítida do que os contemporâneos que "acompanham" esse tempo. Não é por acaso que Turgot define o conceito de um presente que representa o objeto intencional de uma profecia como conceito essencial e radicalmente político. "Antes mesmo de nos podermos informar sobre um determinado estado de coisas", diz Turgot, "já ele se transformou várias vezes. Assim, sabemos sempre tarde demais aquilo que aconteceu. Por isso se pode dizer da política que ela está destinada a prever o presente." É precisamente esse conceito de presente que está na base da atualidade da autêntica historiografia (N 8 a, 3 N 12 a, 1). Quem vasculha o passado como se ele fosse uma arrecadação cheia de exemplos e analogias nem sequer faz ideia do muito que depende da sua presentificação num determinado momento.

(Fonte: Arquivo Benjamin, manuscrito 471)

A imagem dialética

(Se quisermos olhar a história como um texto, aplica-se a ela o que um autor recente diz dos textos literários: em ambos o passado depositou imagens comparáveis às que foram fixadas numa chapa sensível à luz. "Só o futuro tem reveladores suficientemente fortes para fazer emergir a imagem em todos os seus pormenores. Há páginas de Marivaux ou de Rousseau que revelam um sentido secreto que os leitores do seu tempo não conseguiram decifrar completamente" (Monglond: N 15 a, 1). O método histórico é um método filológico, e assenta sobre o livro da vida. Hofmannsthal fala de "ler o que nunca foi escrito". O leitor que assim lê é o verdadeiro historiador.)

{A pluralidade das escritas da história [Historien] assemelha-se à pluralidade das línguas. A história universal no sentido atual só pode ser sempre uma espécie de esperanto. A ideia da história universal é uma ideia messiânica.}

{O mundo messiânico é o mundo de uma atualidade plena e integral. Só nele existe uma história universal. Não a história escrita, mas a festivamente experienciada. Essa festa foi expurgada de toda a solenidade, não conhece cânticos celebratórios. A sua língua é a prosa integral que rebentou com os grilhões da escrita e é entendida por todos os homens (como a linguagem dos pássaros por aqueles a quem a sorte bafejou). – A ideia da prosa coincide com a ideia messiânica da história universal. (Os tipos da prosa artística como espectro dos universalmente históricos – em "O contador de histórias")}

(Fonte: Arquivo Benjamin, manuscrito 470)

Críticas

Crítica do progresso – sobre a alegoria –
Crítica da história da cultura e da literatura
Crítica da história universal
Crítica da empatia – crítica histórica – citação – correção – introdução –
Crítica da homenagem celebratória
Crítica da história em compartimentos
Crítica da teoria do progresso infinito
Crítica da teoria do progresso automático

Crítica da teoria de um progresso possível em todos os domínios. Não há progresso na arte, do ponto de vista do seu elemento profético. Diferença entre os progressos da urbanidade – mas, onde está a medida comum? – e os progressos morais, para os quais dispomos, como seu objeto, da medida da vontade pura e do caráter inteligível!

Crítica da teoria do progresso em Marx. O progresso é aí definido com referência ao desenvolvimento das forças produtivas. Mas delas fazem parte o homem, ou o proletariado. Assim, a questão do critério é relegada para segundo plano.

(Fonte: Arquivo Benjamin, manuscrito 475)

4. Fragmentos sem título

Contrariamente aos da anterior, os textos desta seção não apresentam qualquer título específico. As siglas que antecedem alguns deles (*B 14, A*) não foram decifradas. A ordem dos fragmentos corresponde à dos manuscritos no espólio, mas poderia igualmente ser outra.

B 14

O mundo messiânico é o mundo da atualidade plena e integral. Só nele existe uma história universal. Aquilo que hoje assim se designa mais não pode ser do que uma espécie de esperanto. Nada lhe pode corresponder antes de ser eliminada a confusão instituída com a construção da Torre de Babel. Esse mundo pressupõe aquela língua para a qual terão de ser traduzidos, sem reduções, todos os textos das línguas vivas e mortas. Mas não como língua escrita; antes, como língua festivamente experienciada. Essa festa foi expurgada de toda a solenidade, não conhece cânticos celebratórios. A sua língua é a própria ideia da prosa que todos os homens entendem, do mesmo modo que a linguagem dos pássaros é entendida por aqueles a quem a sorte bafejou.

(Fonte: Arquivo Benjamin, manuscrito 441)

A

A lâmpada eterna é uma imagem da autêntica existência histórica. É a imagem da humanidade redimida – da chama que será acendida no dia do Juízo Final e se alimenta de tudo aquilo que um dia aconteceu entre os homens.

(Fonte: Arquivo Benjamin, manuscrito 445)

{A grande revolução citava a Roma antiga}
{Relação da crença obstinada no progresso com a confiança na base das massas: a acumulação quantitativa vai conseguir}

{*"A revolução é a locomotiva da história universal"; os viajantes na carruagem*}

{*Os momentos destrutivos: desmantelamento da história universal, eliminação do elemento épico, ausência de empatia com o vencedor. A história tem de ser escovada a contrapelo. Desaparece a história da cultura enquanto tal: tem de ser integrada na história das lutas de classes*}

{*Exemplo de autêntica perspectiva histórica: "Aos que virão a nascer"* [poema de Brecht]. *Esperamos dos que virão a nascer não o agradecimento pelas nossas vitórias, mas a rememoração das nossas derrotas.*} *Isto é consolação: a única consolação que pode existir para aqueles que já não têm esperança de consolo*

{*"Pensem nas trevas e na grande friagem*

Neste vale onde ecoam as lamentações" [cf. atrás, tese VII]

(Sobre a empatia com os vencedores)}

{*A moda como citação de trajes antigos*} *(levar em conta também na interpretação da passagem de Blanqui sobre a crinolina*)*

(Fonte: Arquivo Benjamin, manuscrito 446)

Uma concepção da história liberta do esquema da progressão num tempo vazio e homogêneo traria de novo à discussão as energias destrutivas do materialismo histórico, tanto tempo paralisadas. Isso faria oscilar as três mais importantes posições do historicismo. O primeiro golpe deve ser desferido contra a ideia de uma história universal. A ideia de que a história do gênero humano se compõe a partir da dos povos é, hoje, num momento em que a essência dos povos se torna obscura quer por sua estrutura atual, quer em virtude das suas relações uns com os outros, um subterfúgio da mais pura preguiça mental. (A ideia de uma história universal depende totalmente da ideia de uma língua universal. Enquanto esta última possuiu um fundamento, fosse ele teológico, como na Idade Média, ou lógico, como mais recentemente com Leibniz, a história universal não era um objeto impensável. Já a história universal tal como vem sendo praticada desde o século passado só pode ser uma espécie de esperanto) – A segunda posição mais consolidada do historicismo encontra-se na convicção de que a história é algo que pode ser contado. Numa abordagem materialista, o momento épico será inelutavelmente destruído pelo próprio processo de construção. É preciso contar com a liquidação do elemento épico, tal como Marx, enquanto

---

* A passagem de Blanqui é referida e comentada num texto de Benjamin (de 1938?) que dá conta da sua leitura de *L'éternité par les astres*, de Louis-Auguste Blanqui. (N.T.)

autor, o fez em O Capital, *ao reconhecer que a história do capital só podia ser reconstituída com a armadura rígida e ampla de uma teoria. Na exposição teórica do lugar do trabalho sob a dominação do capital, tal como Marx a faz na sua obra, os interesses da humanidade são mais bem defendidos do que nas obras monumentais e prolixas, no fundo acomodadas, do historicismo. É mais difícil honrar a memória dos anônimos do que a dos famosos, {a dos mais celebrados, sem excluir a dos poetas e pensadores. A construção da história é dedicada à memória dos anônimos. – O terceiro bastião do historicismo é o mais forte e o mais difícil de assaltar. Apresenta-se como a "empatia com o vencedor". Os que em cada época dominam são herdeiros de todos aqueles que venceram no curso da história. A empatia com o vencedor aproveita sempre aos detentores do poder. O materialista histórico respeita esse fato, e tem a noção de que ele assenta sobre um forte fundamento. Aqueles que até hoje saíram vitoriosos dos milhares de batalhas que atravessam a história participam dos triunfos dos que hoje detêm o poder sobre aqueles que se sujeitam à sua dominação. O inventário do saque que os primeiros põem diante dos olhos dos segundos não pode deixar de ser avaliado de forma muito crítica pelo materialista histórico. A esse inventário dá-se o nome de cultura. O "patrimônio cultural" que o materialista histórico tem diante de si revela todo ele uma proveniência que este não pode deixar de olhar com horror. Essas obras devem a sua existência não só ao esforço dos grandes gênios que as criaram, mas também à servidão anônima dos seus contemporâneos. Não há documento de cultura que não seja ao mesmo tempo um documento de barbárie. O materialista histórico guarda a devida distância em relação a eles. A sua tarefa é a de escovar a história a contrapelo – nem que para isso tenha de se servir da tenaz do ferreiro.}*

(Fonte: Arquivo Benjamin, manuscritos 447 e 1094)

{A força do ódio em Marx. O gosto da luta na classe operária. A articulação da destruição revolucionária com a ideia da redenção (Netchaiev, Os demônios)}

{Existe uma ligação muito estreita entre a ação histórica de uma classe e a noção que essa classe tem não apenas da história por vir, como também da passada. Isso só aparentemente é uma contradição em relação ao pressuposto de que a consciência da descontinuidade histórica é a marca própria das classes revolucionárias no momento da sua ação. De fato, não faltam aí correspondências históricas: Roma para a Revolução Francesa. No caso do proletariado, essa ligação foi perturbada: não havia correspondência histórica para a consciência das

novas formas de ação, não houve lugar para a recordação. A princípio ainda se tentou encontrá-la (cf. Zimmermann, História das guerras camponesas*). Ao passo que a ideia do contínuo faz tábua rasa de tudo, a ideia do descontínuo é a base da autêntica tradição. Mostrar a relação do sentimento de recomeço com a tradição.*}

(Fonte: Arquivo Benjamin, manuscrito 449)

{*O elemento destrutivo ou crítico na historiografia afirma-se no desmembramento da continuidade histórica. A autêntica historiografia não escolhe de ânimo leve os seus objetos. Não se apodera deles, fá-los saltar do curso do processo histórico. Esse elemento destrutivo da historiografia deve ser entendido como reação a uma constelação de perigo que ameaça tanto aquilo que se transmite como o destinatário da transmissão. A historiografia opõe-se a essa constelação de perigo; é por meio dela que poderá demonstrar a sua presença de espírito. A imagem dialética relampeja por um instante nessa constelação de perigo. Identifica-se com o objeto histórico e legitima o desmantelamento do contínuo (N 10, 1-2-3)*}

Tão forte como o impulso destrutivo é, na autêntica historiografia, o impulso para a salvação. Mas de que pode ser salvo aquilo que já foi? Não tanto do descrédito e do desprezo a que pode ter sido votado, mas sobretudo de um determinado tipo de transmissão pela tradição. O modo como é celebrado como "herança" é mais sinistro do que seria se tivesse ficado soterrado (N 9, 3).

Construir uma continuidade é aquilo que o modelo corrente da historiografia mais acarinha. Valoriza aqueles elementos do passado que já entraram no seu processo de repercussão. Não se apercebe dos lugares em que a tradição se quebra nem das suas rugosidades e arestas, que são os apoios dos que querem ultrapassar aquele modelo. (N 9 a, 5).

(Fonte: Arquivo Benjamin, manuscrito 473)

As coisas não se passam como se o passado lançasse a sua luz sobre o presente, ou o presente sobre o passado; a imagem é o lugar em que o passado converge com o presente para formarem uma constelação. Enquanto a relação do outrora com o agora é (contínua) puramente temporal, a do passado com o presente é dialética, descontínua e irregular (N 2 a, 3).

{*A imagem do passado que cintila momentaneamente no agora da sua possibilidade de conhecimento é, de acordo com a sua determinação, uma imagem da lembrança* [Erinnerung]. *Assemelha-se às imagens do nosso próprio passado, que surgem nos momentos de perigo. Tais imagens, como se sabe, aparecem sem intervenção da vontade. A escrita da história, no sentido estrito do termo, é, assim, uma imagem que vem da presentificação anamnésica* (Eingedenken) *involuntária, uma imagem que, no momento de perigo, irrompe subitamente diante do sujeito da história. A competência do historiador liga-se à sua consciência aguda da crise em que, num determinado momento, entrou o sujeito da história. Esse sujeito de modo nenhum é um sujeito transcendental, é, antes, a classe oprimida e em luta, na sua situação mais extrema. O conhecimento histórico só existe para ela, e unicamente num dado momento histórico. Essa determinação confirma a liquidação do momento épico na apresentação da história. À recordação involuntária nunca se oferece – e é isso o que a distingue da voluntária – um processo no tempo, mas apenas uma imagem (daí que a "desordem" seja o espaço imagético da presentificação anamnésica involuntária.)*}

(Fonte: Arquivo Benjamin, manuscrito 474)

A curiosidade e a curiosité
{*A teologia como anão corcunda, a mesa transparente do jogador de xadrez*}
A mínima garantia, a palhinha a que se agarra quem se está a afogar
Definição do presente como catástrofe; definição a partir do tempo messiânico.
O Messias interrompe a história; o Messias não aparece no fim de uma evolução.
As crianças como representantes do paraíso
{*A história dos oprimidos, um descontínuo*}
{*O proletariado como sucessor dos oprimidos; apagamento dessa consciência nos marxistas*}

(Fonte: Arquivo Benjamin, manuscrito 477)

O progresso não entra em qualquer relação com a interrupção da história. Essa interrupção é prejudicada pela doutrina da perfectibilidade infinita.

A destruição como clima do autêntico humanitarismo (Proust sobre a bondade). É elucidativo medir a afecção destrutiva de Baudelaire pela paixão destrutiva politicamente determinada. A partir daí, talvez o seu impulso destrutivo se revele fraco. Por outro lado, faz sentido apresentar o seu comportamento para com Jeanne Duval como autêntico humanitarismo nesse clima de destruição.

Relação entre retrocesso e destruição
Função da utopia política: iluminar o setor do que é digno de destruição

A minha psicologia do caráter destrutivo e a psicologia proletária para a crítica de Blanqui

(Fonte: Arquivo Benjamin, manuscrito 480)

A presentificação anamnésica como a palhinha
{A catástrofe é o progresso, o progresso é a catástrofe}
A catástrofe como o contínuo da história
A presença de espírito como elemento salvador; presença de espírito para apreensão das imagens fugidias; presença de espírito e suspensão
Ligar com isso a definição da presença de espírito. Que significa: o historiador deve deixar-se ir?
Legitimação moral, prestação de contas sobre o interesse pela história
{O sujeito da história: os oprimidos, não a humanidade}
{O contínuo é o dos opressores}
{Fazer saltar o presente a partir do contínuo do tempo histórico: tarefa do historiador}

(Fonte: Arquivo Benjamin, manuscrito 481)

{Interpretação do Angelus Novus [de Paul Klee]: as asas são velas. O vento que sopra do paraíso ficou parado nelas.}
– A sociedade sem classes como amortecedor.
Wittiko e Salambô [sic]* apresentam as suas épocas como sendo fechadas em si mesmas, "em relação direta com Deus". Tal como esses romances rebentam com o contínuo temporal, também a apresentação da história tem de ser capaz de fazê-lo.
Flaubert tinha provavelmente a maior desconfiança em relação a todas as ideias de história que circulavam no século XIX. Enquanto teórico da história, foi certamente, e acima de tudo, um niilista.
{Ao iniciarem uma nova contagem do tempo, as revoluções simbolizam a destruição do contínuo. Cromwell}
{Necessidade de uma teoria da história a partir da qual se possa enquadrar o fascismo}
{A ideia do sacrifício não pode afirmar-se sem a da redenção. Tentativa de levar o operariado ao sacrifício. Mas não se estava em condições de dar ao

---

* *Witiko*: romance histórico do austríaco Adalbert Stifter (1805-1868), publicado em três volumes entre 1865 e 1867. *Salammbô*: romance histórico de Gustave Flaubert, publicado em 1862. (N.T.)

indivíduo a ideia de que era insubstituível. – Os bolchevistas, no seu período heroico, conseguiram confessadamente grandes resultados com o oposto disso: Nem glória para os vencedores nem compaixão para os vencidos.}

(Fonte: Arquivo Benjamin, manuscrito 482)

{Categorias em função das quais deve ser desenvolvido o conceito do tempo histórico}

{O conceito de tempo histórico em oposição à ideia de um contínuo temporal.}

{A lâmpada eterna é uma imagem da autêntica existência histórica. Cita o que já aconteceu – a chama que um dia foi acendida – in perpetuum, dando continuamente novo alimento a esse passado.}

A existência da sociedade sem classes não pode ser pensada no mesmo tempo que a luta por ela. O conceito de presente, no sentido em que o historiador o deve entender, define-se, no entanto, a partir dessas duas ordens temporais. Sem um exame, seja de que natureza for, da sociedade sem classes só se poderá fazer sobre o passado uma manta de retalhos da história. Nessa medida, todo conceito de presente participa do conceito do Juízo Final.

A palavra apócrifa de um evangelho – aquilo com que atinjo cada um é o instrumento com que o sentencio – lança uma estranha luz sobre o Juízo Final. Lembra o apontamento de Kafka: o Juízo Final é a lei marcial. Mas acrescenta-lhe mais alguma coisa: de acordo com aquelas palavras, o Juízo Final não se distinguiria dos outros. Seja como for, essa palavra do evangelho fornece o cânone para um conceito de presente que o historiador toma como seu. Cada momento é o do julgamento de certos outros momentos que o precederam.

{Excertos do ensaio sobre Fuchs [vd., neste volume, p. 123 segs.]}

(Fonte: Arquivo Benjamin, manuscrito 483)

{Integrar a passagem sobre o olhar de vidente de Jochmann nos fundamentos das Passagens}

{O olhar de vidente inflama-se com o passado que se afasta rapidamente. Ou seja, o vidente voltou costas ao futuro: vê a figura desse futuro na luz pardacenta do passado que se desvanece diante dos seus olhos na noite funda do passado. Essa relação do vidente com o futuro faz obrigatoriamente parte da atitude definida por Marx para o historiador condicionado pela situação social atual.}

Serão a crítica e a profecia as categorias que se encontram na "salvação" do passado?

Como conciliar a crítica do passado (por ex. Jochmann) com a sua salvação?

Fixar a eternidade dos acontecimentos históricos significa, no fundo, agarrar-se à eternidade da sua efemeridade.

(Fonte: Arquivo Benjamin, manuscrito 485)

Há três momentos que têm de ser integrados nos fundamentos da concepção materialista da história: a descontinuidade do tempo histórico; a força destrutiva da classe operária; a tradição dos oprimidos.

{A tradição dos oprimidos transforma a classe operária em classe redentora. O erro fatal na concepção social-democrata da história foi o de considerar que a classe operária deveria aparecer como redentora das gerações futuras. Mas o que é decisivo é que a sua força redentora se afirme perante as gerações que a precederam (e também a sua função de vingadora se liga às gerações passadas).}

(Fonte: Arquivo Benjamin, manuscrito 486)

"A homenagem celebratória" é uma forma de empatia com a catástrofe

A história tem como tarefa não apenas apropriar-se da tradição dos oprimidos, mas também fundá-la

Libertar as forças destrutivas contidas na ideia da redenção

{O espanto por, no século XX, "uma coisa assim" ser possível – tal espanto de modo nenhum é o filosófico. Não dá entrada em nenhum conhecimento, a não ser talvez o de o conceito de história de onde isso nasce não merecer confiança.}

[Acrescentado posteriormente:] *não ser sustentável*

{Temos de chegar a um conceito de história no qual o estado de exceção em que vivemos seja a regra. Nessa altura tomaremos consciência de que a nossa tarefa histórica é a de convocar o estado de emergência; com isso melhorará muito a nossa posição na luta contra o fascismo. A superioridade que ele tem em relação à esquerda encontra uma das suas mais decisivas expressões no fato de aquela se lhe opôr em nome da norma histórica, de uma espécie de condição histórica comum.}

(Fonte: Arquivo Benjamin, manuscrito 488)

Quinta-essência do conhecimento histórico: o olhar primordial sobre os começos.

(Fonte: Arquivo Benjamin, manuscrito 1063)

Fragmento teológico-político
(p. 21-24)

Este fragmento, um dos mais enigmáticos e densos textos de Benjamin, e também um dos mais controversos quanto à sua datação, é, no entanto, extremamente importante e revelador do seu pensamento, em particular na sua relação com as teses "Sobre o conceito da História" e com alguns dos fragmentos do espólio sobre filosofia da História e política. Daí a sua inserção entre esses dois conjuntos de fragmentos neste volume.

Não dispomos de testemunhos diretos de Benjamin sobre a data de redação deste fragmento. Adorno estava convencido de que se tratava de "um fragmento da última fase em que tudo convergia". As primeiras dúvidas foram levantadas por um dos responsáveis da edição alemã, o discípulo de Adorno Rolf Tiedemann, que situava o texto por volta de 1920. Os argumentos de Adorno fundavam-se sobretudo no fato de Benjamin lhe ter lido (e à sua mulher, Gretel Adorno) o fragmento, apresentando-o como "a novidade das novidades", quando do último encontro em San Remo, na passagem de ano de 1937/1938. O título, informa ainda Adorno, é de sua responsabilidade. Scholem, pelo contrário, atribui também ao texto uma data muito anterior, concretamente os anos de 1920-1921, "um período no qual Benjamin tinha uma relação muito estreita com o mundo do judaísmo". "Típico desse período é também o pequeno texto que Adorno edita* com o título 'Fragmento teológico-político', que não provém de Benjamin, situando-o erroneamente no ano de 1938. Tudo naquelas duas páginas corresponde exatamente ao seu pensamento e à sua terminologia específica por volta de 1920-1921" (G. Scholem, *Walter Benjamin. Die Geschichte einer Freundschaft* [W. B. A História de uma Amizade], Frankfurt, 1975, p. 117). Para além disso, confirma-se que Benjamin se ocupou, no outono de 1919, intensamente do livro de Ernst Bloch *Geist der Utopie* [Espírito da Utopia], cuja primeira edição é de 1918, e que o fragmento de Benjamin refere como tendo "o grande mérito de ter negado firmemente

---

* Na primeira recolha de textos de Benjamin, *Schriften* [Obras]. Frankfurt/M., 1955, vol. I, p. 511 e segs. (N.T.)

o significado político da teocracia". Benjamin conhecera Bloch pessoalmente em Berna em 1918, e escreve a Scholem em 15 de setembro de 1919: *Há uma semana que leio intensamente o livro de Bloch, e talvez dê destaque público ao que nele há para elogiar – por dedicação ao homem, não ao livro. Infelizmente nem tudo é aceitável, por vezes sinto-me impaciente. Ele próprio com certeza já ultrapassou este livro* (Br., 217; GB II, 44-45). Não será, por isso, muito plausível, apenas devido a essa proximidade em relação ao livro de Bloch, identificar o Fragmento com aquela *fantasia sobre uma passagem de 'Espírito da Utopia'*, de que Benjamin fala a Scholem em finais de 1920 (Br., 249; GB II, 118). Sobretudo porque o manuscrito do Fragmento não traz título (portanto também não o de uma "fantasia...") nem parte de uma passagem específica do livro de Bloch. A ter sido escrita, essa "fantasia" perdeu-se, tal como a anunciada recensão ao livro.

No espólio de Benjamin existiam várias versões do "Fragmento teológico-político" (mas nenhuma com qualquer indicação ou indício que permitisse datá-la), concretamente: 1. um manuscrito sem título, a tinta e com emendas feitas na mesma altura; 2. um datiloscrito com o título "Fragmento teológico-político" e duas emendas a tinta (não é de excluir a possibilidade de as emendas terem sido introduzidas por Benjamin); 3. uma cópia desse datiloscrito com as mesmas emendas a tinta; 4. quatro cópias de um datiloscrito desconhecido, provavelmente cópias tardias (pouco rigorosas e sem correções) do primeiro datiloscrito. O manuscrito constituiu a fonte mais segura, mas deixou os editores na incerteza quanto ao título, já que não se sabe se foi ou não autorizado por Benjamin; e o datiloscrito acrescenta a incerteza quanto às correções. E este aspecto poderia ter sido decisivo para a controversa questão da datação (que não se limita a ser uma questão de datas, podendo antes testemunhar da coerência, ou da recorrência, do pensamento de Benjamin, desde os primeiros escritos e fragmentos sobre a linguagem e a filosofia da História até as "teses" da última fase). De fato, se se pudesse comprovar que as emendas do datiloscrito não são de Benjamin, provar-se-ia também que o título de Adorno não foi autorizado por Benjamin. Os responsáveis da edição alemã admitem que Benjamin possa ter lido o texto a Theodor e Gretel Adorno no encontro de San Remo a partir do manuscrito, que Adorno tenha sugerido nessa altura o título e que Benjamin – aceitando-o – tenha ditado o texto a Gretel Adorno, ou que esta tenha feito a cópia datilografada a partir do manuscrito. É possível que Benjamin tenha lido o texto a Adorno precisamente pelo seu caráter paradigmático e essencial, sem que ele representasse "a novidade das novidades". Benjamin retomava com frequência textos e fragmentos escritos, mantendo por vezes literalmente passagens de trabalhos antigos nos mais recentes. Nesse caso, é perfeitamente plausível que, no âmbito do trabalho sobre as Passagens e das teses "Sobre o conceito da História", que serviriam de "armadura teórica" a todo o "projeto Baudelaire", Benjamin tivesse voltado ao Fragmento para confirmar as teses sobre o messianismo, validando-as à luz das suas reflexões de 1938 e dando-lhes agora a forma de um datiloscrito com título.

As características externas e materiais do manuscrito não permitem uma atribuição segura de data, e a caligrafia de Benjamin, bastante estável e homogênea desde 1919, não fornece indícios certos. O papel é uma folha arrancada de um bloco, de um tipo que Benjamin usa com frequência entre 1916 e meados dos anos vinte, e só muito raramente depois. As variantes – pouco significativas – do datiloscrito por confronto com o manuscrito poderão, no entanto, ser ainda um sinal a favor da data mais antiga, nomeadamente pela pontuação e pelo uso de certas contrações. Por essas razões, e outras de natureza substancial, a edição alemã situa o Fragmento pouco depois (ou antes) do ensaio "Sobre a crítica do poder como violência", datado de 1920-1921.

Fragmentos (filosofia da História e política)
(p. 25-38)

Os números históricos...

Data: verão de 1916
Fonte: primeiro bloco de notas, Manuscr. 695, fl. 21.

"Falamos [sobre filosofia da História] uma tarde inteira, na sequência de uma observação difícil por parte de Benjamin, que dizia que a série dos anos se pode contar, mas não ordenar numericamente. Isso levou-nos para o significado de decurso, número, série e orientação. Teria o tempo, que é sem dúvida um decurso, também uma orientação? [...] Seriam os anos, tal como os números, intercambiáveis, tal como são numeráveis?" (Scholem, *História...*, p. 45). O apontamento, que registra que os números históricos são nomes e, portanto, não intercambiáveis, deve ter sido escrito na época dessa conversa – no verão de 1916. Se pensarmos na indicação que se segue ao título de *Origem do Drama Trágico Alemão* ("Esboçado em 1916": cf., na edição da Autêntica, p. 11), este fragmento poderá ser lido como uma das células originárias do livro.

Sobre o problema da fisionomia e do vaticínio

Data: entre março de 1918 e junho de 1919
Fonte: primeiro bloco de notas, manuscr. 706, fl. 32

O fragmento lê-se como versão preliminar de uma passagem de "Destino e caráter "(de "A cartomante" até "o passado e o futuro": vd. p. 54 neste volume), o ensaio que Benjamin escreveu entre 1918 e 1919. Seguem-se-lhe os seguintes tópicos, relacionados com o penúltimo parágrafo do ensaio:

Caráter e comicidade
Comicidade e inocência
Comédia de caráter (Molière)

A ética

Data: verão e outono de 1918
Fonte: primeiro bloco de notas, manuscr. 693 seg., fls. 19 e 20

A organização proposta da ética pode se ler como anexo a um escrito programático de 1917/1918, onde se lê: *restam ainda duas questões. Primeiro, a da relação entre os momentos crítico e dogmático na ética e na estética, [...]; segundo, a da relação entre filosofia e religião.* Essas duas questões não foram abandonadas por Benjamin, pelo menos no que se refere à *Ética* como parte do sistema *da filosofia por vir*, como demonstra também a última seção deste fragmento (*"Moral": título da segunda parte do sistema*).

Reproduz-se a seguir um outro esquema (rasurado por Benjamin) que esboça a diferença entre *moral* e *ética*:

{*Diferenças de grau*	*Moral*	*Ética*
Diferenças de nível	*vontade moral*	*personalidade moral*
Dedução lógica		*Considerações histór.*
		universais
	boa vontade	*grande vontade*
		conceitos de <u>vontade</u>
		totalmente diferentes
<u>*Moralidade*</u>		
A liberdade / o suprassensível		
Ética	*moral*	*Sistema dos valores éticos*
	Direito	*não apenas (em absoluto??)*
		diferenças de grau, mas
		de nível
<u>*Ordem*</u> *de valores: não tem*		*Conteúdo conflitual atual*
nada a ver com o sistema		*e potencial*}

(Fonte: Arquivo Benjamin, manuscrito 528)

Tipos de História

Data: verão e outono de 1918
Fonte: primeiro bloco de notas, manuscr. 687, fl. 13

Escrito no mesmo período do fragmento anterior, provavelmente antes dele.

Tipos metódicos de História

Data: verão e outono de 1918
Fonte: primeiro bloco de notas, manuscr. 692, fl. 18

O fragmento reflete alguns dos interesses de Benjamin na fase de elaboração da dissertação sobre *O Conceito de Crítica de Arte no Romantismo Alemão*, na Suíça, que é também a dos começos da relação com Gerhard Scholem. Numa carta a Scholem, de 14 de fevereiro de 1921, retomam-se algumas das questões abordadas no fragmento: *Tenho refletido (como também nos anos da Suíça) sobre a Filologia. Sempre me pareceu evidente a sedução que ela exerce. Parece-me – mas não sei se entendo isto no mesmo sentido que você – que a Filologia promete a toda investigação histórica, mas elevados a uma potência máxima, os prazeres que os neoplatônicos buscavam na ascese da contemplação. Perfeição em vez de acabamento, garantia de apagamento da moralidade (sem lhe extinguir o fogo). Através dela temos acesso a uma face da história, ou melhor, a uma camada da matéria histórica para a qual o ser humano talvez possa adquirir conceitos regulativos, metódicos, e também constitutivos, lógico-elementares; mas a relação entre eles permanece obscura. Defino a Filologia não como ciência ou história da língua, mas sim, indo ao seu estrato mais profundo, como história da terminologia, não ignorando que nesse caso estamos perante um conceito de tempo altamente enigmático e um fenômeno igualmente enigmático. E julgo perceber também, sem o poder formular mais pormenorizadamente, o que sugere: se bem entendo, que a Filologia se aproxima da história pelo lado da crônica. A crônica é a história feita segundo o princípio da interpolação. […] Não sei se terá alguma coisa a dizer desses oráculos sobre a Filologia. Mas pode estar certo de que estou perfeitamente ciente de que é preciso encontrar outro acesso a essas matérias que não seja o "romântico" (volto à sua carta, e lá está: crônica – interpolação – comentário – filologia. É uma relação possível)* (Br., 257; GB II, 136-137).

A bandeira

Data: verão e outono de 1918
Fonte: primeiro bloco de notas, manuscr. 698, fl. 23

Sobre a filosofia da História do Romantismo tardio e do historicismo

Data: Fevereiro (?) de 1921
Fonte: Manuscrito 933; folha com cerca de 11 x 8 cm, arrancada de um bloco de notas, com paginação posterior a lápis ("8").

Neste apontamento é visível a influência da introdução, por Scholem, do conceito de *crônica* nas reflexões de Benjamin sobre História e Filologia (vd., *supra*, carta de 14 de fevereiro de 1921).

A História...

Data: depois de 1939
Fonte: Manuscrito 1078. Folha de caderno de argolas improvisado, com 13,5 x 10,5 cm.

O apontamento foi escrito no verso da penúltima folha de um maço com notas e materiais para o *Baudelaire* e as teses "Sobre a filosofia da História". Como se pode deduzir das indicações bibliográficas nessa folha, esse apontamento (rasurado) só pode ter sido escrito depois em 1939 ou mais tarde.

Mundo e tempo

Data: talvez entre o outono de 1919 e dezembro de 1920
Fonte: Manuscrito 811. Folha com 21 x 15 cm, verso de um formulário para declarações aduaneiras.

Em setembro de 1919 Benjamin escreve a Ernst Schoen*: *Tenho refletido muito sozinho, e cheguei a pensamentos tão claros que espero em breve poder passá-los a papel. São ideias relacionadas com a política. Em muitos aspectos, e não apenas nesse, ajuda-me o livro de um conhecido, o único homem de interesse que encontrei na Suíça até agora. Mais do que o livro, tem sido importante o convívio com ele, uma vez que nas nossas conversas a sua opinião contrária à minha rejeição de todas as tendências políticas tem sido tão insistente que me obrigou a aprofundar essa matéria, o que, espero, terá valido a pena. Das minhas ideias não posso ainda dar conta. O livro que referi é* Espírito da Utopia, *de Ernst Bloch. Tem defeitos imensos, mas ainda assim devo a esse livro coisas essenciais; e dez vezes melhor que o livro é o autor. Por agora, talvez baste dizer que se trata do único livro que me permite confrontar-me com um pensamento ao mesmo tempo verdadeiramente atual e deste tempo. Por uma razão: porque o autor assume sozinho e filosoficamente a sua causa, enquanto quase tudo o que hoje lemos de obras contemporâneas é literatura de empréstimo, híbrida, que nunca arrisca assumir a responsabilidade dos seus pontos de vista, limitando-se, quando muito, a remeter para a origem do mal*

---

* Ernst Schoen (1894-1960): amigo de infância de Benjamin, compositor, escritor e tradutor. Trabalhou numa estação de rádio em Frankfurt entre 1924 e 1933, teve de emigrar para a Inglaterra em maio deste ano, regressando a Berlim em 1952. (N.T.)

que elas próprias representam (Br., 218-219; GB II, 46-47). Benjamin conhecera Bloch em março ou abril de 1919, por intermédio do dadaísta Hugo Ball. Nas conversas com os dois, Benjamin viu-se confrontado com conceitos e práticas políticas que rejeitava. Scholem relata uma conversa, em fins de maio, princípio de junho de 1919, "na qual se discutiu política e o socialismo, em relação ao qual nós tínhamos muitas reservas, tal como sobre a situação da humanidade no caso da sua concretização. Continuávamos os dois a acreditar que o anarquismo teocrático era a resposta mais acertada em face da política" (*História de uma Amizade*, p. 108). O fragmento, que revela pontos de contato com o ensaio "Sobre a crítica do poder como violência" e o "Fragmento teológico-político", pode ter sido uma versão preparatória do ensaio (perdido) sobre "O verdadeiro político".

O capitalismo como religião

Data: até meados de 1921
Fonte: primeiro bloco de notas, manuscrs. 700-702, fls. 26-28. Primeira parte sem título, nas fls. 26 e 27, continuação, com o título, no verso da fl. 28 (na frente da fl. 28: *Dinheiro e condições atmosféricas*).

O texto, que contém uma das poucas referências de Benjamin a Nietzsche e Freud, é datável a partir das referências bibliográfica nele contidas.

Anúncio da revista *Angelus Novus*
(p. 39-46)

A gênese desse importante texto programático não pode separar-se da história do primeiro projeto de Benjamin para fazer uma revista. Dispomos de numerosos testemunhos que permitem reconstituir a história dessa publicação, que nunca chegaria a ver a luz do dia.

Em princípios de agosto de 1921, Benjamin escrevia a Scholem: *Posso visitar-te mais ou menos de dez a catorze de agosto em Munique? Vais estar lá com certeza nesses dias? [...] E poderias libertar esses dias para conversarmos? É que vamos precisar de muito tempo. Para quê – [...] é o que vais saber, para teu grande espanto. Vou lançar uma revista, que eu próprio dirigirei e que poderá começar a sair a partir de 1º de janeiro do próximo ano na editora de [Richard] Weißbach. Mas não se trata da revista* Die Argonauten *[...] Sem que eu sugerisse nada nesse sentido, Weißbach ofereceu-me a possibilidade de fazer uma revista minha, depois de eu ter rejeitado a redação de* Die Argonauten. *Essa revista será feita, absolutamente e sem cedências, no espírito da que imaginei durante muitos anos (precisamente desde que, em julho de 1914, concebi seriamente com Fritz Heinle* o plano para uma revista). Terá um círculo muito limitado e fechado de colaboradores, e por isso preciso discutir tudo de viva voz contigo. Revelo-te apenas o título:* Angelus Novus**. *Quero falar contigo sobre a tua colaboração, e tenho de o fazer, porque ela constitui uma das condições para o sucesso dessa revista (tal como eu a vejo).*

Os boatos que circulam sobre Weißbach não têm fundamento. Durante esse tempo tive oportunidade de observar que o impulso que o anima é determinado, apesar de lhe faltar ainda alguma clareza de intenções, e que esse impulso o leva a apostar em mim no que se refere ao destino próximo da editora [...] Tudo o que consegui aconteceu sem o mínimo esforço e sem grande insistência da minha parte, embora eu sempre me tenha mostrado muito empenhado e

---

* Fritz Heinle (1894-1914): o poeta Christoph Friedrich Heinle, que Benjamin conhece na Universidade de Freiburg em 1913, e com quem trabalha na Associação Livre de Estudantes. Heinle suicidou-se com a namorada quando foi declarada a Primeira Guerra Mundial, e Benjamin dedicou-lhe o ciclo de 73 sonetos que escreveu depois do suicídio do amigo (trad. portuguesa de Vasco Graça Moura: *Os Sonetos de Walter Benjamin*. Porto, Campo das Letras, 1999). (N.T.)

** O nome é o do desenho aquarelado de Paul Klee que Benjamin adquire no verão de 1921 em Munique, e com o qual tinha uma relação muito íntima. (N.T.)

concentrado no projeto. Por muito determinado que eu tenha sido com essa ideia, o fato é que a iniciativa da revista partiu dele. E agora sabe exatamente o que eu quero, e acima de tudo o que eu não quero.

Quando regressar, no princípio de setembro, pretendo encontrar-me logo com [Florens Christian] Rang, depois disso, e logo que possível, com Ferdinand Cohrs, para no princípio de outubro poder ir a Berlim levando comigo material suficiente para cobrir mais ou menos um ano (4 números de 120 páginas cada) (Br., 270-272; GB II, 178-179).

O plano para esse projeto de revista deve ter nascido no fim de junho de 1921, como se pode deduzir da informação dada a Scholem em carta de 25 de julho: *Tive entretanto um primeiro encontro com Weißbach, e volto lá amanhã* (Br., 268; GB II, 173). E em 30 de junho de 1922 Benjamin pede ao editor *o pagamento dos meus primeiros honorários anuais de 3.200 Marcos* (carta a Richard Weißbach: GB II, 263). Quanto a Scholem, este escreve nas suas memórias que "as expectativas de Benjamin em relação à minha colaboração deixaram-me numa situação nada confortável. Não lhe podia esconder que não me sentia inclinado a colaborar numa revista alemã, ainda por cima com uma visibilidade que me parecia grande, quando os meus desígnios, como ele bem sabia, se orientavam para matérias e objetivos muito diferentes. Daí resultaram algumas dificuldades e desilusões [...] Respondi aos seus pedidos insistentes com a minha disponibilidade para o ajudar, mas também com algumas reservas. A sua carta de 8 de agosto deixa clara esta situação...". Nessa carta pode ler-se: *No domingo de manhã [...], meia hora antes de eu ir assinar o contrato com Weißbach, chegou a tua carta. Apesar das reservas que colocas, isso de modo nenhum afetou a minha confiança sem reservas na tua colaboração, sem a qual eu dificilmente me teria metido nisso [...] Para tua informação mais pormenorizada, junto a esta o meu esboço de contrato, que corresponde em todos os pontos ao que assinei. O projeto, que é de minha inteira responsabilidade, pretende fundar uma revista que não leva minimamente em consideração o público endinheirado, pretendendo, pelo contrário, servir de forma convicta um público intelectual. Por essa razão, o número de assinantes com que o orçamento tem de contar foi calculado num mínimo possível, já que seria absolutamente ilusório pretender suportar uma revista como a que tenho em mente com um grande número (pelo menos mil) de assinantes com capacidade financeira média (cerca de 50 Marcos por ano). O público que pode assinar revistas nem de graça aceitaria essa, e muitos, talvez* a maior parte, daqueles a quem ela se dirige, não a podem assinar, mesmo que a assinatura custe menos de 30 Marcos. Por isso, a única possibilidade é a de considerar a "assinatura" como uma questão mecenática, para que a revista não tenha de dançar ao toque da música do público. Se cem exemplares não chegarem para o público genuíno de não pagantes, pode aumentar-se o número de exemplares gratuitos. Não haverá dificuldades com isso, porque esses exemplares gratuitos serão carimbados como "oferta do editor". Para já, não haverá referência na revista à ligação do título com o quadro de Klee.

Espero, com isso, ter dissipado algumas das tuas preocupações. Agora vêm as minhas. O meu limite máximo de páginas por ano é de cerca de 480, mas poderão ser menos. Acontece que não conto ter disponível esse volume de textos de prosa essencial. Mas Fräulein Burchardt [a namorada de Scholem] informou-me de que [Samuel Joseph] Agnon gostaria de ver as suas traduções para o alemão publicadas na "Angelus", primeiro porque assim elas se tornariam conhecidas sem custos, e depois porque até lhe agradaria ver essas versões editadas por uma revista não propriamente judaica. A ser assim, gostaria muito de incluir "A nova sinagoga" [o título correto é "A velha sinagoga", uma narrativa de Scholem]. E espero que faças o possível para que isso aconteça. Para além disso, precisava que me facultasses o acesso à tua carta dirigida aos editores do Livro do Judaísmo. Não ma podes mandar? E, se bem me lembro, acho que também devíamos publicar aquela carta que há anos escreveste a Siegfried Lehmann*.

Escrevi hoje a [Ernst] Lewy, e informei-o de que, atendendo aos teus planos de nos visitares, gostaria de estar presente no vosso encontro. Também lhe falei da "Angelus", pedindo toda a sua disponibilidade (GB II, 182-184). O encontro de Scholem e Benjamin com o linguista Lewy teve lugar entre 8 e 10 de setembro de 1921. Benjamin "apresentou as suas ideias sobre o que iria ser a *Angelus*, segundo as linhas expostas no 'Anúncio' da revista. No âmbito poético ficou claro que era sua intenção dar lugar central à produção de Fritz Heinle e do seu irmão Wolf. No campo da prosa interessava-lhe apresentar autores pouco ou nada conhecidos, com uma relação com a linguagem próxima daquela que ele próprio defendia. Era isso o que, independentemente da temática particular dos

---

* Uma das cartas de G. Scholem nas quais entrava em polêmica com S. Lehmann a propósito da conferência que este proferiu em 7 de setembro de 1916 sobre "O problema da educação religiosa dos judeus". (N.T.)

contributos próprios, unia, segundo ele, pessoas como Agnon, Florens Christian Rang, Ernst Lewy e eu próprio. Lewy mostrou-se muito sensibilizado com as ideias de Benjamin sobre a linguagem, apesar de estas irem muito além das suas próprias, e sugeriu que poderia escrever para a revista uma análise dos discursos de Guilherme II do ponto de vista da crítica da linguagem" (Scholem, *História de uma Amizade*). Em carta de 4 de outubro de 1921 Benjamin dá conta a Scholem dos seus esforços no sentido de conseguir outros colaboradores; fala de *Erich Unger* e de uma *visita de Wolf Heinle [...] Tem uma grande distância em relação aos seus escritos e aos do irmão [...], e só espero poder chegar a algum acordo com ele. Discutimos e acertamos o que vamos publicar na revista, de textos seus e do irmão, e o meu papel de editor do espólio de Fritz Heinle. A sua última carta [...] explica-se em parte pela sua resistência ao título, cuja origem não conhecia, mas que agora lhe agrada muito [...] O primeiro número começa lentamente a tomar forma. Nos próximos dias quero redigir o prospecto informativo* [o que só aconteceu em dezembro, vd. *infra*]. *Para isso, preciso saber qual dos temas que discutimos pensas tratar em primeiro lugar. Lembro-te que eram: as lamentações, o Livro de Jonas e a ciência do judaísmo [...]. Ernst Bloch [...] escreveu uma carta que de modo nenhum se pode dizer que contenha uma recusa de participação* (Br., 274-75; GB II, 196-97). Autores como Florens Christian Rang opuseram ao intransigente diretor consideráveis escrúpulos: *Apesar do teu desejo e do meu propósito, não tenho alternativa senão mandar-te o ensaio de Rang sobre "Selige Sehnsucht"* ["Felicidade da bem-aventurança", um poema tardio de Goethe]. *A decisão sobre a sua inserção na revista é tão difícil, e agora, no começo, tão importante que não irás acusar-me, nem a Dora* [a mulher de Benjamin, que parece ter tido funções de redatora], *de termos a intenção censurável de querer adiá-la, quando te explicarmos brevemente qual é a nossa opinião sobre ele* (Br., 275-76; GB II, 200). A opinião de Benjamin sobre o texto de Rang foi negativa, tal como a de Scholem, o que não obstou a que nos anos seguintes se desenvolvesse uma estreita colaboração entre ambos, particularmente na fase de redação de *Origem do Drama Trágico Alemão*. Em princípio de novembro de 1921 fazia Benjamin, em nova carta a G. Scholem, o balanço intermédio da situação quanto à revista: *O editor exulta na sua alegria de pai, enquanto eu nem posso dizer que me sinto mãe da criança. Ele prevê o nascimento do filho mais novo* [i.e. da revista *Angelus Novus*] *para janeiro de 1922, enquanto eu, por falta de alimento substancial, tento adiar o* nascimento. *Falta-me sobretudo a prosa forte. Até agora consegui reunir, para o primeiro número: Textos do espólio de Fritz Heinle; poemas e outros textos de Wolf Heinle; Psicologia histórica do carnaval, de Rang; A velha sinagoga, de Agnon; A tarefa do tradutor, ensaio meu. De todos os trabalhos que faltam, os mais importantes são sem dúvida o teu e, para mais tarde, a segunda narrativa de Agnon* [ainda em 1934 Benjamin afirmava, em carta a Gretel Adorno, de 9 de março, que as suas preferidas entre as histórias de Scholem eram "A velha sinagoga" e "O guardião dos livros": Br. 601; GB IV, 368]. *Como, pensando bem, não me é possível redigir o anúncio da revista antes de ter diante de mim o primeiro número com tudo o que é essencial, isso significa que tenho necessariamente de esperar pelo que vier da tua parte. De facto, quando anunciar a revista só tenho de pormenorizar o que for estritamente necessário, mas não posso deixar de me referir de forma explícita ou implícita aos contributos que tiver em mãos* [Br. 280-81; GB II, 207-08). No fim de novembro ainda não tinha chegado toda a colaboração, e as preocupações continuavam, particularmente com a insistência de Rang em publicar não um, mas dois longos ensaios no primeiro número ("A psicologia do carnaval" e um ensaio sobre Shakespeare).

Em 3 de dezembro de 1921 Benjamin enviava o seguinte relatório ao editor R. Weißbach: *Ainda não lhe enviei o anúncio da* Angelus *porque decidi que só o redigirei quando tiver em mãos o primeiro número completo, o que deve acontecer dentro de muito pouco tempo. Esse número incluirá, em princípio: Odes e poemas de C. F. Heinle; Poemas dramáticos de Wolf Heinle; A Velha Sinagoga, e Subida e Descida, de J. S. Agnon; Psicologia histórica do carnaval, de F. C. Rang; Sobre as Lamentações, de Gerhard Scholem; A tarefa do tradutor, de minha autoria (inclúo este último ensaio, que é o prefácio ao Baudelaire, em primeira publicação, porque estou certo de que o primeiro número sairá antes do Baudelaire). Para além de colaboração anunciada, como um longo ensaio sobre os sonetos de Shakespeare, um trabalho sobre "A oração", "Usura e Direito", "Direito e violência", de vários autores, tenho já algumas coisas que não poderão entrar no primeiro número: uma novela com o título "A morte dos amantes" e um extenso texto meu, uma crítica d'*As afinidades eletivas *de* Goethe, *não apenas significativa, como também, espero, surpreendente, para não falar de mais trabalhos dos irmãos Heinle. Trata-se de contributos provenientes do círculo de autores conhecidos meus. Houve igualmente que recusar alguns originais, o que nunca é desejável. [...] O quadro que deu nome à revista está, entretanto, numa parede da minha sala, e espero que em breve o possa ver aí.*

(GB II, 218-19). Segue-se uma série de indicações precisas sobre a composição e o grafismo da capa. Em 18 de dezembro de 1921 Weißbach recebia a notícia de que *o original do primeiro número da* Angelus Novus *está pronto* (GB II, 229). Quatro semanas depois estava escrito o texto que anunciava a revista, e na carta seguinte ao editor, de 21 de janeiro de 1922, lê-se: *Envio-lhe hoje tudo o que até agora reuni para a* Angelus*: o original do primeiro número e o meu "Anúncio" da revista. Espero, assim, corresponder às expectativas que devo à confiança que depositou em mim. [...] Os meus contributos vão assinados com criptograma: I. B. Niemann ou Jan Beim. [...] Quanto ao preenchimento do primeiro número, penso que o original que lhe mando caberá bem nas 120 páginas previstas, mesmo dando a cada poema uma página própria, para o que conto com a sua concordância. É o mais adequado à concepção tipográfica da revista. Em contrapartida, o tipo a utilizar para os textos de prosa não deverá ser muito grande. Aguardo as suas sugestões, em forma de provas tipográficas. Gostaria ainda de colocar de novo à sua consideração o problema da composição em caracteres góticos. Não acha que seria possível utilizar de vez em quando caracteres góticos na composição de textos de prosa? Conhece o meu fraco por esse tipo de letra, e, a propósito, confesso-lhe que um dos meus sonhos era ver alguns dos meus textos de prosa impressos no tipo Unger.* O nome dos autores, seguindo o exemplo da sua revista* Die Argonauten, *deve vir antes do título. Outra questão: no índice da primeira contracapa, não se poderia inserir o nome dos autores numa coluna à direita dos títulos? Prevejo uma possível alteração no original deste número, no caso de haver espaço para isto: a substituição eventual da minha recensão de* La porte étroite [narrativa de André Gide: vd. GS II/2, 615-617] *pelo comentário à pintura de August Macke* [texto perdido]*, já que não há mais nenhum texto sobre artes plásticas neste primeiro número. [...] PS – Qual a tiragem que está a pensar fazer para o "Anúncio"? Penso que deveria acompanhar todos os exemplares do primeiro número e ser expedido antes, e impresso em corpo grande e representativo* (GB II, 232-234). O texto foi composto no desejado tipo gótico, embora não "em corpo grande e representativo", e apenas em finais de 1922.

Os atrasos serão uma constante na história conturbada desse projeto. Ainda pouco antes do envio do primeiro original ao editor Weißbach,

---

* O tipo de letra designado de "Unger-Fraktur", desenvolvido pelo impressor berlinense Johann Friedrich Gottlieb Unger (1753-1804) e fabricado na fundição de caracteres tipográficos em chumbo Ungersche Schriftgiesserei, em Berlim. (N.T.)

lembra Scholem em *História de uma Amizade*, "ele [Benjamin] e Dora queixavam-se por eu ainda não ter enviado a minha colaboração, apesar de o primeiro número ter de ser impresso na primavera, coisa que não chegou a acontecer, dada a aceleração da inflação. Nessa altura Walter escrevia-me que o primeiro número teria trinta páginas em branco com o título 'Gerhard Scholem: as promessas vãs'!". As primeiras provas chegaram a Benjamin em fevereiro desse ano, mas dois meses depois ainda não havia perspectivas de saída desse número, e as cartas de Benjamin revelam uma preocupação crescente em relação a esse projeto, que considerava *prioritário*: *Peço-lhe que não veja na minha insistência quanto à situação do fornecimento de papel e da urgência na impressão do "Anúncio" da revista a expressão de impaciência da minha parte, mas sim das circunstâncias extremamente prementes em que se encontra o projeto. Preciso dar rapidamente aos colaboradores um sinal concreto de confiança [...] É absolutamente urgente a publicação do "Anúncio" – peço-lhe que compreenda este grito de alarme final* (carta a R. Weißbach, de 3 de maio de 1922: GB II, 252). E noutra carta com a mesma data: *Pergunto-me que possibilidades existem ainda de manter os prazos para a* Angelus! *Uma pergunta que cada vez mais se identifica com a de saber se ela verá a luz do dia [...]; os nossos prazos estão constantemente a derrapar. E se eu perder a confiança dos poucos colaboradores que tenho – o que significaria para mim abandonar definitivamente, ou quase, o projeto em que empenhei todas as minhas forças, tal como tenciono fazer com todos os nossos trabalhos comuns –, então nem sei o que lhe diga...* (GB II, 254-255). Por essa altura, quase todos os pedidos de Benjamin ao editor pareciam estar a ser correspondidos, o que não o impede de continuar a insistir na urgência da publicação da revista. Só no outono a correspondência voltará a mencionar o *Angelus*, dessa vez para anunciar a sua retirada do título da revista para a sua antiga existência no quadro de Klee. No Ano Novo judaico Benjamin escreve a Scholem e à namorada deste: *O ano velho não se despediu sem confirmar velhos receios. Como se quisesse mostrar uma vez mais como é um bom judeu, o Angelus anunciou com a despedida do dia de ontem também a sua. Voltou à sua casa no céu com as cores de Klee, e o lugar de honra de redator da revista está vazio no meu coração. Seguiu as instruções do cangalheiro: "Tive de mandar suspender a composição da* Angelus, *porque – seguindo uma prática que desde há algum tempo se tornou corrente no meio editorial – me pedem um adiantamento demasiado alto. O livro de Unger, que promete dar um lucro razoável, só sai daqui a um mês, e nessa altura já espero poder dispor da soma necessária..."* [...] *Vocês são os primeiros a receber a notícia* [...], *e eu próprio sinto-me, com essa mudança, regressar à velha alegria das decisões. De futuro, e caso isso ainda se justifique, só me ocuparei da revista se isso não colidir com outros projetos...* (Br., 289-290; GB II, 269). Um dia mais tarde, em 2 de outubro, escrevia a Rang: *Sinto vontade de arrumar com velhos projetos e lançar-me com forças renovadas a outros. Quanto à revista, que, como sabes, se me apresentava como um dever dos mais genuínos* [...], *acho que chegou o momento em que essa constelação me diz que é tempo de abandonar o plano inicial, com o seu caráter rigoroso (pelo menos para mim) e preparar as coisas de modo a que ela, se chegar a sair, me traga alguma vantagem, em todos os sentidos. Sabes como sempre estive convencido – com ou sem razão – de que esse projeto iria provavelmente constituir um sério obstáculo para os meus planos futuros.* [...] *De momento, o que me interessa é decidir-me claramente sobre as minhas perspectivas de carreira acadêmica, em vez de continuar por este caminho.* [...] *O meu Baudelaire será, como espero, o meu primeiro e último livro a sair na editora de Weißbach** [...], *e se a impressão da revista não acontecer em breve, a única coisa que ainda tentarei é recuperar todos os originais* (GB II, 272-273). Respondendo à carta de Rang, Benjamin deixa claro, duas semanas mais tarde, que o seu interesse se centra agora no trabalho *acadêmico* (de onde sairia a tese, recusada em Frankfurt, *Origem do Drama Trágico Alemão*): *Continuo sem ter notícias de Weißbach.* [...] *Espero poder em breve dar-te conta de novas ligações. Mas peço-te que guardes da* Angelus *uma recordação benevolente, ao menos pelo texto do anúncio. Por mim, decidi ver as coisas assim: essa revista não escrita não seria para mim mais real e mais amada se estivesse impressa. Mas hoje, nem que Weißbach pusesse toda uma tipografia à minha disposição, já não a faria. Passou o tempo em que estava disposto a fazer sacrifícios por ela, o que por sua vez me iria exigir o sacrifício da tese. Talvez um dia, no futuro, possa ver o* Angelus *a voar no sentido da Terra. De momento, porém, a única possibilidade que vejo seria a de uma revista privada, um projeto anônimo, e para isso submeter-me-ia de bom grado à tua iniciativa. Não me desagradaria também a colaboração ocasional na revista de Hofmannsthal* (Br., 294; GB II, 279-280). Concretizou-se, de fato, essa colaboração na revista *Neue*

---

* A tradução dos *Tableaux parisiens* de Baudelaire, acompanhada do ensaio "A tarefa do tradutor", que saiu de fato nessa editora em outubro de 1923. (N.T.)

deutsche Beiträge, com o ensaio sobre *As afinidades eletivas*, de Goethe. No princípio de novembro Benjamin escrevia uma vez mais sobre a revista a Rang: *A aventura com o Weißbach continua [...] Agora volta a falar de provas da Angelus, mas eu limito-me a esperar para ver. Primeiro, porque percebi finalmente como as coisas funcionam: quanto mais indolente eu me mostro, mais ele se esforça. Segundo, porque não tenho qualquer influência no processo. Se a Angelus algum dia chegar a ver a luz do dia, isso só poderá acontecer se não colidir com os meus planos acadêmicos. De qualquer modo, continua de pé, mesmo em paralelo com ela, a ideia de uma publicação privada, onde poderíamos meter coisas bem mais perigosas (com redação tua, entende-se)* (GB II, 282-283).

O plano para essa outra revista (que se chamaria *Blatt der Freunde*/Folha dos Amigos) nunca se concretizou. O que ainda aconteceu, ou não aconteceu, quanto à *Angelus Novus* resume-se a manobras dilatórias do editor Weißbach e ao crescente desinteresse de Benjamin, até o abandono definitivo do projeto em fevereiro de 1923. Tinha chegado ao fim um projeto que, como sugerem as últimas frases do "Anúncio" e os paralelos com o ensaio posterior sobre Karl Kraus, sonhara em ter a atualidade histórica que uma outra grande "revista de autor" já alcançara no espaço de língua alemã, *Die Fackel* (O Archote), de Kraus.

Benjamin envolveu-se ainda por duas vezes em novos planos de revistas, também eles fracassados. Em finais de 1924 fala de um *contrato de dois anos com uma nova editora [de Berlim], onde assumirei também o cargo de "leitor" (mas sem obrigações fixas nem honorários). No entanto, a editora me pagará uma pensão adequada ao trabalho e uma viagem anual ao estrangeiro, da qual eu iria informando o público através de um diário de viagem. Não sei ainda o que se pode esperar dessa empresa, mas a impressão que tenho do diretor – dez anos mais novo do que eu – é bastante positiva. Existe também o projeto de uma revista – o meu programa seria de tal modo diametralmente oposto ao da Angelus que por agora mais não faço do que deixar-te essa informação enigmática. Se a coisa se concretizar, tu saberás, e se vires que te interessa estás desde já formalmente convidado a colaborar* (carta a Scholem, de 22 de dezembro de 1924: Br., 367; GB II, 509-510).

Não houve mais notícias desse plano, que deve ter abortado. O outro parecia ter mais perspectivas de vingar. Seis anos mais tarde, durante o primeiro período de relações mais próximas com Brecht, Benjamin escrevia a Scholem: *Há muitos anos acompanhaste tão de perto o meu projeto da* Angelus Novus *que és a única pessoa a quem confio uma informação que não deve chegar a sair da tua boca. Trata-se de uma nova revista, a única que conseguiu vencer a minha convicção de não me meter mais em aventuras dessas – pelo menos nesta fase de projeto. Apresentei o plano à editora Rowohlt, na qualidade de responsável do lado organizativo e técnico, que elaborei em longas conversas com Brecht sobre essa nova revista, que deve ter um caráter mais científico, mais acadêmico do que jornalístico, e vai chamar-se* Krisis und Kritik. *Rowohlt aceitou sem reservas a proposta, mas ainda resta saber como reunir todas as pessoas que terão uma palavra a dizer neste trabalho que exige organização e acima de tudo controle. Para além disso, há a dificuldade imanente de qualquer colaboração com Brecht; mas penso que, se existe alguém capaz de levar essa tarefa a bom termo, esse alguém sou eu. Para temperar um pouco mais estas alusões insípidas, junto um caderno de um livro ainda não publicado de Brecht* [trata-se do n. 2 da série dos *Versuche*, de 1930] (Br., 517-518; GB III, 540-541). Um mês mais tarde, em princípios de novembro de 1930, lê-se em nova carta a Scholem: *Na minha próxima remessa vais receber o programa e o editorial da nova revista* Krisis und Kritik, *dirigida por Herbert Ihering. Sai na editora Rowohlt em 15 de janeiro do próximo ano, é bimestral e trará o meu nome, o de Brecht e de mais dois ou três como coeditores. Vais ficar duplamente satisfeito por me veres ali como único nome judeu* (Br., 519; GB III, 548). Não sabemos se o "programa e o editorial" chegaram ao destinatário. Benjamin retirou-se deste projeto quando tomou conhecimento das primeiras colaborações previstas – ensaios de Bernard von Brentano e dos ideólogos comunistas Alfred Kurella e Plekhanov –, dando conta das suas reservas em carta a Brecht de fins de fevereiro de 1931 (Br. 520-522; GB IV, 14-16).

Destino e caráter
(p. 47-56)

Publicado em: *Die Argonauten*, 1ª série, n. 10-12 (1921), p. 187-196.

O ensaio começou a ser escrito durante uma estada em Lugano, depois de meados de setembro de 1919, e continua-se nos meses seguintes, até novembro, como se depreende de uma carta a Scholem, com data de 23 de novembro de 1919: *[...] Escrevi em Lugano um ensaio, "Destino e caráter", a que dei a forma final aqui* [i.e., em Breitenstein am Semmering, na Áustria]. *Se se oferecer alguma possibilidade, penso em publicá-lo já, mas não numa revista, de preferência num almanaque ou coisa parecida* (Br. 224; GB II, 56-57). Não é possível saber em que publicação Benjamin pensava, e a possibilidade de publicação não surgiu logo, porque ainda esperava que ela acontecesse em 5 de dezembro desse ano: *espero também poder publicar o ensaio, que considero um dos meus melhores* (carta a Ernst Schoen: Br. 227; GB II, 62). Ainda em janeiro de 1920, por ocasião do envio de uma cópia a Scholem, não havia perspectivas de publicação: *Junto o ensaio "Destino e caráter". Peço-lhe expressamente que não o passe nem o leia a mais ninguém, mas se o desejar pode ficar com a cópia, que, aliás, não tem grande qualidade* (Br. 231; GB II, 69). A publicação só aconteceu em 1921, na primeira série da revista *Die Argonauten*, dirigida pelo poeta Ernst Blass na editora de Richard Weißbach. Numa carta a Hugo von Hofmannsthal, de 13 de janeiro de 1924, encontra-se uma importante passagem em que Benjamin esclarece algumas das ideias fundamentais desse ensaio: é possível, segundo Benjamin, apercebermo-nos, na filosofia, da *salutar eficácia de uma ordem dada a qual os seus pontos de vista se orientam para determinadas palavras cuja superfície, cristalizada nos conceitos, se liberta sob o efeito da força magnética do pensar, para revelar as formas de uma vida da linguagem que nelas se encontravam fechadas. Para o escritor [...], essa relação significa a felicidade de poder dispor na linguagem, que assim se desdobra diante dos seus olhos, da pedra de toque que lhe confirma a força do pensamento. Há alguns anos tentei, por exemplo, libertar as palavras "destino" e "caráter" do jugo terminológico, com vistas a poder recuperar para a atualidade a sua vida original no espírito da língua alemã. Mas precisamente essa tentativa mostra-me hoje de forma evidente todas as dificuldades envolvidas nessa aventura, e que nela ficaram por resolver. De fato, quando um ponto de vista filosófico se revela insuficiente para fazer saltar verdadeiramente a carapaça dura do conceito, será tentado — para não voltar a cair na barbárie da linguagem das fórmulas —, mais do que a escavar, a perfurar as profundezas linguísticas e de pensamento subjacente à intenção de tais investigações. Forçar tais pontos de vista — e um certo pedantismo grosseiro que lhe é próprio, mas que é preferível aos ares soberanos com que hoje se chega à sua falsificação — afeta com certeza o ensaio que lhe envio [sobre As afinidades eletivas, de Goethe], e nesse sentido lhe peço que tome como sinal de honestidade o fato de eu reconhecer que alguma obscuridade que possa encontrar é da minha inteira responsabilidade. [...] Se tivesse de regressar aos problemas daquele ensaio anterior, como seria de esperar, certamente não arriscaria o ataque frontal, mas recorreria, como fiz com o conceito de "destino" em* As afinidades eletivas, *ao excurso para tratá-los...* (Br., 329-330; GB II, 409-410).

Sobre a crítica do poder como violência
(p. 57-82)

Publicado em: *Archiv für Sozialwissenschaft und Sozialpolitik*, vol. 47 (1920-21), n. 3, p. 809-832.

Benjamin tinha, nos anos de 1919 e 1920, planos para escrever trabalhos sobre temas políticos que, na medida em que dispomos de informação sobre eles, deveriam problematizar também a questão da violência e do poder, da violência do poder. Desses planos ter-se-ão concretizado pelo menos três – alguns parcialmente –, e dos três, referidos em cartas, conservou-se um: o ensaio "Sobre a crítica do poder como violência". Os outros dois são: *uma nota curta, mas muito atual, sobre "Vida e violência"*, escrita em abril de 1920 em Berlim, e da qual Benjamin diz que *foi arrancada do coração* (Br. 237; GB II, 85); e um ensaio maior, em duas partes, sobre *"Política"*, cuja primeira parte, "O verdadeiro político", foi com certeza escrita, e é provável que também a segunda o tenha sido, com o título *"A verdadeira política", com dois subcapítulos, "Reduzir a violência" e "Teleologia sem finalidade"* (Br. 247; GB II, 109). Tanto "Vida e violência" como "Política" (isto é, a sua primeira parte, certamente escrita) se perderam – a "nota", que Benjamin promete a Scholem enviar-lhe em maio de 1920 (Br., 241, GB II, 90), "nunca chegou"; e também o "ensaio" e a versão original daquela "nota" não se encontram no espólio de Benjamin. Fica assim esclarecida a relação entre as reflexões escritas (ou planejadas) sobre a violência e as que conhecemos do ensaio "Sobre a crítica do poder como violência"; é possível que haja pontos de contato, ou mesmo que essas reflexões tenham sido integradas nesse ensaio. A sua gênese é datável com alguma segurança: situa-se num período de três semanas em torno da passagem do ano de 1920 para 1921, talvez já em janeiro do novo ano. A carta que o testemunha não traz data, mas as edições das cartas situam-na em janeiro de 1921 (Br., 251; GB II, 126). Se essa carta tiver sido escrita entre o início e meados de janeiro, o começo da escrita do ensaio deve situar-se ainda em dezembro de 1920; se ela datar de fins de janeiro, a escrita do texto situa-se neste mês. É o que se pode deduzir de uma parte da carta – o seu segundo *post-scriptum* (Br., 254; GB II, 131) – que anuncia a conclusão do trabalho. A primeira parte deve ter sido começada três semanas antes, *ficou de quarentena algumas semanas* (Br., 253; GB II, 130) e estava pronta para publicação, ao que Benjamin acrescenta a nota: *Tenho muito trabalho, porque estou a escrever um texto para [Emil] Lederer, que deverá sair na revista* Die Weißen Blätter. *Estou neste momento a passá-lo a limpo* (Br., 253; BG II, 130). Mas o ensaio acabaria por não ser concluído nessa altura, facto a que alude o referido segundo *post-scriptum*, onde se lê: *Terminei o trabalho "Sobre a crítica do poder como violência"* [refere-se certamente à *passagem a limpo*] (Br., 254; GB II, 131).

Quando Bejamin começa a escrever essa carta – antes da *quarentena de algumas semanas, umas três semanas antes* –, ainda não tinha nada escrito; por isso, a redação e a passagem a limpo situam-se nas semanas entre a interrupção e a finalização da carta. Antes desta terá havido trabalhos urgentes que tinham de ser concluídos, entre os quais "Sobre a crítica do poder como violência". Ficaram ainda para trás os trabalhos preparatórios para o primeiro projeto de tese (sobre a filosofia da linguagem), *enquanto não terminar o meu trabalho sobre "Política", uma encomenda de Lederer, para o qual ainda estou à espera de bibliografia. Mas nos próximos dias devem chegar as* Réflexions sur la violence, *de Sorel. Acabo de descobrir um livro que, ao que posso avaliar depois de ter assistido à conferência que o autor fez em duas noites, me parece ser a mais importante obra da atualidade sobre política [...]: Erich Unger,* Politik und Metaphysik. *O autor vem do mesmo círculo dos Neopatéticos* [...], que conheci através da figura do senhor Simon Guttmann pelo seu lado mais suspeito e verdadeiramente pernicioso na época do Movimento da Juventude, e de uma forma que me afetou muito, a mim e a Dora [...] Unger, ao que me parece, é completamente diferente. E o meu vivo interesse pelas ideias de Unger, que coincidem surpreendentemente com as minhas, por exemplo quanto ao problema psicofísico, permite-me recomendar-lhe também o livro* (Br., 252-253; GB II, 127-128).

No segundo *post-scriptum* da carta, Benjamin faz um breve resumo do ensaio, *depois de ter terminado o trabalho, esperando que Lederer o publique*

---

* Os Neopatéticos: escritores e pensadores ligados a um núcleo protoexpressionista (patético, messiânico e ativista) de Berlim, o "Neuer Club" (com nomes como Kurt Hiller e Erwin Loewenson), onde circulavam ideias marcadas pelo decadentismo, a *Lebensphilosophie*, o *pathos* vitalista e uma filosofia do "sensacionismo", com dois mentores principais: Nietzsche e Espinosa. Sobre esse grupo e a sua ideologia pode ler-se: J. Barrento, "Ismos em convergência, ou: o sensacionismo português fala alemão?", in: *O espinho de Sócrates*. Lisboa, Presença, 1987, p. 51-83. (N.T.)

em "Die Weißen Blätter" [o que nunca aconteceu]: *Há ainda, no que à violência diz respeito, problemas que não abordo nele, mas espero ter dito coisas essenciais.* Na segunda parte da carta percebe-se que Benjamin contava já com a possibilidade de o texto não ser publicado: *De qualquer modo, mesmo que ele não seja publicado, mandar-lho-ei para lê-lo* (Br., 254, GB II, 131). O ensaio não sairia na revista *Die Weißen Blätter*, porque o responsável (Emil Lederer) *o achou demasiado longo e difícil, mas editou-o no* Arquivo de Ciências Sociais, *de que é diretor* – escreve Benjamin em carta de 14 de fevereiro de 1921 a Scholem (Br., 258; GB II, 138).

Experiência e pobreza
(p. 83-90)

Publicado no jornal *Die Welt im Wort* (Praga), 7 de dezembro de 1933.

Não é possível dizer com exatidão quando esse texto terá sido escrito. É provável que a sua gênese date já da estada de meio ano em Ibiza, entre abril e outubro de 1933, ou talvez do regresso posterior de Benjamin a Paris; dificilmente será anterior a esse período, apesar de motivos como o da *nova barbárie* apontarem para a fase de escrita do ensaio sobre Karl Kraus (1931). Numa carta escrita de Paris a Gretel Adorno, com data de 8 de novembro de 1933, encontramos uma primeira referência a esse trabalho, já concluído e enviado para ser publicado em Praga: *Os de Frankfurt aceitaram mais uma colaboração minha, e também* [Willy] *Haas publicará em breve outro trabalho* [*i.e.* "Experiência e pobreza", na revista de curta duração *Die Welt im Wort*, dirigida por Willy Haas no exílio de Praga, depois do encerramento do jornal *Die literarische Welt*, de Frankfurt]. *Não faltam encomendas suas, resta saber se o pagamento chegará para as despesas* (GB IV, 309). De fato, "Experiência e pobreza" foi publicado quatro semanas depois, em 7 de dezembro de 1933. Benjamin, numa situação muito precária, esperava ansiosamente pelos honorários. Mas, como se lê em carta de cerca de 14 de janeiro de 1934, *o meu amigo Haas não paga as colaborações. E como posso fazer-lhe chegar uma carta de um advogado, sem custos para mim, vou fazer uso dessa possibilidade nos próximos dias* (GB IV, 341). Algum tempo depois, em março, escrevia de novo: *Os últimos quinze dias – depois de pagar mais uma vez o quarto – trouxeram-me uma série de desânimos [...] A revista de Haas acabou, e é claro que nunca receberei os meus honorários* (GB IV, 355).

Há duas cópias da versão impressa na revista de Praga, uma delas com uma correção, certamente de Benjamin. Foi ainda encontrado no espólio um exemplar pessoal de um datiloscrito do texto, com o título original "Pobreza de experiência", que constituiu a base da versão emendada e aumentada da edição crítica.

Johann Jakob Bachofen
(p. 91-107)

Numa carta a Gretel Adorno, escrita de Paris em fins de maio de 1934, Benjamin comunica-lhe que *vou sair de Paris, para um lugar no campo, na Dinamarca* [i.e. para uma primeira estada com Brecht em Skovbostrand]. *Não se justifica, por razões econômicas, uma estada mais prolongada aqui; em junho não terei mais nada a fazer aqui. Mas nos próximos dias – só devo sair no dia 4 de junho – tenho ainda algumas entrevistas importantes, entre outros com Jean Paulhan [...] Trata-se do meu ensaio sobre Bachofen* (GB IV, 431-432). Na altura, o ensaio era apenas um projeto, e o que Benjamin pretendia garantir era a sua encomenda por uma revista francesa, ou pelo menos a certeza de publicação. Conservou-se o convite de Paulhan – então diretor da *Nouvelle Revue Française* – para uma primeira conversa com Benjamin: "Teria muito prazer em conhecê-lo pessoalmente. Poderá passar uma tarde da próxima semana pela NRF, por volta das seis horas (exceto segunda-feira e sábado)? Aceite os meus melhores cumprimentos. Jean Paulhan" (25 de maio de 1935, carta no arquivo Benjamin, manuscr. 233). A entrevista não parece ter levado a mais do que a um vago acordo. Uns dois meses mais tarde, em 20 de julho e já na Dinamarca, Benjamin escrevia a Scholem: *Acho que já te disse que comecei a preparar um ensaio sobre Bachofen para a* Nouvelle Revue Française. *Isso dá-me oportunidade de o ler pela primeira vez; até agora só indiretamente, através de Bernoulli e Klages* (Br., 614; GB IV, 461). Bernoulli é o autor do grande ensaio sobre o historiador e especialista das antiguidades romanas e gregas, *Johann Jakob Bachofen e o Símbolo Natural*, de 1924, um livro sobre o qual Benjamin escreveu uma recensão em 1926. Sabemos qual a leitura que Benjamin fez dos escritos de Bachofen através de uma anotação sobre Kafka da qual se depreende que utilizou a edição em três volumes, organizada por Bernoulli para a editora Reclam em 1926 (*Seleção Sistemática das Obras* [de Bachofen]). Quando Scholem refere que Benjamin, já em 1916, "deve ter tido contato com as obras de Bachofen", esse contato não poderá ter sido a leitura dos originais, que só aparece registada no inventário (incompleto) de livros lidos nos começos dos anos 1920, com o número 539 (o livro sobre *O Matriarcado*), e confirmada por uma carta a Florens Christian Rang, de 2 de outubro de 1922: *Acho que não deves perder o livro de Bachofen sobre* O Matriarcado, *que tenho lido muito ultimamente* (GB II, 275).

Da conversa com Paulhan devem ter ficado algumas reservas, de outro modo não se compreenderia o condicional na última frase da passagem de uma carta a Werner Kraft, escrita em Skovbostrand em 26 de julho de 1934: *Uma última palavra sobre as minhas ocupações de momento: elas centram-se sobretudo no estudo de Bachofen, para o qual estou bem apetrechado com a parte dos meus livros de que disponho aqui. Esse homem é uma figura fascinante, e ficava* [sic] *muito contente se pudesse publicar um retrato seu na* Nouvelle Revue Française (Br., 616-617; GB IV, 467). Essa oportunidade parece estar mais garantida no outono, depois do regresso de Benjamin a Paris, do que na altura da primeira conversa com Paulhan. Num postal de 29 de outubro, Benjamin comunica a Gretel Adorno que ficou sabendo numa *conversa com Paulhan: a revista acaba de rejeitar dois textos sobre Bachofen e promete aceitar o meu. Mas onde é que eu vou arranjar uma datilógrafa em San Remo?* [Benjamin estava em vésperas de fazer essa viagem, para passar o inverno na Itália.] (GB IV, 517-518). Essa passagem pode significar que o ensaio estava escrito numa primeira versão, ou pelo menos em esboço, nessa altura, ou que teria sido escrito ainda na Dinamarca, e que a datilógrafa o passaria então a limpo para a tipografia. Seja como for, o certo é que Benjamin se dedicou à conclusão do ensaio no período de fim de ano de 1934-1935, e depois dessa data. Há vários testemunhos disso. De San Remo, escreve a Horkheimer: *Estou a escrever um ensaio sobre Bachofen para a* Nouvelle Revue Française, *para o qual o estudo de* [Erich] *Fromm* [cf. nota 82] *me tem sido muito útil* (GB V, 10). E dias depois a Adorno, dando conta da sua situação: *Não vou poder sair de San Remo antes de maio, mas, por outro lado, também não posso prolongar eternamente a estada aqui, por mais valioso que este lugar seja para mim como refúgio; o isolamento de amigos e meios de trabalho torna-o a longo prazo uma perigosa prova de resistência. A isso vem juntar-se uma limitação às coisas mais estritamente elementares e vitais, que me tolhe os movimentos a cada momento que passa. Como os 100 francos do Instituto me garantem o estritamente essencial – e a este propósito quero agradecer-lhe muito a sua amável carta de dezembro –, não me parece necessário bater em outras portas. Isso, apesar de precisamente agora, com o mínimo de meios de subsistência, precisar de um mínimo de liberdade de movimentos e de um máximo de iniciativa. Mas como? Por outro lado, você sabe por experiência própria que precisamos de força de iniciativa em alto grau para escrever os primeiros textos numa língua estrangeira. Sinto isso no "Bachofen", que estou a escrever para a* Nouvelle Reuvue Française. *Nesse contexto, haveria muito a dizer sobre as coisas que mais nos interessam. Para uma publicação na França, onde ninguém conhece Bachofen – não há obras suas traduzidas –, terei de fornecer em primeiro lugar informação. Mas não quero me esquecer, precisamente no que se refere a este tópico, de lhe dizer que estou totalmente de acordo com as suas observações da carta de 5 de dezembro quanto a Klages e Jung* (Br., 640-641; GB V, 14-15). Nessa carta, Adorno escrevera, entre outras coisas: "As ligações da sua ideia de um 'sonho do coletivo' com o inconsciente coletivo de Jung [...] não se podem certamente negar. Mas desde há muito que é para mim motivo de grande admiração verificar como você sempre se distanciou, da forma mais clara e intransigente, daquilo de que estava mais próximo: de Gundolf no ensaio sobre *As Afinidades Eletivas*, tal como das reabilitações do Barroco desde o Expressionismo, e até Hausenstein e Cysarz [...] Reconheço a essa sua intenção uma dignidade sistemática, em certa medida como à categoria do "extremo" [...] Lembro-me ainda bem de como, há mais de dez anos, fiquei impressionado com a maneira como se opôs frontalmente ao Scheler de então, apesar de nessa altura você ter menos pruridos em avançar com proposições de ordem teológica. É só nessa linha que posso imaginar a relação com Jung e mesmo Klages (cuja teoria dos 'fantasmas' na 'realidade das imagens' se articula de certo modo com as questões que a nós nos interessam: vd. *Der Geist als Widersacher der Seele* [O Espírito como Adversário da Alma], vol. 3). Ou então, para formular as coisas com mais exatidão: é precisamente por aí que passa a linha divisória entre as imagens arcaicas e as dialéticas, ou, como um dia sugeri, opondo-me a Brecht, entre aquelas e uma teoria materialista das Ideias" (carta de Adorno com data de 5 de dezembro de 1934).

Pouco depois, em carta a Brecht, de 9 de janeiro de 1935, lemos: *Estou a terminar o meu primeiro ensaio em francês ("Bachofen"). Uma conversa com o redator da* Nouvelle Revue Française *foi a única coisa que consegui nesses dias em Paris.* (Br., 642; GB V, 19). Uma carta não datada (provavelmente por volta de 10 de fevereiro) a Gretel Adorno anuncia a conclusão do texto (GB V, 42), e uma outra, a Max Horkheimer, de 4 de fevereiro, a próxima revisão do ensaio: *A primeira coisa que farei é ir a Cannes para me encontrar aí com um amigo francês com quem farei a revisão do grande ensaio sobre*

Bachofen – o primeiro trabalho que escrevi diretamente em francês (GB V, 34). Esse manuscrito conservou-se e traz as marcas da revisão de que aqui se fala. Dois dias mais tarde Benjamin descreve a Alfred Cohn o *isolamento hermético em que concluiu o trabalho sobre Bachofen: é o contraponto das condições relativamente agradáveis da vida exterior que levo aqui. Vai muito para além do que me poderia ser útil para os meus outros trabalhos, e eu limito-me a montar, de forma meio artesanal e sem me apressar muito, as várias partes do ensaio. A isso se acrescenta o fato de só conseguir trabalhar de modo concentrado na cama, em parte dado o espaço de que disponho, e também dada a temperatura; de fato, isolo-me várias vezes no quarto, e só assim consegui concluir o texto sobre Bachofen* (Br. 646; GB V, 35-36). O isolamento faz-se sentir também na falta de acesso a fontes bibliográficas, como Benjamin refere em carta a Horkheimer, onde também explica que *o ensaio sobre Bachofen dificilmente trará novidades. Destina-se apenas a apresentá-lo aos franceses, já que é totalmente desconhecido e não tem nenhum escrito traduzido. Nesse sentido, procurei mais fazer um retrato do que apresentar as suas teorias* (Br. 652; GB V, 74). Mas essa finalidade nunca se concretizou. *Com a mudança para Paris* – escreve a Scholem em 20 de maio – *entrei novamente num período altamente crítico, e a crise acentuou-se com alguns insucessos de ordem prática,* [por exemplo] *a recusa do "Bachofen" pela NRF, que o reenviou ao Mercure de France, onde está agora* (Br., 653; GB V, 82) – e onde também acabou por ficar, sem ser publicado. *Não me surpreendeu o fato de a NRF não aceitar o "Bachofen"*, escreve dias depois a Werner Kraft. *Tratou-se da boa vontade de um terceiro, e, para lhe corresponder, segui o caminho dessa tentativa contra os meus próprios pontos de vista* (Br., 660; GB V, 89-90). O ensaio só seria publicado catorze anos depois da morte de Benjamin na revista *Les Lettres Nouvelles*, vol. 2/1954, n. 11, p. 28-42, numa versão revista por Maurice Saillet. Ainda em vida de Benjamin, Adrienne Monnier pensou publicá-lo em 1940 no seu jornal *Les Amis du Livre*, o que não chegou a acontecer, dada a extensão do ensaio.

No espólio de Walter Benjamin encontra-se o seguinte esquema do ensaio (em francês), com nove seções, em vez das dez da versão final:

J J Bachofen, um mestre da "Alemanha desconhecida"

I
Bachofen banido pela ciência oficial
O seu modo particular de abordar as fontes / Raramente leva em conta a diferença entre mito e história / É o mito que, antes de mais nada, lhe interessa

// *Procura-o na sua forma primitiva, ou seja, pré-homérica / Aquela o mostra acabado de sair do botão: o símbolo // Por outro lado, Bachofen privilegia, como fontes do esoterismo antigo, os neoplatônicos, os neopitagóricos, os Padres da Igreja / É isso o que explica a afronta da ciência oficial, cujo porta-voz é E. Howald*

II
Elementos para uma biografia
Basileia, cidade natal de Bachofen e protetora da sua obra / Genius loci de Basileia / Os grandes contemporâneos em Basileia: Nietzsche, Burckhardt, Overbeck / Carreira universitária e administrativa / Dignidade dessa vida / Ligação profunda à mãe / Concepção goethiana do trabalho científico / O "diletantismo" cultivado de Bachofen

III
A filosofia do Direito como armadura da obra de Bachofen
Influência de Hegel em Savigny, mestre de Bachofen / "O espírito do povo" e a escola historicista / A história do Direito, incluindo a da religião / A oposição entre Direito natural abstrato e Direito positivo é substituída, na obra de Bachofen, pela distinção entre Direito natural abstrato e Direito natural concreto / O culto de Dionísio na base deste último / Problemas com o espírito de emancipação feminina / Polêmica contra Girardin e Michelet / O correspondente do Direito natural do espírito marcará com a sua vinda o fim da História
[Verso:] Uma encruzilhada do pensamento alemão: J J Bachofen

(Fonte: Arquivo Benjamin, Ms. 413)

IV
O mundo dos túmulos
Winckelmann, precursor de Bachofen / Ao silêncio do túmulo corresponde apenas a linguagem muda da imagem / Importância fundamental dessa experiência para Bachofen / "O simbolismo tumular" / Caráter fálico das pedras tumulares / A morte como lei da vida à sua mais baixa escala, a da promiscuidade geral / Oknos como símbolo dessa lei

V
Antiguidade e cristianismo
Os mistérios órficos como ponte entre a Antiguidade e o cristianismo / A piedade cristã de Bachofen / Insistência obstinada na sua posição ilógica / F[erdinand]

von Eckstein e a sua afinidade com Bachofen / A tese de Eckstein: a corrente extática e a corrente ascética formam uma polaridade cósmica / Fé de Bachofen numa revelação original / Caráter insuficientemente definido desta revelação / A unidade de Dionísio místico

VI
O movimento desencadeado pela teoria mística de Bachofen
"A Alemanha desconhecida", termo preferido pela escola de Stefan George / Influência de Bachofen nesse meio / O papel de Alfred Schuler / As ideias sobre o paganismo romano / A época de Nero como apogeu da era "ctônica" / O Eros da distância / Lado funesto destas especulações: o destino de Hans von Prott / Aproveitamento reacionário de Bachofen pelo filósofo nazi Alfred Baeumler / Ludwig Klages, continuador de Bachofen

(Fonte: Arquivo Benjamin, Ms. 414)

VII
Categorias da pré-história
Mito e símbolo / o símbolo como resíduo de uma visão extática / Os túmulos como abrigo de símbolos / Vida e morte / A Antiguidade as vê sempre como relação de um mais ou de um menos / Nesse sentido, a morte não é destruição violenta, mas mudança, lenta decomposição / Eidos e hyle *ate / A ideia de continuação e de repetição / Do Direito e da posse / De gens e natio / Essas ideias são outras tantas expressões da oposição entre a sociedade patriarcal e a matriarcal / A esquerda e a direita / Significação primordial do seu simbolismo / Eros e sexus / A sua polaridade apenas esboçada por Bachofen*

VIII
O movimento desencadeado pela teoria sociológica de Bachofen
A essência matriarcal do ius naturale / Conflito entre sentimento e reflexão em Bachofen / Os seus sentimentos orientam-se para uma ordem matriarcal, as suas reflexões para o patriarcado / Parentesco sentimental entre Bachofen e os grandes teorizadores do socialismo / Bachofen e Elisée Reclus / Bachofen e Friedrich Engels / A discussão em torno de Bachofen na revista Neue Zeit, *orgão da Social-Democracia alemã*

IX
Caráter romano da cultura ocidental
A dupla vitória alcançada por Roma sobre o Oriente / A vitória contra Aníbal, a vitória sobre os mistérios de Dionísio / Roma, fundadora do espírito

viril e individual / O mito antigo dos Romanos como chave da sua história / Bachofen contra Mommsen / A equação Augusto-Orestes / A sobriedade como raiz da grandeza romana em Bachofen e Hölderlin

(Fonte: Arquivo Benjamin, Ms. 415)

Segue-se a esse esboço uma folha com a *bibliografia sobre Bachofen*:

Ludwig Klages	Vom kosmogonischen Eros. *Munique [1922]*
Ernst Howald	"Wider Joh. Jak. Bachofen", Wissen und Leben, *vol. XVII, maio 1924, p. 757 segs.*
Casimir von Kelles-Krauz	"J.J. Bachofen", Die Neue Zeit, *Stuttgart, 1902, n. XX*
Albert Teichmann	"Bachofen", Allg[emeine] Deutsche Biographie. *Leipzig, 1903, vol. 47 (Atualizações)*
Charles Andler	La jeunesse de Nietzsche II. *Paris, 1921, p. 258-266*
Erich Fromm	"Die sozialpsychologische Bedeutung der Mutterrechtstheorie", Zeitschrift für Sozialforschung. *Paris, 1934, vol. III, p. 196*

(Fonte: Arquivo Benjamin, Ms. 416)

Teorias do fascismo alemão
(p. 109-122)

Publicado em: *Die Gesellschaft*, vol. 7 (1930), n. 2, p. 32-41.

Eduard Fuchs, colecionador e historiador
(p. 123-164)

Publicado em: *Zeitschrift für Sozialforschung*, vol. 6 (1937), n. 2, p. 346-381.

O ensaio foi escrito a pedido de Max Horkheimer, para publicação na *Revista de Investigação Social*. Horkheimer já se interessara por Eduard Fuchs antes de 1933, tendo deposto a seu favor num dos processos acusatórios em que Fuchs era acusado de propagar escritos "obscenos" (o depoimento de Horkheimer foi incluído por Fuchs no livro *Die großen Meister der Erotik* [Os grandes mestres do erotismo], de 1930). Não se sabe se Benjamin terá conhecido pessoalmente Eduard Fuchs já durante os anos da República de Weimar, ou se foi só no exílio de Paris, por intervenção de Horkheimer, que os dois se encontraram (tal como Benjamin, Fuchs viveu em Paris até a morte, em 1940). Seja como for, ao regressar de Ibiza para Paris em outubro de 1933, Benjamin escreve a Gretel Adorno em princípio de novembro: *Encontrei-me com Fuchs, um homem de uma admirável força vital* (GB IV, 309). Os documentos conservados só em dezembro de 1934 dão conta do plano de um ensaio sobre Fuchs, apesar de não ser possível constatar de que forma se processou a encomenda de Horkheimer, se por escrito ou de viva voz, antes de este emigrar para os Estados Unidos em maio de 1934. Provavelmente deve ter se encontrado por mais de uma vez com Benjamin em Paris entre outubro de 1933 (data da mudança de Benjamin para Paris) e maio de 1934. Há registro de um encontro na primavera de 1934 (Br., 626; GB IV, 520); a conversa sobre o ensaio deve ter acontecido o mais tardar nessa altura, porque no verão desse ano Benjamin já se ocupava de vários livros de Eduard Fuchs.

Benjamin olhava com muitas reservas, para não dizer mesmo com grande má vontade, a encomenda da *Revista de Investigação Social*. Foi adiando o mais que pode a escrita do ensaio e, apesar o de ter retomado no verão de 1935, também nessa altura pediu alargamento do prazo de entrega. Depois de consegui-lo em janeiro de 1936, voltou a interromper o trabalho, para retomá-lo finalmente em agosto de 1936, quando se encontrava na casa de Brecht na Dinamarca, continuando a escrever em Paris, para onde regressara em fim de setembro ou princípio de outubro. Até janeiro de 1937, Benjamin parece ter-se ocupado antes de mais nada do estudo dos materiais disponíveis. A redação do ensaio foi depois relativamente rápida, em janeiro e fevereiro de 1937; em 28 de fevereiro enviou o manuscrito a Horkheimer para Nova Iorque. O texto foi publicado no segundo número do ano de 1937, provavelmente em outubro. Benjamin acabou por ficar, mais do que esperava, satisfeito com o resultado desse trabalho escrito sem motivação. De fato, o ensaio contém na sua primeira parte as mais pormenorizadas reflexões sobre o método do materialismo histórico que possuímos de Benjamin, antes das "Teses" e a par delas. Não foi por acaso que algumas passagens do ensaio foram retomadas nessas teses "Sobre o conceito da História".

A gênese e a história da publicação do ensaio sobre Fuchs estão documentadas, se não exaustivamente, pelo menos no essencial, na correspondência conservada, que espelha de forma bastante clara as relações controversas de Benjamin com o Instituto de Investigação Social. Nem todas as passagens das cartas que a seguir se reproduzem por ordem cronológica têm direta ou exclusivamente a ver apenas com o ensaio sobre Fuchs. Documentam também a situação econômica de Benjamin nesses anos, e a interdependência entre uma coisa e outra. Nesse sentido, estes testemunhos sobre a gênese do ensaio constituem ao mesmo tempo um importante documento para a biografia de Benjamin, completando o que será publicado no Comentário do volume desta série dedicado à *Modernidade*).

1. Max Horkheimer a Walter Benjamin,
Nova Iorque, 3 de dezembro de 1934

Como vai o trabalho sobre Fuchs? Seria bom que não perdesse de vista esse assunto.

2. Benjamin a Horkheimer,
San Remo, 2 de janeiro de 1935 (GB V, 9)

Se não for possível por enquanto encontrar uma solução para a minha situação na América, volto para a Dinamarca no decurso deste ano, porque lá tenho, para além da minha biblioteca, os livros sobre Fuchs a que dedicarei o trabalho nos meses que aí passar.

3. Horkheimer a Benjamin,
Nova Iorque, 28 de janeiro de 1935

A situação financeira desesperada em que se encontra, e de que as suas cartas dão conta, deixa-me verdadeiramente preocupado. Nós aqui nos esforçamos, quase para além das nossas forças, por salvar o Instituto no meio desta crise terrível. Sem sabermos ainda como iremos preencher o desequilíbrio que mesmo esta pequena verba provoca no nosso orçamento, demos instruções por telegrama no sentido de lhe pagarem 700 francos. Na medida das nossas possibilidades, faremos transferir no próximo mês mais 500 francos. Infelizmente, não posso dar-lhe garantias absolutas, mas quero dizer-lhe que Pollock e eu próprio faremos todo o possível para que isso aconteça. É claro que não esquecemos a tentativa de obter uma bolsa concedida por outra instituição. A resposta que obtivemos sobre o assunto foi que neste momento tal possibilidade está fora de causa, o que tem com certeza a ver com a situação econômica deste país. Todos aqueles que têm de gerir algum capital se mostram nestas semanas e meses extremamente inquietos, uma vez que ninguém sabe que medidas de política econômica serão tomadas nos próximos tempos.

Embora uma série de circunstâncias nos retenham ainda aqui, Pollock e eu, ou um de nós, estaremos certamente na Europa em maio, se nenhuma *force majeure* o impedir. Se nessa altura estiver em Paris ou Genebra, seria possível e desejável termos uma conversa.

Se pudesse escrever em breve o ensaio sobre Fuchs, isso iria ao encontro de uma dupla necessidade, de ordem mais geral e também particular. Por um lado, é necessário que apareça finalmente um estudo cientificamente sério sobre as teorias psicossociológicas de Fuchs. Neste momento, ele próprio procura resumi-las num novo livro. Por outro lado, como sabe, nós próprios desejamos há muito tempo publicar na revista um bom artigo sobre Fuchs. Seria uma boa oportunidade de mostrar como o instrumentário de que ele se serve, psicologicamente muito menos elaborado do que o de Freud, em cujos escritos se espelha o desespero de um acadêmico com a realidade vigente, acaba por conferir-lhe um alcance muito maior na psicologia social, devido ao fato de ele, desde o início, dispor de uma orientação histórica correta.

4. Benjamin a Horkheimer,
San Remo, 19 de fevereiro de 1935 (Br., 650 segs.; GB V, 44-45)

Agradeço a sua carta de 28 de janeiro. E alegro-me acima de tudo com a possibilidade de em breve podermos conversar pessoalmente.

Mas quero deixar já claro como é importante para mim o seu interesse no trabalho sobre Fuchs. Depois da sua carta, é óbvio que vou dar-lhe prioridade em relação a todos os outros projetos. Se isso ainda não é visível de momento, deve-se apenas ao fato de, não sabendo eu como vai ser a minha vida proximamente, não querer estar a pedir a Fuchs o envio de novos livros – de vários deles ocupei-me já no verão passado. Como já lhe escrevi, não sei se conseguirei aguentar-me aqui até a Páscoa; e o que acontecerá depois nem sequer o consigo imaginar neste momento.

O trabalho só teria a beneficiar se eu o pudesse escrever aqui em Paris. Não apenas para, enquanto o fizesse, poder estar perto de Fuchs – apesar de também isso ter para mim grande importância –, mas também para poder dar a essa matéria a fundamentação ampla da comparação a que o senhor alude na sua carta; e ainda para poder seguir de perto as fontes de Fuchs, indispensáveis para ter uma perspectiva plena do seu método [...] Um agradecimento muito especial para o seu empenho num aumento da prestação de fevereiro, como me prometeu na última carta. Até agora não recebi qualquer confirmação de Genebra, mas mantenho a esperança e quero expressar-lhe o meu agradecimento, independentemente da sua realização.

5. Horkheimer a Benjamin,
[Nova Iorque], 19 de março de 1935

Obrigado pela sua carta de 19 de fevereiro. De acordo com as nossas previsões, o senhor Pollock estará na Europa por meados de abril, e ficará uns dois meses. Não sabemos ainda quando estará em Paris; de qualquer modo, combinei com ele que, logo que o programa da viagem esteja mais definido, ele o avisará, para se poderem encontrar em Paris.

Se não puder suportar a despesa da viagem de San Remo, ele o reembolsará dessa importância. Poderão então discutir os dois onde e como será melhor escrever o trabalho sobre Fuchs. [...] As instruções para lhe pagarem em fevereiro e março mais 500 francos foram dadas há algum tempo. Espero que pelo menos receba agora a prestação de fevereiro.

6. Benjamin a Horkheimer,
Nice, 8 de abril de 1935 (Br., 651 segs.; GB V, 73-74)

Tive de deixar o meu alojamento em San Remo muito mais cedo do que esperava. A minha ideia era ir para Paris (para onde já tinha reencaminhado o correio). Mas quando tudo estava tratado, a minha irmã, com quem poderia viver aí algum tempo, adoeceu gravemente.

Se não lhe comuniquei logo esses problemas foi apenas para não criar a impressão de estar de novo a recorrer à sua ajuda. E o fiz na convicção de que o senhor faria tudo o que fosse possível, e a sua última carta confirma-o. Agradeço-lhe empenhadamente. Nada é para mim mais urgente do que articular o meu trabalho com o do Instituto, da forma mais estreita e mais produtiva possível.

É pena não vir à Europa. Por outro lado, interpreto a sua indisponibilidade como um bom sinal, que me diz que o Instituto se tornou aí mais importante. Vou discutir o meu plano de trabalho com o sr. Pollock durante a semana da Páscoa, e para isso irei para Paris na mesma altura em que ele o fizer. Esperemos que possa ficar lá! Também tentarei esclarecer esse ponto na conversa com o sr. Pollock.

7. Benjamin a Theodor W. Adorno,
Monaco-La Condamine, abril de 1935 (GB V, 65)

Lamento, naturalmente, que o nosso encontro não tenha se concretizado. Quando é que podemos ter esperança num outro? Ainda que a viagem de regresso o traga a Paris, não creio que me vá encontrar aí. As condições de vida tornaram-se demasiado precárias para me permitirem deslocar-me sem a certeza dessa possibilidade. E parece-me cada vez mais difícil, muito difícil mesmo, fixar-me em Paris. A última imagem que me chegou da situação aí vem de uma carta de Siegfried [Kracauer], que pinta a vida na cidade com as cores mais sombrias. Mas as profundas transformações que aí ocorreram tornam-se mais visíveis para observadores muito mais bem armados e equipados; encontrei recentemente numa revista francesa uma carta de um inglês – com certeza também um intelectual – que explica por que razão evita Paris. O que ele diz vem ao encontro da minha própria experiência. É claro que tudo isso em nada altera o fato de a Biblioteca

Nacional continuar a ser o lugar de trabalho com que sonho. Também o trabalho sobre Fuchs, que o Instituto tanto me pede para concluir, só aí poderá ser realizado. O problema é que temos de levar nós próprios tudo para um lugar de trabalho como esse, e só à la longue podemos ter esperança de que nos deem atenção.

8. Benjamin a Gerhard Scholem,
[Paris], 20 de maio de 1935 (Br., 655; GB V, 84-85)

O fato de o plano global [d'O livro das passagens] estar agora à minha frente é em parte também resultado direto do meu encontro com um dos diretores do Instituto, que teve lugar logo depois da minha chegada a Paris. O resultado foi que pude viver um mês sem os problemas diários do costume. Mas o mês passou, e neste momento não faço ideia de como será o seguinte. Se tivesse de me lançar ao trabalho sobre Fuchs precisamente agora (para dizer a verdade, nem começado está), isso me traria um duplo inconveniente. Por outro lado, seria um golpe de sorte (com que não posso contar) imaginar que o Instituto possa mostrar interesse material pelo livro sobre Paris. O que eu desejaria era ter agora alguns meses para poder trabalhar na Biblioteca e, depois de uma conclusão mais ou menos definitiva dos meus estudos, ir em outubro ou novembro para Jerusalém. Se, porém, existirem menos circunstâncias que deixem vestígios mais fracos no acontecer do mundo do que os meus desejos, então acho que devemos apostar os dois na segunda metade. Talvez eu, na altura própria, consiga com alguns truques arranjar aqui o dinheiro para a viagem.

9. Benjamin a Adorno,
Paris, 31 de maio de 1935 (Br., 665; GB V, 99)

As minhas despesas em Paris elevam-se, no mínimo, a 1.000 francos por mês. Pollock colocou essa soma à minha disposição para maio, e o mesmo acontecerá em junho. Mas preciso mesmo dessas somas para poder continuar a trabalhar por algum tempo. As dificuldades, essas estão sempre a aparecer; os frequentes ataques de enxaqueca lembram-me como é precária a vida que levo. Se e em que condições o Instituto se poderá interessar pelo meu trabalho sobre as passagens, se será necessário corresponder ao seu interesse com outros trabalhos – isso talvez você possa esclarecer, melhor do que eu, numa conversa com Pollock. Eu estou disposto a fazer qualquer trabalho; mas qualquer um, seja qual for a sua importância (em especial o ensaio sobre Fuchs), exigiria que eu pusesse temporariamente de lado o trabalho sobre as passagens. De momento, não me agradaria ter de escrever o trabalho sobre a revista Die Neue Zeit. Depois falaremos disso.

10. Adorno a Benjamin,
Oxford, 8 de junho de 1935

Pollock comunicou-me que já não vem a Londres; imagino que já esteja a caminho da América. Caem assim por terra os meus planos, um dos quais era convencê-lo a convidá-lo para vir a Londres, a fim de conversarmos os três. Mas não hesitei muito e escrevi logo uma carta muito pormenorizada a Horkheimer, pedindo-lhe que aceite sem reservas o trabalho sobre as passagens para o Instituto (pensei numa publicação parcial na revista e completa na série de publicações do Instituto), que viabilize financeiramente essa tarefa e que adie, durante o tempo necessário, as outras coisas (Fuchs e *Die Neue Zeit*), incompatíveis com o trabalho nas passagens. Acentuei e fundamentei especialmente que acredito que o trabalho, na sua forma atual, pode e deve ser apoiado pelo Instituto, que não há qualquer espécie de reservas mentais e que vejo na viabilização desse trabalho uma obrigação nossa. E estou bastante otimista quanto a este assunto.

11. Benjamin a Adorno,
Paris, 10 de junho de 1935 (GB V, 108-109)

Já lhe teria escrito a agradecer a sua importante carta se não me sentisse tão mal de saúde e num grave estado de esgotamento. [...] Acrescem aspectos materiais que me afetam diretamente. Em primeiro lugar, o súbito regresso de Pollock à América. Tinha-me prometido um encontro, que se realizaria depois de ele ter lido o meu manuscrito. Não chegou a fazê-lo, porque deixou a Europa dois dias depois de eu ter enviado para Genebra o manuscrito com a sinopse [d'O Livro das Passagens], para aí ser copiado. É mais um motivo de preocupação para mim, já que ele deixou instruções que resolvem a minha situação até 31 de julho (ou seja, me permitem dois meses de trabalho tranquilo), mas depois dessa data me coloca novamente perante o problema, sempre desanimador e agudo, das condições de subsistência, uma vez que regressaremos à prestação mensal de 500 francos. Essas disposições foram tomadas sem ter em conta o problema do grande trabalho de que falamos. Tudo depende agora de saber se esse trabalho caberá na economia intelectual e material do Instituto. Como vê, a sua intercessão é decisiva para mim. Para facilitar a sua tarefa, pelo menos do ponto de vista tático, achei por bem comunicar a Pollock, em carta que ele recebeu pouco antes da viagem de regresso, que a partir de agosto suspenderei o trabalho maior para escrever o ensaio sobre Fuchs.

12. Benjamin a Horkheimer,
Paris, 10 de julho de 1935 (Br., 666 segs.; GB V, 125)

Há muito tempo que lhe queria enviar a sinopse [d' *O Livro das Passagens*] que agora lhe mando. [...] De momento, não tenho nada de substancial a acrescentar. Trabalho desde meados de maio intensivamente na Biblioteca Nacional e no Cabinet des Estampes, para juntar toda a documentação de que necessito. Graças ao alívio que, com o sr. Pollock, me proporcionou nos últimos meses, consegui chegar quase ao fim desta fase de recolha de documentação. Mas no início de agosto, se não receber outras indicações da sua parte, suspenderei o trabalho no livro para escrever o ensaio sobre Fuchs. Da última vez que me encontrei com ele, contou-me histórias deveras interessantes sobre os começos da carreira, na época da lei contra os socialistas. Vou tentar manter-me o tempo que puder em Paris, no interesse desse ensaio e do meu livro.

13. Benjamin a Scholem,
Paris, 9 de agosto de 1935 (Br., 683 segs., GB V, 136-137)

Passei algumas semanas a trabalhar intensivamente na Biblioteca, e avancei muito com a documentação para o meu livro. Mas agora vou ter de interromper, sem ter chegado ao fim. Nenhum deus me salvará do trabalho sobre Fuchs. Mais do que nunca, tenho razões para seguir as sugestões do Instituto. De fato, a receptividade que encontrei nas negociações entabuladas em maio não aconteceu sem que eu tivesse mencionado a hipótese de desaparecer por alguns meses na Palestina, e assim não depender da providência desse meu parceiro. Como deves imaginar, uma perspectiva atraente para eles, que agora se não concretiza e me deixa numa situação complicada.

14. Benjamin a Gretel Adorno,
Paris, s.d. [10 de setembro de 1935] (GB V, 162)

De momento tenho de me voltar, *tant bien que mal*, para outra constelação. A coisa com o Fuchs agora é a sério, e penso atacar o assunto de uma forma que vai mais comigo, partindo dos seus estudos sobre a caricatura, sobre Daumier e Gavarni, que me oferecem pelo menos algumas ligações temáticas com o que agora me ocupa. Fuchs, infelizmente, não está nada bem, é visível que entrou em decadência.

15. Horkheimer a Benjamin,
Nova Iorque, 18 de setembro de 1935

Neste momento não posso dar-lhe opinião detalhada sobre a sinopse [...] Posso apenas comunicar-lhe um juízo sumário: o seu trabalho promete ser excelente. O método de chegar ao cerne da época através de pequenos sintomas de superfície parece-me revelar desta vez toda a sua força. O seu plano dá um grande passo a frente no caminho das explicações materialistas dos fenômenos estéticos. O excurso sobre a Arte Nova, mas também todas as outras partes do trabalho, tornam evidente que não existe uma teoria abstrata da estética, mas que essa teoria coincide a cada vez com uma determinada época histórica. A discussão dos pormenores para a execução desse seu trabalho conta-se entre as expectativas que reputo de mais importantes para a minha próxima viagem à Europa, em dezembro [...] E agradeço-lhe a sua disponibilidade para escrever ainda o ensaio sobre Fuchs. A ocupação com esse psicólogo, historiador e colecionador não o afastará muito da análise do século XIX.

16. Benjamin a Horkheimer,
Paris, 16 de outubro de 1935 (Br., 688-691; GB V, 177-180)

Agradeço-lhe muito a sua carta de 18 de setembro, que, naturalmente, recebi com grande alegria. O número daqueles que poderão avaliar-me pelo meu trabalho decresceu muito nesta fase do exílio. Por outro lado, a idade e a minha situação existencial levam a que esse trabalho ocupe um lugar cada vez mais destacado na economia da vida. Daí também a alegria muito particular que me trouxe a sua carta.

Porque a sua opinião sobre a sinopse é tão importante e me traz nova esperança, gostaria de manter longe desta carta qualquer menção à minha situação. E de fato adiei-a, na esperança de que acontecesse algum "milagre", o que nestes casos é desculpável. Mas agora que recebi por algumas pequenas histórias que escrevi para o jornal Schweizer Presse uma quantia em francos que posso contar pelos dedos da mão, uma carta que se limitasse exclusivamente à discussão do meu trabalho é um luxo que não me posso permitir. Da última vez que falei com o sr. Pollock disse-lhe que, mais do que a extensão do apoio que atualmente recebo, é importante para mim a possibilidade de recorrer ao senhor em situações sem saída. Ele compreendeu isso; e se é certo que a última decisão do Instituto me trouxe um alívio real durante três meses, espero que isso não o impeça de analisar o meu caso no sentido das palavras que naquela altura disse ao sr. Pollock.

A minha situação é tão difícil como só o pode ser uma situação sem dívidas. Com isso não pretendo atribuir-me qualquer mérito, mas apenas dizer que todo o apoio que me conceda significa um imediato alívio das circunstâncias em que vivo. Por comparação com o que gastava em abril, quando regressei a Paris, consegui reduzir drasticamente o meu orçamento. Agora vivo com emigrantes, num quarto alugado. Para além disso, consegui ter direito a um almoço de uma organização que apoia intelectuais franceses. Mas, por um lado, esse direito é provisório, e por outro só posso aproveitá-lo nos dias que não vou para a Biblioteca trabalhar, porque é muito longe dela. Menciono só de passagem que tive de renovar a minha Carte d'Identité, e não dispunha dos necessários 100 francos. Também ainda não me inscrevi como representante da imprensa estrangeira (que me aconselharam a fazer por razões administrativas) por não poder ainda pagar a taxa de 50 francos.

O que há de paradoxal nesta situação é que o meu trabalho talvez nunca tenha estado tão próximo de ter utilidade pública como agora. O que mais me animou na sua última carta foram as sugestões que nela encontrei nesse sentido. O valor do seu reconhecimento é para mim proporcional ao da determinação com que, nos bons e nos maus dias, me entreguei a esse trabalho que agora vai ganhando a forma de um plano [...] Se pensar que a investigação que referi se encontra neste momento em segundo plano do meu dia de trabalho, ocupado prioritariamente com o ensaio sobre Fuchs, e que ainda estou a preparar uma conferência para o Institut des Études Germaniques, poderá ver que o meu tempo está totalmente preenchido. Para me poder orientar nesta situação, gostaria que me indicasse um prazo para entrega do manuscrito sobre Fuchs.

Um outro horizonte determinante será para mim a sua viagem à Europa. Estou certo de que encontraremos oportunidade para uma troca de impressões com tempo. A dureza da minha existência aqui se sente, entre outras coisas, também no fato de não poder discutir com ninguém as principais ideias do meu trabalho.

17. Benjamin a Scholem,
Paris, 24 de outubro de 1935 (Br., 695; GB V, 189-190)

Por vezes sonho com os livros malogrados – a Infância Berlinense e a coletânea de cartas [Deutsche Menschen / Figuras Alemãs, uma série de 27 cartas publicadas pelo jornal Frankfurter Zeitung em 1931-1932 e que seriam editadas em livro em 1936] – e admiro-me, sem saber aonde vou eu buscar forças para iniciar um novo. E as dificuldades são tantas que o seu destino é ainda mais imprevisível do que o do meu próprio futuro. Por outro lado, é como que um alpendre em que me refugio quando lá fora as coisas pioram. Entre essas intempéries está também o Fuchs. Mas com o tempo ganho resistência ao seu texto, a que só com muitas precauções me exponho. De resto, só levo em conta os seus livros que se ocupam do século XIX. Assim não me afasto muito do trabalho que realmente me interessa.

18. Horkheimer a Benjamin,
Nova Iorque, 30 de outubro de 1935

O escritório de Genebra tinha instruções para transferir no fim deste mês a mesma importância do mês passado. Mandamos hoje um telegrama a relembrar. Não sei bem se essa soma lhe serve ou se na sua carta, em razão de circunstâncias extraordinárias, pedia um aumento. Neste caso, espero notícias suas.

19. Horkheimer a Benjamin,
Nova Iorque, 31 de outubro de 1935

Completo a carta que lhe enviei à pressa, informando-o de que transferimos mais 300 francos do que a soma inicialmente prevista.

20. Benjamin a Gretel Adorno,
Paris, s.d. [posterior a 9 de janeiro de 1936] (GB V, 222)

O ritmo a que o meu trabalho progride dá-me a agradável certeza de, se viver para isso, poder tirar proveito do de muitos outros antes de me lançar a escrever o meu próprio texto. Volto agora a esse trabalho, animado pela ideia de que, apesar de ainda me não ter libertado do ensaio sobre Eduard [Fuchs], o seu adiamento não deixou de ter consequências importantes.

21. Benjamin a Scholem,
Paris, 29 de março de 1936 (GB V, 266)

Voltei a pôr de lado o Fuchs.

22. Benjamin a Gretel Adorno,
Paris, s.d. [princípio de julho de 1936] (GB V, 335)

Acho que vou sair de Paris durante este mês. Para onde? Ainda não sei. [...]

PS – E agora, entre gemidos e ranger de dentes, tenho de me atirar ao texto do "Eduard Fuchs"!

23. Benjamin a Horkheimer,
Paris, 15 de julho de 1936 (GB V, 339)

Groethuysen* sai por estes dias da cidade, e também Étiemble* irá de férias pouco depois. Eu próprio só esperei pelo regresso deste último para me libertar finalmente de Paris. O meu destino provável será novamente a Dinamarca, onde ficarei por algum tempo com Brecht. Tenciono acabar o trabalho sobre Fuchs durante essa estada dinamarquesa.

24. Benjamin a Horkheimer,
Skovsbostrand per Svendborg, 10 de agosto de 1936
(Br., 718; GB V, 354)

Se for útil para o Instituto um relatório meu [sobre um colóquio em Pontigny], *espero que me possibilite a participação no colóquio nas condições sugeridas na minha última carta. Se assim não for, fico ainda o mês de setembro aqui na Dinamarca, para levar o ensaio sobre Fuchs pronto para Paris.*

25. Benjamin a Horkheimer,
Paris, 13 de outubro de 1936 (Br., 722 seg.; GB V, 389-390)

Antes de fazer o meu relatório queria agradecer-lhe o ter possibilitado a estada de Wiesengrund [Adorno] *aqui. [...] A nossa próxima conversa será certamente enriquecida com essa peça basilar* [o trabalho de Adorno sobre Husserl] *e também com algumas seções do meu livro, que espero começar a tratar depois de concluído o ensaio sobre Fuchs.*

26. Benjamin a Horkheimer,
Paris, 17 de dezembro de 1936 (GB V, 440-441)

Certamente que a viagem de Wiesengrund se deve em primeiro lugar a interesses do Instituto, mas ela não deixa de ser para mim uma prenda pessoal.

---

* Bernard Groethuysen (1880-1946): historiador e sociólogo alemão emigrado em Paris a partir de 1934, autor de *Philosophie de la Révolution Française* (1907), *Origines de l'esprit bourgeois en France* (1927) e *Anthropologie philosophique* (1928-1931) (trad. portuguesa: *Antropologia Filosófica*. Lisboa, Presença, 1988). René Étiemble (1909-2002): escritor e acadêmico francês, sinólogo e um dos iniciadores da Literatura Comparada. (N.T.)

Quero começar por lhe agradecer pessoalmente essa oportunidade. Quanto mais vezes Wiesengrund e eu temos oportunidade de percorrer juntos os domínios distantes em que se desenvolveu o nosso trabalho nos anos anteriores ao reencontro em outubro tanto mais se confirmam as afinidades dos nossos propósitos. É uma afinidade tão funda que pode prescindir da convergência das matérias, sem por isso ser menos evidente e menos controlável. As últimas conversas – sobre a análise de Husserl, as reflexões derivadas do meu ensaio sobre "A obra de arte..." ou o projeto de Sohn-Rethel – foram muito importantes para nós. Na última noite discutimos o meu livro sobre Paris, que, aliás, esteve presente noutras conversas; a sugestão de Wiesengrund de o Instituto apoiar um trabalho meu sobre Jung nasceu dessas conversas. Parece-me uma sugestão feliz, mas devo dizer-lhe – e Wiesengrund também o sabe – que até hoje li pouco Jung. Wiesengrund pôr-me-á ao corrente sobre a bibliografia mais importante, dele e da sua escola. É claro que só me poderei voltar para esse ou para qualquer outro tema quando tiver concluído o trabalho sobre Fuchs, que está muito velho. A visita que ambos lhe fizemos o fez esquecer o seu compreensível mau humor.

27. Benjamin a Adorno,
Paris, 29 de janeiro de 1937 (GB V, 454)

As coisas com o meu filho, infelizmente, estão feias [...], e isso pesa-me. Este clima horrível não ajuda a libertar o espírito. Em fases como esta, o mais indicado é entregarmo-nos ao trabalho. Comecei a escrever o ensaio sobre Fuchs, mas acho que vou precisar de umas três semanas para acabá-lo.

28. Benjamin a Horkheimer,
Paris, 31 de janeiro de 1937 (Br., 727; GB V, 456-457)

Quanto a mim, ocupo-me exclusivamente do trabalho sobre Fuchs. O texto estará escrito daqui a três semanas. Tomo como base do ensaio a dupla natureza desse homem, enquanto divulgador e colecionador. Espero assim destacar os traços mais significativos da figura, sem esquecer as limitações da sua obra.

29. Adorno a Benjamin,
Oxford, 17 de fevereiro de 1937

Os meus agradecimentos pelas suas palavras e votos de que a "caça à raposa" [Fuchs em alemão, N.T.] termine em breve. Aqui lhe mando esta pequena peça da minha própria caçada, o senhor Mannheim [i.e., o ensaio "Das Bewußtsein der Wissenssoziologie", sobre Karl Mannheim, o grande representante da chamada "sociologia do conhecimento", N.T.], que infelizmente nem se digna acompanhar os seus livros da única justificação possível, ilustrações pornográficas. [...] Aguardo com grande expectativa o seu Fuchs.

30. Benjamin a Horkheimer,
Paris, 28 de fevereiro de 1937 (GB V, 463)

Envio-lhe nesta data o trabalho sobre Fuchs.

Sabe melhor do que ninguém o que aconteceu na história do mundo e na minha história pessoal desde que surgiu o plano para este trabalho. Em conversa, abordamos também as suas dificuldades internas específicas. O senhor compreendeu essas dificuldades e foi ao seu encontro com o prazo alargado que me concedeu. Aproveito a oportunidade para, de consciência um pouco mais leve, lhe agradecer. Enquanto ia escrevendo o ensaio pensava numa frase de Goethe que diz: "A velhice perde um dos maiores privilégios: o de sermos avaliados pelos nossos iguais". Se é certo que não consegui conceder a Fuchs esse privilégio, não é menos certo que procurei expor no ensaio aquilo que me pareceu justo e correto [...], e ao mesmo tempo dar-lhe possibilidades de suscitar um interesse mais geral. E associei essa intenção ao propósito de extrair das partes do trabalho em que me ocupo criticamente do método de Fuchs considerações positivas sobre o materialismo histórico. E mantive a intenção anterior de aproveitar, nesse contexto, os estudos que fiz em 1934 para a revista Die Neue Zeit. *Não dei o texto a Fuchs, porque faço questão de que seja o senhor o primeiro a ler o manuscrito. Levo-lhe um exemplar depois de receber a sua aceitação do trabalho.*

31. Benjamin a Adorno,
Paris, 1 de março de 1937 (GB V, 465-467)

Estou certo de que interpretou da forma mais óbvia a simples circunstância do meu silêncio de vários dias. Quando a escrita do ensaio sobre Fuchs entrou no estágio crítico, não tolerou, nem de dia nem de noite, outro objeto na sua proximidade.

Agora que está terminado, ainda que não tivesse mais nada a agradecer-lhe, ficou-me pelo menos uma disposição de espírito mais liberta que me permitiu passar à leitura do seu texto sobre Mannheim. Só agora me apercebi plenamente de como é profunda a analogia entre as nossas tarefas, e mais ainda a posição a que nos remeteu. [...] Sabe bem como todos os comentários que faz ao caso de Mannheim me parecem ser absolutamente merecidos. [...] A sua crítica sugere, muito mais do que exprime, desprezo por esse livro, o que só mostra que conseguiu resolver o problema do estilo. Como vê, falo com conhecimento de causa. De fato, não posso negar que também na minha ocupação com a obra de Fuchs a afecção dominante foi o desprezo, que cresceu em mim proporcionalmente ao conhecimento que ia tendo dos seus escritos. Só espero que também no meu trabalho isso não se note mais do que no seu. [...] Mando-lhe o ensaio com esta carta [...], e não posso deixar de lhe dizer que um atraso na publicação do meu texto teria pelo menos um aspecto positivo: assim, o seu trabalho e o meu sairiam no mesmo número da revista.

32. Benjamin a Adorno,
[Paris], 16 de março de 1937 (GB V, 478)

Aguardo ansiosamente as suas impressões sobre o "Eduard Fuchs".

33. Horkheimer a Benjamin,
[Nova Iorque], 16 de março de 1937

Acuso a recepção da sua carta de 28, e do trabalho sobre Fuchs. Estamos todos de parabéns. Li o ensaio com o maior prazer. O senhor conseguiu ir ao encontro dessa tarefa (que, por razões de várias ordens, sabemos que não foi fácil) de tal modo que com ela dá um contributo importante para afirmar as intenções teóricas da nossa revista.

Os originais dos contributos mais importantes da revista são sempre objeto de discussão entre nós, para podermos comunicar aos autores a opinião de todos os colaboradores. Uma vez que não podemos encontrar-nos, comunico-lhe por escrito as minhas sugestões, quase todas sobre pequenos aspectos de pormenor, e espero a sua resposta.

Página 4, última frase do primeiro parágrafo*:

A frase contém toda uma filosofia a que o leitor dificilmente poderá chegar [...], e soa a enigmática. Como acho que se trata de uma ideia importante, sugiro que esclareça um pouco melhor o pensamento; de outro modo, será melhor cortar a frase.

Página 5, nota 2:

Acho problemático apoiar a natureza construtiva da investigação dialética com uma citação da revista *Die Neue Zeit*, que, independentemente

---

* As referências a páginas e linhas nesta e noutras cartas remetem para o original datilografado do ensaio, que se perdeu. (N.T.)

de todas as suas qualidades, não pode servir para essa finalidade. Por mim, eliminaria a citação.

Aliás, peço permissão para fazer cortes no primeiro capítulo, que trata de questões fundamentais da dialética histórica (presentes em todos os artigos importantes da revista), sempre que isso se revele desejável para a imagem da revista. A ideia de uma rejeição da "história do espírito", que refere neste parágrafo, deve manter-se na íntegra, uma vez que se trata do conceito de história da cultura em Fuchs. Por outro lado, não se deve ficar com a impressão de que o nosso tema de fundo, e comum a todos – a dialética histórica –, aparece aqui como que para introduzir um ensaio particular e resumido a cinco páginas. Um equívoco desses poderia evitar-se em parte se estiver de acordo em que se eliminem os números dos capítulos, que não costumam aparecer assim na revista.

Página 8, nota:

A segunda frase da nota não faz justiça a Fuchs, na medida em que o princípio enunciado na primeira de modo nenhum podia manter-se ao longo de todo o ensaio. Para o leitor não informado, Fuchs aparece aí como social-democrata. Acontece que, pelo seu comportamento durante a guerra e depois dela, ele mostrou que é melhor do que tal designação poderia fazer crer. Sugiro, por isso – se não houver razões fortes em contrário –, que elimine a segunda frase da nota. Poderia mantê-la se o próprio Fuchs lhe desse autorização para acrescentar alguma coisa que deixasse claro que as suas boas relações pessoais com Lenin tornaram possível o regresso a casa dos prisioneiros de guerra alemães, ou se ele estiver de acordo com a nota tal como se apresenta agora.

Página 13, primeira seção:

Não posso passar por esta página sem lhe dizer que considero algumas das suas ideias das mais importantes de todo o ensaio. Por exemplo, a de que o positivismo só reconheceu, no desenvolvimento da técnica, os progressos das ciências da natureza, mas não os retrocessos da sociedade, uma ideia que ilumina amplos espaços da ideologia do século XIX. Considero-a tanto mais importante quanto ela está ausente do meu ensaio sobre o positivismo, neste momento já em tipografia [trata-se do ensaio "Der neueste Angriff auf die Metaphysik" / "O novo ataque à metafísica", publicado na *Revista de Investigação Social*, n. 6/1937, p. 4-53].

Página 15, nota:

Falta no texto a indicação do lugar a que se refere a nota. De resto, deve ter notado como esta frase vai ao encontro do ensaio de Marcuse sobre o conceito da cultura afirmativa, também presente nela [vd. H. Marcuse, "Sobre o caráter afirmativo da cultura", *Revista de Investigação Social*, n. 6/1937, p. 54-94].

Página 16, linhas 2-3 a partir de cima:

Há muito tempo que penso a questão da ação do passado como coisa acabada. A sua formulação não tem de ser alterada. Pessoalmente, parece-me apenas que também nesse caso se trata de uma relação que só dialeticamente pode ser apreendida. A constatação do caráter não fechado do passado é idealista se não assimilar a do fechamento. As injustiças do passado aconteceram e consumaram-se. Os que a violência matou estão realmente mortos. Em última análise, a sua afirmação é teológica. Se levarmos a sério o caráter não consumado do passado, temos de acreditar no Juízo Final. Mas para isso o meu pensamento já está demasiado contaminado pelo materialismo. Talvez no que se refere ao caráter não fechado exista uma diferença entre o positivo e o negativo, e a injustiça, o terror, as dores do passado sejam irreparáveis. A prática da justiça, as alegrias, as obras realizadas, relacionam-se de modo diferente com o tempo, porque o seu caráter positivo é largamente negado pelo passado. Isso se aplica desde logo à existência individual, na qual não é a felicidade, mas a infelicidade, que é selada pela morte. O bem e o mal não se comportam da mesma maneira na relação com o tempo. Por isso a lógica discursiva, indiferente ao conteúdo dos conceitos, é também insuficiente quando se trata dessas categorias. – Desculpe essa especulação. Não era minha intenção sugerir qualquer alteração, mas apenas dar-lhe conta dessas minhas associações.

Página 18, nota, linha 6:

A forma correta do nome não é Georges Grosz?

Página 19, linhas 8-9 a partir de cima:

Aplica-se o mesmo que à pág. 4, última frase do primeiro parágrafo, apenas com a diferença de que neste caso a própria ideia me parece problemática. Não sei de que modo o historiador terá de se justificar perante o objeto (*Gegenstand*) enquanto instância judicial (*Gerichtsstand*) (a correspondência sonora das palavras é deliberada?). Talvez fosse bom voltar a pensar toda essa frase.

Página 21, linha 6 a partir de cima, até página 23, linha 5 a partir de cima:

Vejo alguns problemas nesta seção. Estou de acordo com a ideia, se ela não se ficar pela generalidade, tal como aparece aqui. O ódio é certamente um momento da teoria. Mas tudo depende muito dessa teoria. Na sua formulação, o ódio parece ser transfigurado metafisicamente em si mesmo. Mas o ódio não é um conceito que se possa derivar da dialética materialista. Quando diz, com razão, que o impulso destrutivo foi muito forte em Marx, há que considerar, por um lado, que também o impulso construtivo foi muito forte nele; por outro lado, nove décimos de todos os fenômenos de ódio com que deparamos hoje são a expressão direta da sociedade da concorrência, e de modo nenhum uma reação crítica a ela. Tem razão ao manifestar um ceticismo extremo em relação ao amor, ao belo e ao bom nesta sociedade. No entanto, há que lembrar nesse contexto um velho problema metodológico da dialética. Uma crítica do amor que lhe contrapõe o seu polo oposto, o ódio, e se fica por aí, é um processo meramente mecânico, que levará necessariamente a hipostasiar coisas semelhantes à posição que se combate. O ódio é, em si, um dado psicológico, tal como o amor. Para poder fazer valer a sua ideia, cujos motivos julgo adivinhar em parte, deveria pelo menos sugerir-se que existem situações históricas em que o essencial é esse lado negativo do ódio. E também isso seria ainda muito abstrato, porque em primeiro lugar são os nazis que acionam o ódio, na teoria e na prática, e com certeza que não pretendem glorificá-lo. Pessoalmente, manifestei já há algum tempo as minhas reservas contra os traços niilistas da esquerda que por vezes lembram Stirner[*] e outros Jovens Hegelianos; hoje penso que é ainda mais importante, num ideário e numa prática de oposição, a conservação de alguns elementos sociais ameaçados de destruição. Não só um determinado tipo de amor, como também o ódio enquanto fenômeno de massas, resultam do mecanismo da "interiorização", como

---

[*] Max Stirner (1806-1856): filósofo anarquista do grupo contemporâneo do jovem Marx, designado genericamente de "Jovens Hegelianos" ou "Hegelianos de Esquerda". A sua obra maior, *Der Einzige und sein Eigentum*, tem tradução portuguesa recente (*O Único e a sua Propriedade*, trad. de João Barrento, Lisboa, Antígona, 2005; e S. Paulo, Martins, 2009. Nesta última edição, a indicação, na página de rosto, "traduzido do francês", é obviamente errônea, e da (ir)responsabilidade da editora). (N.T.)

sugeri no ensaio sobre o "Egoísmo" [vd. M. Horkheimer, "Egoismus und Freiheitsbewegung" / "Egoísmo e movimento de libertação", publicado na *Revista de Investigação Social*, n. 5/1936, p. 161-234]. A propagação do ódio, como todos os outros modos de comportamento psíquico, continua a ser sentimental, e não materialista, se não se eliminar claramente a perspectiva unilateral. Contrariamente aos metafísicos e aos teólogos, o que importa para o crítico da economia política não são os sentimentos, nem o ódio, mas uma sociedade baseada na razão.

Também essas observações não se entendem como sugestão de alteração deste parágrafo; são antes um contributo para a discussão filosófica entre nós, que ainda está por fazer. Se sugiro a supressão do parágrafo, isso se deve mais a razões científicas internas e táticas. Do ponto de vista tático considero a nota 2 da pág. 21 incorreta porque o primitivismo de Fuchs é de tal modo fustigado em todo o ensaio que o poderia poupar aqui a mais essa vergastada. Para além disso, vivemos numa situação em que precisamente ingenuidades materialistas como as que aqui são atacadas – se bem que não no que se refere a Picasso, mas com certeza em relação a muitos representantes da vida intelectual, à direita e à esquerda – não raramente se transformam em verdades. Do ponto de vista científico poderia apontar-se o fato de citar uma passagem de Lafargue em que se elogia Marx com base numa opinião que era moeda corrente na teoria burguesa desde Maquiavel. Por isso mesmo não me parece elucidativo que Lafargue veja Vico como precursor de Marx precisamente nesse ponto. Mesmo que não se considere que se trata de um dos mais conhecidos princípios da filosofia da história de Hegel, todos pensarão em primeiro lugar, e com razão, em Mandeville e na sua *Fábula das Abelhas*, antes de chegar a Vico e Marx. Por isso não é recomendável opor Burke a Vico, tanto mais que Burke é um representante da tese contrária escolhido ao acaso.

Página 27, linhas 14 e 15 a partir de cima:

Fuchs negou-me em tempos várias vezes que tenha sido conduzido à teoria de Freud, insistindo sempre em que chegou por si próprio a pontos de vista semelhantes. Se não tiver a certeza absoluta do contrário, será melhor clarificar a questão numa conversa com Fuchs. Se assim não for, sugiro a seguinte formulação, ou outra semelhante: "...que mais tarde levaram Fuchs a concepções próximas das da psicanálise; ele foi o primeiro

a torná-las produtivas para a teoria da arte". – Uma questão: os ensaios de Freud relacionados com a arte foram de fato publicados mais tarde?
[...]
Página 30, linha 10 a partir de cima:
A palavra "rebelde" costuma ter nos nossos trabalhos um sentido bastante preciso de negatividade. Se estiver de acordo, substituímo-la por "obstinado" ou algo de parecido.

Página 30, nota, linhas 5-6:
Penso que não se pode dizer de Palma Vecchio, Ticiano e Veronese que a sua arte "de modo nenhum é realista". Mas decida você mesmo.

Página 30, nota, linhas 9-13:
Sugiro que corte uma parte da nota. Qual foi o materialista que alguma vez afirmou que o processo de troca determina a produção "em todos os elementos"? A doutrina de Marx afirma precisamente o contrário. Não compreendo a última frase da nota, nem a sua ligação com a anterior.
[...]
Página 36, última citação:
Será isso taticamente recomendável, num momento em que Fuchs é considerado judeu na Alemanha e fora dela? Se a citação ficar, deveria dizer-se que ele é tão judeu como Cousin Pons.
[...]
Página 41, linha 16 até o fim da página:
A referência à Reforma, dessa forma abreviada, parece-me problemática. E também a tese que essa referência pretende defender, e que toca num complexo de questões altamente controversas, não deveria ser proposta assim de passagem. Ainda que certas "desfigurações" do passado possam ter sido úteis, a prática atual dos nossos amigos não recomenda que se realce esse fato. Neste momento, mais do que nunca, o importante é a verdade.
[...]
Página 42, linha 11 a partir de cima:
A relatividade dos valores não é um princípio fundamental do materialismo histórico, mas sim da filosofia burguesa. O materialismo histórico assimilou e superou em si essa doutrina, tal como fez com muitas outras teorias idealistas. Por isso sugiro que retire os parêntesis.

Página 45, linha 16 a partir de cima:

Não há a certeza de que o puritanismo de Fuchs se teria modificado se ele tivesse assimilado a teoria do recalcamento. O próprio Freud é-lhe, com certeza, bastante hostil. Sugiro a substituição de "necessariamente" por "talvez".

Página 45, linhas 18-19:

No interesse econômico consciente do indivíduo não está necessariamente presente o interesse da classe. Existem, antes, contradições entre ambos, tanto na classe capitalista como, ainda mais, no proletariado. O trabalhador, centrado no seu interesse econômico egoísta costuma, como se sabe, entrar em contradição com a sua classe. Por isso aconselho a reformulação dessa frase.

[...]

Nenhuma das observações que fiz me parece afetar no essencial o desenvolvimento do ensaio. Mesmo que aceite todas as sugestões, trata-se sempre de pequenas alterações. As divergências filosóficas referem-se a temáticas que neste caso são secundárias, e as minhas observações, como já disse, são por vezes mais pormenorizadas porque parto do princípio de que existe do seu lado um interesse real por essas questões. Para além disso, essa nossa troca de impressões evitará que haja atrasos pouco antes da entrada do número em tipografia. Se não puder fazer agora as emendas, agradeço que me dê autorização para alterar as passagens assinaladas, com cortes ou pequenas correções, de modo a eliminar as formulações que considero mais problemáticas. Mais tarde, você próprio poderia ainda reconsiderar uma ou outra nas provas.

Repito o que disse atrás: o ensaio constitui um contributo particularmente importante para a Revista. E reitero o meu agradecimento.

Senti apenas a falta de uma pequena ideia, pouco lisonjeira em relação a Fuchs, mas que poderia elucidar melhor o assunto. Nunca se deixa claro que, apesar de todo o puritanismo, o sucesso das publicações de Fuchs de modo nenhum se pode atribuir ao fato de elas serem procuradas no mercado como pornografia. O fato de ele próprio nunca ter previsto isso, nem estar em condições de fazê-lo, não é propriamente motivo para se sentir honrado, mas contribui para a compreensão da sua existência de escritor. Deixo ao seu critério introduzir ainda uma pequena frase ou um parágrafo em que aborde esse aspecto.

E agora a questão principal, a de como dar o texto a ler a Fuchs. Apesar de estar convencido de que esse ensaio, até pelo peso teórico que tem, é uma homenagem que se lhe presta, não sei se ele não vai ter um acesso de fúria ao lê-lo. Para se sentir feliz, Fuchs teria de ser ou muito ingênuo ou muito superior. Como não é nem uma coisa nem outra, vai explodir. Pense no assunto com Pollock, que vai chegar no mesmo navio que leva esta carta. Estarei de acordo com o que decidirem. E quanto ao trabalho, tem a minha aprovação total, e sairá no número de verão deste ano.

Certamente discutirá com Pollock os seus trabalhos futuros. O projeto de um ensaio sobre Jung não me parece muito feliz. Penso que será melhor escolher um tema que se articule mais diretamente com o seu livro [*O Livro das Passagens*]. O melhor seria dar algumas ideias a Pollock, que vai regressar dentro de pouco tempo.

34. Benjamin a Gretel Adorno,
Paris, 27 de março de 1937 (GB V, 483)

Muito do que confio a estas folhas já o ouviste certamente da boca de Teddie [Adorno]. Os dias em Paris foram dessa vez muito agradáveis e produtivos. [...] No dia da partida chegou Friedrich [Pollock], mas só falei de passagem com ele. Assegurou-me que o ensaio sobre Fuchs teve uma boa recepção; e no mesmo dia chegou uma carta em que Max [Horkheimer] mo confirmava. Afinal, a quarentena em relação à correspondência sempre valeu a pena. É possível que esse trabalho saia no mesmo número que o de Rottweiler [pseudônimo de Adorno]. Agora ainda tenho para resolver a parte mais difícil: mostrar o texto a Fuchs por estes dias.

35. Benjamin a Horkheimer,
Paris, 28 de março de 1937 (GB V, 486-489)

Foi um grande prazer ler a sua carta de 16 de março. Permita-me que repita o que lhe escrevi antes: sem a confiança que em mim depositou durante o longo período de preparação, o trabalho não teria facilmente chegado à forma satisfatória a que chegou.

E agradeço-lhe ainda mais os seus muitos comentários ao texto. Para mim, é particularmente significativo o seu excurso sobre o trabalho fechado ou aberto do passado. Penso que o compreendo perfeitamente, e, se não me engano, o seu pensamento encontra-se com uma reflexão que me tem ocupado com frequência. Sempre achei que era importante tentar compreender esta curiosa figura de linguagem: perder uma guerra, ou um processo. Aquilo que se joga não é a guerra nem o processo, mas o ato de decisão sobre eles. Ultimamente entendo o problema da seguinte maneira: para aquele que perde a guerra ou o processo, o acontecimento contido nesse confronto fica realmente fechado, e assim perdido para a sua prática. Para o outro, o que ganhou, não é isso que se passa. A vitória dá frutos de uma maneira completamente diferente daquela que obriga a derrota a assumir as consequências. O que contradiz totalmente a ideia de Ibsen segundo a qual "A felicidade vem da perda, / Só o que se perde é eterno".

Estou de acordo com quase todas as sugestões que faz, incluindo a de eliminar os títulos dos capítulos. Percebo que seja desejável seguir nesse caso princípios de homogeneidade. Talvez possamos falar sobre essa questão dos títulos em geral quando voltarmos a encontrar-nos.

[...]

Estou de acordo com todas as sugestões em relação às quais não fiz qualquer comentário. Talvez me possa enviar o seu exemplar por uns dias, para eu fazer as necessárias alterações.

Gostei muito de falar com o senhor Pollock na sua primeira visita a Paris, ainda que por pouco tempo. Recebi dele a confirmação do seu juízo favorável sobre o meu trabalho. Decidimos que por estes dias vou entregar uma cópia do texto a Fuchs. Pollock lhe fará uma visita quando regressar de Genebra. Tive pena de saber que as possibilidades de uma visita sua à Europa são mínimas para os próximos meses, o que confere ainda mais importância à nossa comunicação por escrito. Espero que a planejada ida de Wiesengrund [Adorno] para a América favoreça ainda mais, indiretamente, essa comunicação. Fiquei, por isso, muito satisfeito por saber de Pollock que é possível que Wiesengrund passe ainda por Paris antes da viagem.

Faço sempre questão de lhe agradecer pela decisão de possibilitar a vinda de Wiesengrund a Paris, e volto a repeti-lo no que se refere aos dias que acabamos de passar aqui juntos. Essas visitas de Wiesengrund são para mim duplamente importantes, pelo isolamento em que me encontro, não tanto no que diz respeito à minha vida, mas sobretudo ao meu trabalho. A sua última estada permitiu-nos ter algumas conversas que reteremos muito tempo na memória. No centro dessas discussões estiveram quer os primeiros capítulos do "Fuchs", quer os projetos de Sohn-Rethel.

36. Benjamin a Margarete Steffin,
Paris, 29 de março de 1937 (GB V, 503)

Gostaria de ler as suas duas peças. E posso fazê-lo com alguma brevidade, porque – uma novidade de pouca importância – o "Fuchs" está finalmente pronto, ao fim de três anos e meio. Ainda não o levei ao bom do homem, que vive aqui, porque receio que depois de o ler vai acabar os seus dias mandando-me envenenar.

37. Adorno a Benjamin,
Würzburg, 31 de março de 1937

Estou contente por saber do êxito do seu trabalho e faço votos para que as coisas assim continuem da parte do destinatário. Bem gostaria de acompanhá-lo mais uma vez escada acima, naquela casa suburbana [?].

38. Benjamin a Scholem,
Paris, 4 de abril de 1937 (Br., 729; GB V, 506)

Vou adornar-me para me apresentar diante do teu olho intelectual com armadura de arauto e instalo-me na proa de um veleiro de quatro mastros que corta as ondas do Mediterrâneo como uma seta! Só assim a grande nova te pode chegar, com a pompa e a circunstância devidas: terminei o "Fuchs". O texto acabado não tem aquele caráter de penitência que julgavas, com razão, que iria ser esse trabalho. Pelo contrário, o primeiro quarto contém uma série de importantes reflexões sobre o materialismo dialético, provisoriamente em consonância com o meu livro. O trabalho que se segue terá de se orientar de forma direta para esse livro. O "Fuchs" fez sucesso, e não tenho razões para esconder que isso se deve, em grande parte, ou talvez nem tanto, ao tour de force que significou a sua escrita. Espero mandar-te o ensaio impresso ainda antes do fim do ano.

39. Horkheimer a Benjamin,
[Nova Iorque], 13 de abril de 1937

Apenas umas linhas para confirmar a recepção da sua carta de 28 de março. Escrevo-lhe nos próximos dias a propósito das alterações de pormenor. Dada a ausência de Pollock estou tão sobrecarregado de trabalho que o tempo não chega para dar a atenção devida ao texto.

[...] Dos temas que sugeriu para próximos ensaios, o capítulo sobre Baudelaire parece-me ser o mais adequado. Quanto ao outro – crítica da historiografia pragmática e da história da cultura –, as objeções maiores seriam que esse tema levaria a muitas sobreposições com o ensaio sobre Fuchs. Não é recomendável publicar dois ensaios de conteúdo semelhante com tão pequeno intervalo. O grande mérito do seu trabalho sobre Fuchs é o de ele não resultar tanto do interesse pelo autor como da polêmica contra o conceito de história da cultura. O segundo tema – o significado da psicanálise para o sujeito da dialética materialista – levanta outro problema: está de tal modo ligado aos nossos interesses comuns que só poderá ser escrito com base em discussões conjuntas. Esperemos que o possamos fazer no decurso do próximo ano, para que essa sua proposta se possa concretizar. Já um artigo de perspectiva materialista sobre Baudelaire é há muito tempo um desiderato nosso. [...] Vou escrever-lhe sobre o "Fuchs" logo que possa, mas a tempo de trocarmos bastante correspondência antes de mandá-lo compor. E repito que é um ensaio que me deu grande prazer.

40. Benjamin a Adorno,
Paris, 23 de abril de 1937 (GB V, 512)

Parece que o que mais desejávamos vai acontecer: a crítica de Mannheim e o ensaio sobre Fuchs vão sair lado a lado. Naturalmente que fiquei muito contente com a aceitação sem reservas de Max. E Fuchs escreveu-me uma carta muito simpática.

Pollock quis conversar comigo sobre as minhas condições de vida aqui. A seu pedido, fiz um orçamento exato mas modesto, do qual ele deduz que tenho direito a um suplemento de 400 francos por mês. No fundo (mas não apenas), o resultado da subida do custo de vida. Para já, acordou num pagamento único de 1000 francos. Espero pelas próximas decisões.

41. Benjamin a Pollock

O orçamento referido na carta anterior é com certeza idêntico a uma nota de que foram publicados os seguintes excertos na revista *alternative*, vol. 11, n. 59-60, junho de 1968, p. 71:

Despesas fixas

Renda (incluindo participação nas despesas comuns, telefone e porteiro*)	480 frs
Alimentação	720 frs
Manutenção de roupa	120 frs
Outras despesas (higiene, café, correio, etc.)	350 frs
Transportes	90 frs
Total	1760 frs

Despesas extraordinárias

Fatos (um por ano)	50 frs
Sapatos (dois pares por ano)	25 frs
Roupa interior	25 frs
Cinema, exposições, teatro, médicos	50 frs
Total	150 frs

* Moro num quarto mobilhado em casa de emigrantes alemães. Com algumas compras — cortinados, tapete, colcha para a cama — o quarto poderia ficar com um aspecto que permitiria a visita de pessoas conhecidas, francesas.

Uma carta publicada na mesma revista (com data de 1938, com certeza errada) faz certamente parte desse orçamento da primavera de 1937, ou de uma outra versão dele. Os excertos dizem:

A partir da primavera de 1934 recebi do Instituto uma pensão mensal de 500 francos. Apesar de vários pagamentos extraordinários do Instituto, nos últimos dois anos não só tive de recorrer, até o limite do possível, à ajuda de alguns amigos que ficaram na Alemanha, mas também me desfiz de algumas reservas de autógrafos que possuía [...] A resolução do Instituto no sentido de me pagarem para já uma pensão mensal de 1000 francos travou o desenvolvimento catastrófico da minha situação, que, apesar disso, continuou a ser muito difícil. Informei o sr. Horkheimer de que necessitaria de 1300 francos por mês, e ele garantiu-me que iria interceder por mim em Nova Iorque [...] Se procurei no documento anexo fornecer ao Instituto uma base para essa resolução, o que a isso me levou foi, mais do que a minha situação atual, a esperança de, no futuro, poder apresentar ao Instituto o meu trabalho sem ter de voltar a discutir o problema da minha situação financeira.

42. Adorno a Benjamin,
Oxford, 25 de abril de 1937

Se chegar a uma discussão com Fuchs, dou-lhe uma deixa: "Autocrítica leninista". Acho que com isso nos podemos livrar dele – ou melhor, perdê-lo definitivamente de vista. Gostaria muito de ver a carta que ele lhe escreveu.

43. Benjamin a Horkheimer,
Paris, 26 de abril de 1937 (GB V, 518)

Fuchs reagiu amavelmente ao meu trabalho – a mim escreveu-me, ao sr. Pollock comunicou-lho verbalmente. Ainda bem que assim é; tinha alguma esperança, mas com plena consciência de que não podia estar cem por cento seguro.

44. Benjamin a Adorno,
Paris, 15 de junho de 1937 (GB V, 540-541)

Escrevo um dia depois da sua chegada a Nova Iorque. [...] Quando esta carta lhe chegar já terá falado com Max. E saberá também do conteúdo da carta junta [de Pollock; esta carta perdeu-se]. Em primeiro lugar, penso que posso concluir dela o seguinte: Max e Pollock estão de acordo em que os 1500 francos não chegam, como mínimo para subsistir, para quem está colocado perante as tarefas que o Instituto – ainda bem – está disposto a confiar-me. O reconhecimento dessa realidade econômica evidente leva-me a aceitar essa ajuda com especial gratidão.

Não perco de vista o fato de que um acerto da minha situação com base no franco francês só relativamente pode ser desejável neste momento. Desde que esteve em Paris verifica-se uma clara insegurança na evolução do franco francês. Ainda que ele permaneça estável, o mesmo não acontece com os preços.

Lembra-se, caro Teddie, do que lhe disse aqui? Não precisa demonstrar a sua solidariedade para comigo. Sabemo-lo ambos, e cada um sabe que o outro o sabe; e isso tem agora um valor acrescido, num momento em que sei que a sua palavra tem um grande peso na defesa da minha causa.

A carta de Pollock, que estava escrita antes de você poder intervir, dá-me uma certa margem de manobra, e por isso mesmo um eco mais fundo às suas palavras.

45. Adorno a Benjamin,
Nova Iorque, 17 de junho de 1937

Escrevo apenas para lhe dizer que o seu caso está bem encaminhado. Não lhe posso dar notícias definitivas, mas o desenvolvimento das coisas parece ir no sentido que eu previa. Isso se aplica sobretudo à hierarquia dos três colaboradores em vista. Para os outros dois as perspectivas são pouco animadoras, o que dá mais hipóteses a você.

46. Adorno a Benjamin,
a bordo do Normandie, 2 de julho de 1937

Começo pelos aspectos econômicos. As intenções são as melhores no sentido de fazer tudo o que for possível por si. Mas ao mesmo tempo há uma tendência geral para reduzir o orçamento, de fato extremamente sobrecarregado. Depois do pagamento extraordinário dos últimos 2000 francos fr. não foi possível conseguir de Pollock o aumento imediato do seu ordenado, como desejava, apesar de Horkheimer ter dado opinião positiva e todos os outros me terem apoiado (também Löwenthal, que, devo dizê-lo, se comporta de forma extremamente leal em tudo o que se refere a si e a mim). Também Pollock não tem má vontade, mas apenas as preocupações de quem gere o orçamento – uma preocupação que eu próprio experimentei. Mas acho que lhe posso garantir – informação confidencial e não oficial, mas fundamentada – que a partir de 1º de janeiro se encontrará uma solução que irá ao encontro dos meus desejos, se não total, pelo menos parcialmente. Consegui, concretamente, convencer o Instituto de que o sistema de subvenções "únicas", pelo qual Pollock tem um fraquinho orçamental, não é recomendável a longo prazo, já que não lhe dá aquela sensação de segurança de que o seu trabalho necessita, e o que o Instituto pode poupar não pode ser determinante no longo prazo. Assim, as coisas parecem-me bem encaminhadas; trata-se apenas de encontrar um equilíbrio para mais alguns meses. [...] A publicação do ensaio sobre Fuchs terá de ser adiada mais uma vez, mas por uma razão contra a qual é difícil argumentar. Fuchs está neste momento na fase decisiva do processo levantado pela distribuição da sua edição [do volume sobre *A Arte Erótica*], e não queremos prejudicá-lo (a ideia foi de Pollock). Seria bom escrever-lhe umas linhas simpáticas sobre isso.

Benjamin a Adorno,
San Remo, 10 de julho de 1937 (GB V, 553-555)

Algumas sombras que pairam sobre a parte econômica do que me relata não são surpresa para mim, como depreenderá das poucas linhas que lhe escrevi com a carta de Pollock. Atenho-me a três partes mais animadoras da sua missiva.

A primeira refere-se ao acerto futuro desse problema. Só espero que ele não ultrapasse mesmo o ano novo. A situação atual nada tem de normalização; as enormes subidas dos preços e a desvalorização do franco enfraqueceram muito a minha posição econômica nos últimos três meses, e só falo das despesas fixas. Os pagamentos extraordinários contribuíram para equilibrar um pouco as coisas, mas pouco mais. Continuo a considerar desejável o adiamento da fixação de um valor, que abre a possibilidade de torná-la independente do franco francês, no caso de este não estabilizar até essa altura. E, finalmente, aposto na sua "conspiração" para os meses de inverno. De fato, sem uma ajuda fraterna e "camorrista" não conseguirei aguentar-me! [...] Quanto ao Fuchs, as perspectivas parecem-me sombrias. A "fase decisiva do processo" já dura há quatro anos, e nada deixa prever que chegarão a seu termo antes do fim do Terceiro Reich. Sabemos como essa gente se serve da tática de não tomar decisões definitivas. Não estou a ver se a retenção do meu ensaio foi decidida por Pollock a pedido de Fuchs ou por iniciativa própria. Antes de saber isso não posso escrever a Fuchs. E se a decisão foi de Pollock não me agradaria fazê-lo. Seria uma espécie de mensageiro de uma notícia que não lhe agradaria também a ele. E não me serve de consolo saber que os nossos dois ensaios, em vez de saírem juntos, agora ficam juntos à espera de melhores dias.

48. Benjamin a Horkheimer,
[Paris, 10 de agosto de 1937] (Br., 736; GB V, 564)

Soube, e alegro-me com a notícia, que virá à Europa durante o mês de agosto. Espero que isso signifique que nos podemos ver este mês ou no começo do próximo. Dispenso-me, por isso, de lhe dar conta dos assuntos sobre os quais ia escrever-lhe, e limito-me a dizer-lhe que fico muito contente por saber que o ensaio sobre Fuchs sempre sairá em breve.

49. Adorno a Benjamin,
Londres, 13 de setembro de 1937

O casamento [de Theodor e Gretel Adorno] realizou-se no dia 8, com a máxima discrição: em Oxford, onde o meu amigo Opie nos ofereceu um almoço no Magdalen College. Além dele, da mãe de Gretel e dos meus pais, estavam apenas presentes Max e Maidon [a mulher de Max Horkheimer]. Ninguém mais soube, e não quisemos informá-lo para não ferir mais suscetibilidades do que a ocasião justifica, à qual, aliás, não atribuímos mais importância do que a da legitimação de uma situação. Peço-lhe que aceite as coisas como são, sem qualquer ofensa, que só nos faria injustiça. Nós dois estamos consigo, não deixamos margem de dúvida sobre isso a Max, e estou certo de que também ele está conosco. Em breve vai ter oportunidade de falar com ele sem pressas. [...] Quanto ao problema da aquisição de livros, a dificuldade é a de saber se não temos já os livros adquiridos. Max põe à sua disposição uma verba de 1000 francos fr. para aquisição de livros, que deverão integrar a biblioteca do Instituto, e acha que o mais sensato seria que essas aquisições se reportassem na medida do possível ao tema das passagens [de Paris]. Uma vez esgotada essa verba, voltaremos a considerar o assunto.

Sobre as provas tipográficas da revista Max sugere o seguinte *modus faciendi*: todas as provas serão enviadas a mim, enquanto representante do Instituto na Europa. Eu envio-lhe tudo o que me parecer de importância para você; depois de receber as suas sugestões, devolvo-as a Nova Iorque. Isso poupa-nos o trabalho de confronto e montagem, e a você coisas como, por exemplo, ter de ler ensaios em inglês de Neurath e Lazarsfeld... Suponho que estará de acordo com essa solução. Daremos atenção a que não haja mais atrasos como no caso do ensaio sobre Hamsun [de Leo Löwenthal]. [...] Falei também bastante sobre o nosso advogado [Hans Klaus Brill, secretário da delegação do Instituto em Paris, com quem Benjamin teve algumas dificuldades de relacionamento]. Max sabe dos problemas, mas tem boas razões para mantê-lo. Talvez ele possa fazer alguma coisa para facilitar a comunicação. Explicou-me que Brill usa com ele e Pollock o mesmo tom do "constato que" que utiliza com você e comigo; por outro lado, Brill manifesta-se extremamente entusiasmado com o seu trabalho em cada carta a Max. Este acha que ele está dominado por um forte impulso para se colar a nós, que compensa com alguma obstinação. Acho que o melhor é você mesmo falar com Max abertamente sobre a questão, tal como eu fiz. De resto, penso que esse problema se atenuará logo que a sua situação se normalize no sentido que todos desejamos. [...] Um pequeno pedido, para terminar: será que poderia dar-lhe [a Horkheimer] uma palavrinha de apreço sobre o Husserl [o ensaio de Adorno]? Nunca o destino de um trabalho meu foi tão importante para mim como desta vez.

50. Benjamin a Adorno,
Paris, 23 de setembro de 1937 (GB V, 572-574)

Tive ontem oportunidade de falar com Max sobre tudo isto. [...] A minha intenção, como expus a Max, é a de alugar o mais depressa possível um estúdio ou uma casa de uma divisão, ainda que de características modestas. O mobiliário o encontrarei nalgum lado. Max mostrou total compreensão pela minha situação e prometeu-me que iria tomar as medidas necessárias logo que regressasse. Disse-me ainda que era sua intenção, independentemente da desvalorização do franco, regularizar o meu caso no final do ano. Se antes disso acontecer a bancarrota, pelo menos posso dizer que tive a discrição de não precisar de pedir a Max qualquer ajuda imediata para ultrapassar este setembro extremamente difícil. [...] Agradeço-lhe imenso ter falado pormenorizadamente com max em Londres sobre os meus problemas. Em Paris só tivemos ainda oportunidade de nos encontrar uma noite, e precisamente porque o serão decorreu bastante bem e numa atmosfera de harmonização dos nossos intentos, alguns aspectos técnicos não chegaram a ser abordados como eu desejaria. Mas fico muito feliz por saber pela sua carta da decisão de disponibilizar uma verba para aquisição de livros sobre as passagens. [...] Na minha conversa com Max, que se prolongou pela noite adentro, esses aspectos foram, como disse, abordados só de passagem. Para mim foi um encontro de grande importância, porque Max me relatou pela primeira vez o problemático contexto econômico e jurídico das bases de sustentação do Instituto. O assunto é já em si fascinante, e acresce que eu raramente tinha visto Max tão bem disposto.

51. Friedrich Pollock a Benjamin,
Nova Iorque, 13 de outubro de 1937

Uma das primeiras coisas que o senhor H[orkheimer] fez depois do regresso foi expor-me a sua situação e o desejo de que fizéssemos tudo o que esteja ao nosso alcance para lhe assegurar a base material que lhe permita continuar os seus trabalhos científicos.

Não preciso lhe lembrar as dificuldades que se colocam à concretização desse desejo, que também partilho. Depois de analisarmos cuidadosamente o caso, decidimos conceder-lhe uma bolsa mensal de 80 dólares americanos, independentemente das oscilações do franco francês. Essa verba será transferida daqui, de modo a que possa dispor dela em Paris antes do fim de cada mês. A transferência será em dólares americanos, e é aconselhável pedir o pagamento em notas de dólar, que poderá trocar por francos franceses.

Juntamente com esta carta, vamos dar instruções a Genebra para lhe pagarem só mais uma vez o subsídio atual de 1500 francos, correspondente ao mês de novembro. Essa verba é um apoio para a sua mudança, mas receberá já em novembro a bolsa de Nova Iorque, considerando-se a soma a enviar por Genebra, como disse, um subsídio à sua mudança de casa.

Esse acerto corresponde ao limite do apoio que de momento lhe podemos dar. Pedimos-lhe o maior sigilo (também com a delegação de Genebra), porque num momento em que nos vemos obrigados a fazer reduções orçamentais não desejaríamos entrar em discussões sobre as razões que nos levam a proceder de modo inverso no seu caso.

52. Benjamin a Adorno,
Boulogne, 17 de novembro de 1937 (GB V, 609)

Assinei anteontem um contrato de arrendamento que me permitirá ter nova casa talvez já no fim do ano, o mais tardar em 15 de janeiro.

53. Benjamin a Scholem,
[Boulogne, 20 de novembro de 1937] (Br., 739; GB V, 611)

Desta vez não vou atrasar um dia que seja a resposta à tua última carta, que anunciava a tua vinda e trazia as tuas críticas ao "Fuchs". Para mim, as duas coisas estão ligadas – tal como para ti. De fato, já era mais que tempo, era mesmo inadiável encontrarmo-nos e falarmos. Não é que as tuas reservas em relação ao "Fuchs" me surpreendam minimamente. Mas o tema desse trabalho – precisamente dada a sua aparente falta de originalidade – dá-nos oportunidade de discutir o método que nele transparece, o que tão depressa não acontecerá outra vez. Esse método nos permitirá abrir caminho para zonas em que os nossos debates voltarão à sua antiga casa.

54. Bertolt Brecht a Benjamin,
s.d. [por volta de 1937]

voltei a ler o seu estudo sobre fuchs, e desta vez gostei ainda mais. vai receber esta opinião com alguma indiferença; mas o que penso é que foi o seu interesse relativo pelo tema que o levou a conseguir essa economia. não há ali nada de refinado, mas tudo é tratado com fineza (no antigo sentido positivo do termo), e a espiral nunca se prolonga em espelho. você nunca perde de vista o objeto, ou este não o perde de vista a si.

55. Horkheimer a Benjamin,
[Nova Iorque], 15 de março de 1938

Por aqui nada de novo, mas no resto do mundo muita coisa acontece. Sobre a anexação de Viena, já esperava que isso fosse recebido como uma vitória da esquerda e uma derrota do nacional-socialismo. E a minha suposição foi confirmada. Os novos senhores já andam por aí a dizer que, dado o fato de a Áustria já ser vista como perdida há vários meses, a forma nada inteligente como os Alemães deram esse passo é a melhor coisa que podia acontecer à esquerda. Esse otimismo manifesto, que há muitos anos é apanágio do aparelho oficial, esconde um niilismo inconsciente, mas por isso mesmo mais profundo. Do seu ensaio sobre Fuchs já emerge a crítica desse otimismo da teoria reformista. O meu novo ensaio sobre Montaigne [M. Horkheimer, "Montaigne und die Funktion der Skepsis"/ Montaigne e a função do ceticismo, na *Revista de Investigação Social* n. 7 (1938), p. 1-54] ataca também o niilismo. Agora alguém podia escrever um artigo de psicologia social sobre os dois.

56. Benjamin a Horkheimer,
Paris, 24 de janeiro de 1939 (GB VI, 198)

A recusa da ideia de um contínuo da história postulada no ensaio sobre Fuchs tem de ter consequências epistemológicas; uma das mais importantes dessas consequências parece-me ser a determinação das fronteiras traçadas para o conceito do progresso na história. Para meu espanto, encontro em Lotze uma ideia que confirma as minhas reflexões.

57. Benjamin a Horkheimer,
Paris, 22 de fevereiro de 1940 (GB V, 400)

Acabo de redigir algumas teses sobre o conceito da História. Essas teses ligam-se, por um lado, aos pontos de vista esboçados no capítulo I do "Fuchs" e servirão, por outro lado, de armadura teórica para o segundo ensaio sobre Baudelaire.

★ ★ ★

Transcrevem-se a seguir os poucos textos preparatórios e esboços desse ensaio que se conservaram, mas que podem ser importantes para reconstituir alguns aspectos da gênese desse importante estudo da fase tardia de Benjamin. As passagens cortadas nos manuscritos são aqui transcritas entre chaves.

[À margem:] *Sobre A II* [desconhece-se o significado desta sigla]

"Para citar um exemplo complementar da história da arte europeia no qual estamos também perante uma visão realista elevada à máxima potência, [...] remetemos para a arte holandesa do século XVII, a arte de Rembrandt, Franz Hals, Jan Steen, etc. A época em que esses mestres trabalharam foi a época áurea do comércio holandês, um tempo em que a Holanda era um Estado comercial de perfil único cujos cálculos e negócios abarcavam o mundo inteiro. Pelas mesmas razões, o cavalo, o camelo, o cavaleiro e a criadagem armada são os mais frequentes símbolos tumulares na arte da dinastia Tang; são esses os meios com os quais o comércio mundial de então se fazia, e por isso também os mais interessantes motivos para a arte" (E. Fuchs, Escultura Tang, Munique, s.d., p. 42). Com essa nota final sobre as iconografias a exposição ganha novamente um fundamento sólido. O que se diz sobre o realismo não o tem. {Veneza floresceu sem dúvida por causa do comércio; e a sua arte da época áurea de modo nenhum é realista. Por outro lado, a atividade econômica exige em todos os seus ramos e em todas as suas fases de desenvolvimento um acentuado sentido da realidade. O materialista não pode extrair daí quaisquer conclusões sobre a prática artística. Deveria, aliás, ter muito mais reservas em tirar tais conclusões do comércio chinês, na medida em que o comércio não atinge o processo de produção na sua camada fundamental; esta continuou a ser para a China, também na época Tang, a jardinagem e a produção de seda.}

(Fonte: Arquivo Benjamin, Ms. 387)

{*Se seguirmos em linha ascendente a concepção da História em Fuchs, encontraremos um elo decisivo da cadeia na carta que Engels escreve em 14 de julho de 1893 àquele que mais tarde viria a ser amigo de Fuchs, Franz Mehring: (N 8a 1) vd. (N 5 4) (N 5a 3)* [trata-se de siglas d'*O Livro das Passagens*]}

(Fonte: Arquivo Benjamin, Ms. 388 r)

{*A Fuchs falta não só o sentido do destrutivo na caricatura – falta-lhe também o sentido do destrutivo na sexualidade, nomeadamente no orgasmo.*}

{ *Outras lacunas especialmente evidentes: falta a Fuchs a percepção da dimensão histórica da antecipação na arte. O artista é para ele, na melhor das hipóteses, expressão da situação histórica vigente, mas nunca do que está para vir.*}

{ *Os valores classicistas já não desempenham qualquer papel na estética de Fuchs. Harmonia, consonância orgânica das partes, graciosidade, dignidade e ideias semelhantes, nas quais o humanismo julgou ver a ação da obra de arte, estão nele completamente ausentes. É natural que, nessas circunstâncias, não desempenhem também qualquer papel nela a estética kantiana do sentimento puro ou o conceito da obra que agrada sem interesse. É também por isso que ele acha que pode confirmar o atraso ou a deformação do gosto das classes cultas no fato de estas preferirem Rafael a Michelângelo.*}

(Fonte: Arquivo Benjamin, Ms. 389 r)

{ *"A arte de hoje trouxe-nos realizações que ultrapassam em muito tudo o que o renascimento alcançou, e a arte do futuro terá inevitavelmente de ser superior." (Fuchs,* História da Arte Erótica, *vol. I: O problema da atualidade. Munique, 1922, p. 3)*}

"*O historiador da cultura que leva a sério o seu ofício tem de escrever sempre para as massas.*"

O Dr. Ernst Meunier *escreve no jornal* Kölnische Zeitung *(de 6 de abril de 1930) que o livro mais requisitado da biblioteca do Reichstag é a* História dos Costumes, *de Fuchs.*

(Fonte: Arquivo Benjamin, Ms. 395 r)

Marca do ideal cultural da social-democracia: a crença na ciência, a crença na "lógica" da história, a emancipação de toda a "metafísica" e de todo o "misticismo" (cit. de Signori).

Comportamento reservado em relação ao campesinato. Fuchs explica: "O camponês raramente se interessa por bens ideais". A sua causa é a do "egoísmo brutal da gleba" (Fuchs, A Caricatura II. *Munique, 1921, p. 91). Também essa é uma posição social-democrata.*

{*Discussão do idealismo. Fuchs parte do princípio de que "a arte do nosso tempo oferece a mesma imagem caótica" que a economia e toda a vida pública. "Como poderia o adepto de uma visão idealista do mundo interpretar esse caos, se esbarra sempre na lógica da sua tese segundo a qual o espiritual é o principal e o econômico o secundário na vida dos povos? De fato, não teria outra saída que não fosse a seguinte conclusão: o fato de nos últimos vinte e* cinco anos ter havido um tão grande caos na vida espiritual, o fato de os senhores Pablo Picasso, na França, e Oskar Kokoschka, na Alemanha, terem mudado várias vezes os seus estilos de pintura nesse período – e isso faz sem dúvida parte da "vida espiritual" –, explica que as bolsas de todo o mundo tenham estado durante todo esse tempo num estado de agitação febril". (Fuchs, Os Grandes Mestres do Erotismo. Munique, 1931, p. 26)}

Significado fatídico do quantitativo na ideia de cultura da Social-democracia. A sua importância para a destruição da cultura humanista e sua transição para a noção de uma cultura geral.

(Fonte: Arquivo Benjamin, Ms. 395 v)

Aspectos biográficos
Assinatura do trabalho ilegal na época das leis antissocialistas: jornal com uma rosa vermelha como sinal combinado.
Fuchs nasceu em 1870
Períodos de detenção: 1888 (Stuttgart, prisão preventiva; Heilbronn, prisão celular; Rothenburg, prisão estadual); 1898, 10 meses de prisão.
A obra sobre a caricatura foi planejada em conjunto com Kraemer, autor de Weltall und Menschheit *(Universo e Humanidade)*. Página de rosto da primeira edição: Kraemer-Fuchs.
1891: viagem a Itália, com marchas a pé até 71 km por dia. Fuchs chegou a Paestum. Sem o guia de viagens Baedeker. Foi-se orientando por aquilo que lhe chamava a atenção, sobretudo edifícios. Ficou a conhecer a miséria do povo italiano. 1 lira para dormir era uma despesa significativa. Pequena confissão:
{ *"Quanto à arte, devo confessar*
que sou ignorante e aselha.
O que para outros é coisa pr'admirar,
eu digo que é só tralha velha."}

Berliner Börsen-Courier [jornal], *28 de janeiro de 1920:* quando rebentou a guerra Fuchs organizou "o transporte e o apoio permanente da população russa residente na Alemanha, que perfazia um total de 150-180.000 pessoas. Na sequência disso, Fuchs foi mais tarde nomeado pelo governo soviético representante com plenos poderes para o apoio a todos os prisioneiros russos, civis e de guerra, na Alemanha. Tudo isso favoreceu muito o regresso a casa dos prisioneiros de guerra alemães que ainda se encontravam na Rússia."

(Fonte: Arquivo Benjamin, Ms. 398 r)

"História da cultura"
{*A impossibilidade de uma história do Direito, da literatura, etc.*
É possível uma história materialista da cultura?
Assinatura da dialética histórica: a fonte a partir da qual se pode olhar para a história está no momento presente do historiador
A "história da cultura" como exigência reformista
[Alfred] Kleinberg
Kulturgeschichte und allgemeine Bildung *(História da cultura e cultura geral)*}

Assinatura histórica da cultura geral. A sua pretensão totalitária disfarça uma renúncia. A burguesia não renuncia na sua cultura geral a uma coloração estética, que constitui o que é próprio da cultura feudal. A classe dominante feudal podia ignorar o fato de viver do trabalho que era desenvolvido nos seus domínios, sem por isso renunciar a ter uma ideia desse processo de trabalho (relativamente simples). A burguesia, pelo contrário, não podia permitir-se ignorar a fonte de onde lhe vem a mais valia, sem sacrificar cada vez mais toda a ideia equilibrada do processo de produção. A sua frivolidade perdeu o charme da do senhor feudal. Associa-se à estupidez e à pedanteria.

(Fonte: Arquivo Benjamin, Ms. 969)

{Quando a classe ascendente (progressista) escreve a história, escreve ao mesmo tempo a sua pré-história. E os nomes que inscreve na sua árvore genealógica são escritos com tinta brilhante.} Ora, trata-se de uma suposição muito generalizada, mas a precisar urgentemente de ser revista, pensar que 1) os grandes revolucionários burgueses, tal como são celebrados pela burguesia, representam a galeria de antepassados dos condutores da luta de libertação do proletariado. Fuchs parte também dessa suposição, e com ela partilha os conceitos éticos fundamentais de que os historiadores burgueses se serviram para caracterizar os heróis da sua classe. {Essa moralidade está colocada sob o signo da interioridade; a consciência representa nesse contexto o transformador que recomenda ao proletariado as formas de comportamento que trazem vantagens práticas às classes burguesas, mas que se tornam praticamente muito desvantajosas para o proletariado, transformando-as na causa de uma virtude complementar das classes proletárias.} 2) O pathos desses dirigentes só desce ao nível mais baixo dos miseráveis para poderem elevar mais alto os de alma pura — até aquele lugar onde os possidentes não precisam de lhes dar o lugar, o do céu espiritual {da "boa consciência"} [escrito posteriormente sobre a parte 2): "até o inferno".]

(Fonte: Arquivo Benjamin, Ms. 970)

Litografia, fisiologias
"O quadro a criar tinha de ser desde logo claramente apreensível à alma do artista, e tinha de estar certo de receber a sua assinatura." (E. Fuchs, A Caricatura dos Povos Europeus. *Munique, 1921, I, "p. 227)*
"A luta política intensa dos anos entre 1830 e 1835 formara um exército de desenhadores [...] e este exército [...] fora colocado fora de combate político pelas leis de setembro de 1840. Numa época em que eles tinham aprofundado todos os segredos da sua arte, esta foi subitamente empurrada para um único campo de operações, para a descrição da vida burguesa... É este o pressuposto a partir do qual se explica a imensa revista teatral da vida burguesa a que se começa a assistir na França mais ou menos em meados da década de trinta." *(op. cit., I, p. 362)* A litografia era acompanhada por uma série de "fisiologias": livros-miniatura, geralmente in 32°, que o passeante podia comodamente levar no bolso. Em 1836 são apenas dois, em 1838, oito, em 1841, setenta e seis, e depois disso a produção decresce e extingue-se praticamente quatro anos mais tarde. O território dessa temática estava tão explorado que por fim até alguém ousou fazer uma "fisiologia dos fisiologistas". Não se pode esquecer que pela mesma altura historiadores burgueses sérios, como Thierry, Mignet e Guizot se esforçavam por escrever uma história da cultura burguesa.
A litografia foi introduzida por Rasset, com as suas representações da lenda napoleônica; alimentou-se dos poetas românticos e por fim, com Pigal, Monnier, Lami, das fisiologias. Por volta de 1870 foi destronada pela heliogravura. Para além disso, o armazenamento das pesadas chapas tornou-se demasiado caro para os editores.
As fisiologias gráficas de Gavarni, Daumier, Monnier, Traviès, Mauriat.

(Fonte: Arquivo Benjamin, Ms. 996)

Este livro foi composto com tipografia Bembo e impresso
em papel Off-White 70 g/m² na Formato Artes Gráficas.